牛背山情话

——张世勤中短篇小说集

张世勤　著

中国言实出版社

图书在版编目（CIP）数据

牛背山情话：张世勤中短篇小说集 / 张世勤著. --
北京：中国言实出版社，2023.1
ISBN 978-7-5171-4194-5

Ⅰ. ①牛… Ⅱ. ①张… Ⅲ. ①中篇小说—小说集—中
国—当代②短篇小说—小说集—中国—当代 Ⅳ.
①I247.7

中国国家版本馆CIP数据核字（2023）第000453号

牛背山情话——张世勤中短篇小说集

责任编辑：代青霞
责任校对：张　丽

出版发行：中国言实出版社
　　　　　地　　址：北京市朝阳区北苑路180号加利大厦5号楼105室
　　　　　邮　　编：100101
　　　　　编辑部：北京市海淀区花园路6号院B座6层
　　　　　邮　　编：100088
　　　　　电　　话：010-64924853（总编室）　010-64924716（发行部）
　　　　　网　　址：www.zgyscbs.cn　　电子邮箱：zgyscbs@263.net

经　　销：新华书店
印　　刷：徐州绪权印刷有限公司
版　　次：2023年1月第1版　　2023年1月第1次印刷
规　　格：880毫米×1230毫米　　1/32　　9.5印张
字　　数：230千字

定　　价：68.00元
书　　号：ISBN 978-7-5171-4194-5

张世勤　中国作家协会会员，山东省文学期刊社社长、总编辑、《时代文学》主编。作品散见于《收获》《人民文学》《北京文学》《十月》等文学期刊。作品曾被《小说选刊》《小说月报》《中篇小说选刊》多次选载，或入选年度选本。著有长篇小说《爱若微火》、诗集《旧时光》等多部。散文随笔在《人民日报》《光明日报》《文艺报》等全国近百家报刊发表，获泰山文学奖、刘勰散文奖、团中央"五个一工程"奖等奖项。

Zhang Shiqin is a member of Chinese Writers Association, the proprieter and editor-in-chief of Shandong Literary Periodical Society, the editor-in-chief of Times Literature. His works have been embodied in literary journals such as *Harvest*, *People's Literature*, *Beijing Literature and October*. His works have been selected by *Selected Novels*, *Novel Monthly* and *Selected Novellas* for many times, or selected in the annual edition. He is the author of the novel *If Love is Mild Fire* and a collection of poems *Old Times*. His proses and essays have been published in nearly 100 Chinese newspapers and periodicals, such as *People's Daily*, *Guangming Daily*, *Literature and Art Newspaper*, etc. He has won the Taishan Literature Award, Liu Xie Prose Award, and the Best Works Award of the Central Committee of the Communist Youth League of China.

目 录

远　山

　　莽莽苍苍，四面青山。孤独的牛车，远远望去像一个小黑点，在大山深处移动。

　　父亲刚逝，连着下了数天的雨，他的心情低沉而忧郁。望着连绵的雨，仿佛老天爷也在为失去一位勤劳忠厚的山民而流下了眼泪。

　　今天天气放晴，雨后的阳光格外明媚，山谷间升起薄薄的雾霭，有一处山头上还挂着几道炫炫的彩虹。今天他该出山了，但他只能一个人驾着牛车出山了。他和父亲在这深山里已经住了二十多年，早已习惯了每天的植树、护林、砍柴、卖柴，从未感觉到日子有丝毫的单调，因为一切都有父亲在。

　　父亲不在了，从今天开始他得习惯一个人出山。

　　山路崎岖，牛车不住地颠簸。悬崖上各色花都挂出来了，路边的花也在怯怯地摇曳，花香弥漫，鸟儿飞翔。他的心境也渐渐开朗起来。

　　又是一个转弯，转过弯去就是一个长长的坡，然后再转弯。他不觉得这些弯有什么不好，转一个弯，就换一种风景，换一片不一样的树，换一群不一样的鸟，换一壁不一样的花。对这条通往山外的路他早已烂熟于心。这时牛车一阵抖动，他说，爹，转弯了。往常也都是这样，他傍着牛，父亲坐在车上，每到一处转弯，他都要提醒父亲：爹，转弯了。可他这次没有听到父亲说：知道。也没听到其他声响。他回过头，只看见一车的柴，并没有看见父亲。他再次深切地感受到，父亲的确是不在了。于是，他的心里又有些悲伤，眼睛愣怔怔地望着前方。

不知什么时候，车竟然停下了，停在了一个转弯处。这种情况原来还从未有过，牛同他一样，熟悉这条山路，相信不用他跟着，牛也会自己沿着这条山路悠悠地走出去。他跟牛说，怎么了，走啊！可牛一动不动。车停在悬崖的转弯处，从这里看得见山谷里的一潭湖水，蓝蓝的，像大山的一只眼睛。

他用一根绵软的枝条轻轻抽在牛身上。他说，咱们赶路吧。牛却仍然未动。

他抚着牛，竟看到牛眼里闪着迷惘。他想，牛对父亲看来也有感情了。父亲不在了，它也在沉痛和悲伤。这头牛，当年是父亲为它接生的，难道它还在记着父亲对它的好！

他也再次想起父亲。他叹口气，自言自语地说，哎，爹，转弯了。

没想到，经这一说，牛就迈开步子，轻松地走起来，很熟练地转过弯去，然后走上了那条长长的坡。走完长坡，又要转弯了，牛却又无缘无故地停了下来。他心里想，父亲没有了，不和父亲在一起，就是不顺。若在往常，一到转弯，牛车侧着，轮下又颠簸，很有些危险，他会提醒父亲：爹，转弯了。父亲都是说，知道。也不过这么一句话，也就安然无恙地过去了。这么想着，他再次叹口气，把心里的话说了出来：爹，转弯了。这一说，牛竟然又熟练地转过了弯。

他终于明白，数年来，牛跟他一样，都习惯了父亲坐在车上，每到转弯处的提醒，不单是提醒了父亲，也提醒了牛。现在到了转弯，他一言不发，牛就有些慌，不知该怎么办，是不是要转弯。他想，在父亲不在的日子里，他和牛都需要一个转弯的过程。

明白过来之后，接下来的路，他和牛就顺畅得多了。虽然父亲已经不在车上，但到转弯处，他还是像往常一样，轻轻地说一声：爹，转弯了。

可父亲已经不在了，他这么喊，是在喊谁呢？他把手里绵软的枝条抽在牛身上，说，你这家伙该转不转，原是想赚我便宜呢！牛也真像赚了便宜一样嘚嘚地走起来。

望着寡言少语、老成持重的牛，他突然觉得把它看作父辈，似乎也没什么错。父亲和牛的秉性是一样的。

爹，转弯了。

过了些日子，他再次从山外回来的时候，牛车上不再像原来那么空荡荡的了，而是坐着一个年轻的女人。年轻的女人穿着蓝裤、红红的上衣，两眼充满着对大山的新奇。过去，出山进山，远远看去都是一个小黑点，而现在却是一抹鲜艳的红。这抹红，在青山绿水之间，想掩映都掩映不住。

年轻的女人是他在山外认识的。每次他把木柴装车后，都要带上一点山货。常带的是一种小山果，红红的，既有点甜，又有点酸。口感好，很开胃。这些小红山果都是他打柴时顺手摘下的，带着不为卖钱，而是到山外后，摊在木柴一边，供人品尝。半品半尝之间，木柴也就卖出去了。

后来年轻的女人就来了，在摊子前转过来又转过去，盯着红红的山果，问他，卖的？他说，不是，随便让人吃的。真的？真的。年轻的女人就用她纤纤的手指拿起一个，迎着阳光看了看，说真漂亮，然后放到嘴里。红山果很美，她的动作很美，她的吃姿也很美。鲜嫩的红山果，吃一个不但不解馋，反倒勾起了食欲，但年轻的女人却不好意思再拿。他看着她，大方地抓起一把，塞到她手里。女人的脸红了一下，就像天又亮了一层。

第二天，他刚摆下摊，摊上一小堆红山果正红红地映着，年轻女人就又来了。她说，你怎么不卖呢？他说，这个不稀罕，山里有的是，摘都摘不过来，不值钱。她拿起一颗朝太阳举着，说真的是很漂亮。

第三次来的时候，年轻的女人问，你叫什么？他说，叫青树。住在山里？是的。山里好吗？他说，很好，什么好吃的都有，红山果不过是其中的一种。你不觉得枯燥吗？不枯燥，山里有鸟、山鸡、野兔，山溪里还有小鱼、小虾、小螃蟹，山树上樱桃、葡萄、山楂、石榴……什么都有。年轻的女人说，你怎么不问我叫什么？他便问，你叫什么？年轻的女人说，我叫红苗。

年轻的女人，哦，红苗，此后每次都很准时地来到青树的摊前，一边与青树拉呱，一边吃着红山果。青树觉得卖柴原来挺有意思，怎么过去就没觉得呢！

红苗就像个馋嘴猫一样，把青树招徕人的红山果吃完了。没有了红山果的柴堆前好像人并不比过去少，甚至更多了。红苗穿着红红的上衣站在青树身边，年轻的面庞露着迷人的微笑。红苗好像变成了一颗大个儿的红山果，许多人都愿意围拢过来看这风景。

红苗决计要跟着青树进山了。红苗坐在空空的牛车上向大山深处走去。新鲜的空气裹挟着她，花香鸟语包围着她，山涧清溪映照着她，蓝天白云笼罩着她。她觉得天地一下子宽广了。她看着驾牛的青树，背影挺拔而又敦实。她柔柔地说，青树。青树回头看红苗。夕阳正挂在红苗的发梢上，霞光映红了红苗俊俏的脸。红苗说，我想告诉我爹。青树说，怎么告诉？他听不见。红苗说，我喊。

绵延的群山让红苗柔软的心情无限地舒展。面对群山，红苗两手打个括弧放在嘴边：爹，我转弯了。

牛听了红苗的话，先是一愣，然后就要转弯。这根本还没到转弯的时候，若不是青树傍着，牛车恐怕就被它拉下悬崖了。红苗一阵惊吓。青树抚着牛头，轻声说：不是喊你，是喊她爹的。牛似乎明白了青树的意思，不好意思地眨了几下眼皮。青树也笑着，安慰似的轻抚着它的头。

晚上，红苗和青树坐在房前披着山风看星星。红苗问青树，你一路上一直跟牛说话，它听得懂吗？青树说，听得懂。你跟它说什么？青树一下不好意思起来，就把牛的习惯跟红苗说了，红苗笑了好一阵。红苗笑的时候，她的身边正好有一株盛开的花树，夜风一吹，花枝颤颤悠悠的，让好闻的花香扑簌扑簌地掉了下来。青树觉得颤颤悠悠的花树和红苗的笑一个模样，都很好看。红苗来了，花树也会笑了呢！于是青树说，你能让花笑。红苗说，女人就是花。青树说，花树可是有香气呢！红苗说，女人也有啊。青树说，那让我闻闻。红苗说，想闻啊，到屋里我让你闻。

第二天，青树要去打柴。红苗说，今天不打柴了。青树说，不打明天就没法出山了。红苗说今后也不打柴了。青树不解。红苗说，我们可以卖山果。山果是山树自己结的，摘下来，是顺手的事，怎么可以拿去卖呢？红苗说，树不也是自己长的吗？那可不是。过去我和爹每年都要种下不少树呢！红苗说，那山果咱们也可以自己种啊。

青树第一次驾着空空的牛车出山了，一路上，他不断地跟牛说转弯了，也给自己说，转弯，转弯。他心里想，红苗来了，他的生活和原来不一样了。父亲走后，他什么也没想，就沿着父亲的路走下去，像大山里来来回回移动的一块石头，结结实实过着自己的日子。而现在，红苗要改变，让他到山外的小镇上采买各种种子：树种，瓜果种、蔬菜种。红苗清亮亮的眼睛看着他，他愿意按红苗说的去做，也许红苗说的是对的。

在这大山深处，青树知道，转一个弯，就能换一种风景，看到一片不一样的树，飞过一群不一样的鸟，开一壁不一样的花。是不是过日子的路也要这样走，要不断地转个弯才好呢？

一路上，青树跟牛说着话。青树说，你说是不是呢？牛愣了一下，却不搭话。青树小声说，爹，你说是不是呢？牛这时长长地"哞"了一声。青树把绵软的枝条抽在牛身上，牛仿佛有些得意地嘚嘚地走着。

一年后，青树栽培种植的各色山果和蔬菜都成了小镇上的抢手货。红苗像做窝的小鸟一样勤快，开发出的品种有二三十个之多。青树出山的牛车上，不再像过去那样单调，只是一些硬邦邦的木柴，而是瓜果梨枣，色彩缤纷。青树忍不住回头看一眼，看一眼心里又多一遍舒服。打这，去一趟山外，青树就会装回一袋子钱。

这天青树从山外回来，丰盛的菜肴让他想到了爹留下来的酒葫芦。喝了酒的青树抓着红苗的手，说我想给我爹说说。

青树对着群山，高声大喊：爹。房前的老牛便"哞"一声。青树喊：爹，我转弯了。房前的老牛便"哞"一声。

青树还想喊，红苗拽了他，说以后别再喊了。红苗不让喊，青树就不喊了。不过，青树看着红苗，不知道为什么不可以喊了。红苗指指肚子，说，以后，让他喊。

红苗抱起一捆鲜草，走到老牛跟前，说：爹，吃吧。

拾月光的小女孩

1

在那东山顶上……佳怡想不到麦穗开口第一句话就这么说。在那东山顶上，麦穗继续说，太阳每天准时升起来。每天升起的太阳都会被山角剐蹭一下，掉出一些火种。这些火种藏到土堆里、石缝里，春天的时候它们一点一点往外拱，拱出来，慢慢就长成了大树。这些树开始是绿的，到秋天的时候就变得火红。

那这种树就叫太阳树了？佳怡说。

不，妈妈说这种树叫枫树。麦穗两只眼睛像猫眼，圆圆的，闪着光，佳怡被她一板一眼的叙述吸引住了，一度忘记了两人的话题是由月光衫引起的。

在麦穗还没到来之前，佳怡妈妈就嘱咐佳怡，一定要找几件好看的衣服送给麦穗。佳怡早早挑选好了，麦穗来的第一天，佳怡就抱给了麦穗。当时麦穗正在床边写作业，佳怡便把衣服摊开在床上。佳怡认为麦穗看到这些衣服后，一定会很高兴，想象着她会跳起来，或者脸红红的，手捻着衣角，说不出话来。可她没想到麦穗看到这些衣服时，很平静，只停下作业，歪着头看了一眼，说谢谢，我不要！佳怡不明白，说为什么呀？并动员麦穗穿穿试试。麦穗没动身，说我有好衣服，只是来的时候没舍得带。

佳怡看看麦穗，只是一身很简易的上衣小裤，跟自己送她的衣服没法比。但麦穗说，我那衣服是世界上最好的，你肯定从来没见过。

佳怡想不出世界上最好的衣服会是什么样，只好问，是什么衣服啊，这么好？

麦穗说，月光衫。

为什么叫月光衫？

麦穗说，因为衣服上往外透着月光。白天你看不出来，只是一个一个圆点，可到了晚上，那些圆点就一个一个亮了起来。

你干吗不带过来呀？

奶奶说，不能把月光衫带到城里，城里没有晚上，带到城里月光就丢了。

那你这月光衫是怎么来的呢？

麦穗就开始说了，在那东山顶上……

2

我问你月光衫，你怎么说起太阳来了？

麦穗说，必须先说完太阳才能说月亮。月亮不跟太阳在同一个地方升起，它在东山顶的南侧。东山顶高高的，又宽又大，是我们村里的光明顶。光明顶的山崖下有一条深深的沟壑，村里人都叫它月亮谷。谷里有一条水溪，清清的水，常年流，被石头一硌，就发出清脆的响声。谷里经常起雾，月亮就从一团雾里升起来，把雾也带到了天上去，雾茫茫的，一圈月晕。奶奶说了，那是月亮还没睡好觉，上到中天，却还在犯困。

住在城里的佳怡从没认真地看过一次月亮。月亮那么高，那么远，没想过会跟自己有什么关系。然而麦穗来了，麦穗却说月亮是从她们村里升起来的。

不从我们村升起来那从哪个村升？麦穗反问佳怡。

是啊，从哪个村升？佳怡一下说不上来。

圆圆的月亮就是从我们村的月亮谷里升起来的，麦穗说，月亮从月亮谷里升起来后，就开始往下落月光。月光不光落到月亮谷里，也落到光明顶上。我爸就趁着夜晚，领我去拾月光。那月光落到月亮谷里的，被水溪冲走了，拾不起来。落到光明顶上的，一个圆连着一个圆，闪闪发亮，就被我爸和我拾了回来。我妈正想给我做件衣裳呢，我爸说，那可是巧了，我和麦穗拾回来一些月光，你就给她做了吧，一定很漂亮。就这样，我妈就给我做了一件漂亮的月光衫。

月光……也能拾？佳怡觉得不可思议。

当然能拾！麦穗说得很肯定。

你去拾了？

是的，是我爸带我去的。我妈做的月光衫上有大圆点，也有小圆点。我爸说，那些小圆点就是我拾的。

那你们是怎么拾的呢，总不会是用竹篮吧？

当然不会用竹篮。我那时还小，跟着爸爸，忘记怎么拾的了。麦穗说，不过，我爸会，他说等我长大了，他再好好教教我。

你爸教你了吗？

我爸还没顾上教我。

为什么顾不上？

因为我爸去外地了，一直没回来。

你爸去外地干啥？

麦穗说，我爸去外地拾月光去了。

佳怡说，月亮不是从你们村升起来的吗，你们村就有月光啊？

麦穗的眉心皱了一下，郁郁地说，月亮搬家了。

好好的，月亮怎么搬家了呢？

麦穗说，月亮谷里的那条小溪没有水了，很少再起来雾，奶奶说月亮住不习惯，就搬家了。

那月亮会搬到哪儿去呢？

麦穗说，所以，我爸去找去了。我爸说，他一定能拾到最好的月光，回来再给我做一件更漂亮的月光衫。

3

妈，佳怡说，我问你件事。

什么事？

你说月亮是从哪里升起的？

佳怡妈妈说，这个你们老师没教吗？

课本上没有。

佳怡妈妈便问，那你说从哪儿升起的？

佳怡说，麦穗跟我说是从她们村里升起的。

佳怡妈妈说，她这么说，也对。

这么说月亮真是从她们村升起的？为什么呀？

因为她们村叫月亮湾。

噢，是这样。那我再问你，你说月光能拾吗？

佳怡妈妈觉得这个话题很有趣，便问佳怡，你觉得呢？

我觉得不能拾，月光怎么拾啊！

那你为什么还要问？

佳怡说，可麦穗说月光能拾，她和她爸去拾来后，她妈还给她做了一件月光衫呢！

呃，这样？那你该问问她，她妈是怎么给她做的呢？

问了。佳怡就把她和麦穗的对话详细地给妈妈说了一遍。

4

佳怡妈妈给月亮湾小学的洪老师打电话，是洪老师吗？我是星城佳怡的妈妈。

佳怡妈妈好，我们麦穗在您那儿表现怎么样啊？

星城是一座很漂亮的城市，佳怡在星城小学读二年级。星城小学与远在山边的月亮湾小学结对子，学校要求有条件的家庭，暑期时每家接一个月亮湾小学的小朋友到城里来，一起度过一个有意义的暑假。这样佳怡家就选了麦穗。

选麦穗，是佳怡妈妈亲自选的。佳怡妈妈从一摞照片中一下就选中了她。单从照片上看，麦穗并不像是生活在乡村的女孩，模样儿清秀、灵动，皮肤跟山里熟透的苹果一样，一看就让人喜欢。见到本人，竟比照片上还要漂亮和灵透。

因此佳怡妈妈说，好着呢！打电话就是想问一句，麦穗这孩子是不是很会讲故事？

洪老师说，她是不是又讲她的月光衫了？

是的。都把我家佳怡给讲信了，缠着要我也给她做一件呢。麦穗的月光衫到底怎么回事？

洪老师说，唉，这孩子也是苦啊！她爸妈生下她一岁多，交给爷爷奶奶后，就到外地打工去了。读育红班的时候，她爸回来，从外地给她买回来一件小衫，是点点服，但不同于一般点点服的是，每个点点里面都有发光体，一通电，就全亮了，晚上看的确也跟透着月光差不多。因为她小，她爸就给她编故事，说里面的月光是领她去东山顶拾回来的。她爸离开的时候，她哭着不让走，她爸只好说，你还想不想要月光衫？想。那想的话我得拾月光去。可月亮搬家了，已经不在咱们村了，我得到外地找月亮去，先找着月亮，才能把月光拾回来，也才能拾到最好的月光。所以在她印象里，她爸是去外地拾月光去了。

佳怡妈妈说，可她现在已经是二年级的学生，按说应该知道这是大人讲的故事了。

按说是这样，洪老师说，可问题是她爸妈一直没回来，所以她就不厌其烦地给小朋友一遍遍地讲她跟着她爸拾月光的事，谁如果不信，她就很不高兴，不再理人家。

孩子这么小，她爸妈也舍得？怎么着也得回来看看孩子不是？

怎么说呢，她爸妈回不来了。说到这儿，洪老师停顿了一下，然后才说，她爸妈在外面出事了，爷爷奶奶知道，可到现在还一直瞒着她。

这么好的孩子！显然佳怡妈妈也有些伤心。

洪老师说，麦穗这才去了没几天，关于她和月亮的故事还多着呢。无论她怎么讲，别管你家佳怡信不信，我希望你信。这样麦穗这孩子会高兴的。

洪老师，你放心吧，我信。佳怡妈妈说。

5

这个假期，佳怡妈妈给佳怡报了舞蹈班。佳怡什么都能吃，不忌口，差不多已经吃成一个小胖墩，所以佳怡妈妈很想让佳怡练练舞蹈。佳怡妈妈带两个孩子一起去了舞蹈班，心想，麦穗如果想学，也可跟佳怡做个伴，一起学。佳怡进去了，可麦穗摇摇头，不想学。佳怡妈妈自然也不能勉强，带着麦穗出来，正碰上一个熟人。熟人打过招呼后便说，哎呀，想不到你还有这么一个漂亮的女儿呀！麦穗抬头看了看佳怡妈妈，佳怡妈妈竟没辩解，而是说，可爱不？太可爱了，熟人说。

舞蹈班外面有一片绿地，佳怡妈妈牵着麦穗的手，在绿地上走，心里泛起阵阵舒心。走了一会儿，佳怡妈妈问麦穗，咱在绿地上坐一会儿怎么样？

望着麦穗，佳怡妈妈既像问麦穗，又像自言自语地说，你爸妈到底是怎么生的你呀？

佳怡妈妈并没指望麦穗回答，但麦穗盯着佳怡妈妈说，我给你说，你信吗？

佳怡妈妈说，你说吧，我信。

麦穗说，在那东山顶上……麦穗已经习惯了这么开头。在那东山顶上，有一大片枫树林，在月亮谷里，有一大片桂花树。除了枫树和桂花树之外，还有一种树是板栗树。最高最大的那棵就在东山顶上，我妈说，那是我爸种的。我妈说，有一次她和我爸去东山顶上干活，干了一阵子，累了，就坐下来歇息。这一歇息，我妈就睡着了，然后做了一个梦，梦见头顶上的板栗树，结满了毛毛果，因为是正午，太阳照着，其中一个毛毛果就炸开了，你猜怎么着？

怎么着？

麦穗说，毛毛果一炸开，我正好从里面露出头来，妈妈看见是我，便喊我。她这一喊，我就从毛球里面掉出来了。因为我妈躺在树下，所以我正好掉进我妈的肚子里去了。所以我妈一直喊我坚果。

佳怡妈妈笑起来，下意识地想把麦穗揽到自己怀里。

麦穗说，你是不是不相信？

佳怡妈妈说，我信，你可就是一枚坚果！

停了一会儿，佳怡妈妈说，我其实今天是希望你和佳怡一起学舞蹈的。

麦穗没说话。佳怡妈妈说，是不是不想学？

不是，麦穗说，我有舞蹈老师，可我跳不好，还没学会。

你有舞蹈老师？你们村里也有舞蹈班？

麦穗说，没有，我是跟月亮姐姐学的。

月亮姐姐？佳怡妈妈会心地笑了，那你好好给佳怡说说，人家月亮姐姐是怎么教的。

6

妈！

怎么了？

佳怡说，跟你说个事。

佳怡妈妈大体能猜中佳怡要说什么事。

佳怡说，你说奇怪不奇怪，麦穗说她也学舞蹈，你猜她的舞蹈老师是谁？

谁？佳怡妈妈问得很认真。

是月亮姐姐，佳怡说。

佳怡妈妈说，月亮姐姐在月亮上，怎么教她？

是啊，我也这么说，可麦穗说，每个月月亮都要到她们村的东山顶上来一次。我问她，你不是说月亮已经搬家了吗，干吗还来？她说是搬家了，是她爸让月亮来的。你爸？我觉这怎么可能呢？可麦穗说，是啊，我爸认识月亮姐姐。你爸怎么会认识月亮姐姐呢？我爸因为拾月光就跟月亮姐姐认识了。我爸让她每个月都要过来看我。所以麦穗说，每个月月亮都要到她们村的东山顶上来一次。她早早就在那里等着，两手托着腮就行，就看到月亮越来越大，越来越大，然后就来到她跟前了。月亮上也有桂花树，和她们村月亮谷里的桂花树长得一模一样。月亮姐姐躲在树后，先是扶着树干，露出大半个脸，见没其他人，就从月亮里走出来了。麦穗就跟着月亮姐姐从东山顶上学舞蹈。而且，月亮姐姐还把麦穗带到月亮里面去了。

月亮姐姐怎么把她带进去的呢?

麦穗说,月亮姐姐的袖子很长,她拽着月亮姐姐的袖子,就能进去。

月亮姐姐为什么要把麦穗带到月亮里面去?

佳怡说,因为麦穗跟她说,她想爸妈。月亮姐姐知道她爸妈在什么地方,麦穗拽着月亮姐姐的袖子央求,月亮姐姐只好答应带她去。麦穗说,她和月亮姐姐乘着月亮船,月光暖暖的,不一会儿工夫,就飞到天上去了。

麦穗找着她爸妈了吗?

找着了。月亮姐姐说,你看。顺着月亮姐姐指的方向,麦穗一看,可不,爸妈就在下边呢。麦穗一下就哭了,一边哭一边问月亮姐姐,她爸妈为什么老在那儿打招呼,却不过来? 月亮姐姐说,你看清楚了没,隔着老大一条河呢! 麦穗一看,是一条河,是星星排列成的一条河,泛着粼光。麦穗问,那她爸妈怎样才能过来呢? 月亮姐姐说,只能用月光铺出一条路。麦穗一听很高兴,但说我爸还没教我怎么拾月光呢。月亮姐姐说,没关系,我送给你一个月光宝盒,你带上它,回去就可以拾月光了,什么时候你觉得够用的了,我就去接你,咱们一起铺路。于是,麦穗就经常去东山顶上拾月光……妈,你怎么哭了?

佳怡妈妈擦了擦眼泪,说,妈是激动的! 其实在佳怡转述的过程中,有那么一刻,佳怡妈妈已经把自己当成了月亮姐姐。

佳怡说,麦穗太好玩了,她老说月亮。

佳怡妈妈问佳怡,麦穗说的这些你信不?

我不信。不过她说的就跟真的似的。

佳怡妈妈说,我相信。

啊,你信啊?

佳怡妈妈说,我信。

佳怡说，麦穗说她和月亮姐姐的事，其实并不想让别人知道。

7

两个小朋友到底还是闹起了别扭，起因并不是因为月亮的事，而是两个人说到板栗时，争执起来了。麦穗说板栗树不是直接结出外皮光滑的板栗的，而是先被一个毛毛球包裹着，毛毛球有刺，跟圆溜溜的刺猬差不多，等它炸开后，掉出来的坚果才是板栗。而佳怡不信，说你天天净讲故事骗人。麦穗便不理她了，嚷着要回月亮湾去。

佳怡妈妈说，麦穗说的话，你该信。

她又说对了？

当然，等什么时候我带你去亲眼见见，你就相信了。

8

佳怡妈妈带佳怡到月亮湾来的时候，正是秋天，遍野的绿透着浓浓的秋的气息。洪老师带她娘儿俩来到东山顶上，麦穗说自己要写作业，没来。东山顶上并没有麦穗说的火红的枫树林，月亮谷里也没有麦穗所说的桂花树，小溪的确干涸了，裸露着一些光滑的石子。但成片的板栗树从山顶上扩展开来，整座山都是板栗树的天下。佳怡感觉这儿就跟隔着太阳近似的，阳光很足。在一棵硕大的板栗树下，洪老师说，你伸出手。佳怡一边把两只小手伸出来，一边仰头望着板栗树。板栗树上，真的有一些毛毛球，小刺猬一般。不一会儿，听到啪的一声，佳怡看到毛毛球真的炸开了，两个可爱的红皮坚果便掉落下来，稳稳地落在了佳怡的手掌里。

麦穗正在写作业，佳怡把两枚坚果放到她跟前。佳怡说，东山顶上根本就没有枫树林，月亮谷里也根本没有桂花树。麦穗头也不抬地说，枫树林和桂花树也搬家了。佳怡说，你又在骗人。麦穗说，我干吗要骗你！佳怡看到麦穗手边有个漂亮的铅笔盒，正要打开，麦穗说，别动。

怎么了？

里面盛着月光呢。

佳怡说，我正要问你，你的月光拾足了没有？

麦穗说，不告诉你。

佳怡说，等晚上我们一起去拾月光好不好？

你不会，我自己去拾，麦穗说。

这天晚上，月亮特别大，特别圆，看上去像真从月亮谷方向升起来似的。转了一天山的佳怡早就累了，不等月亮升多高就睡下了。佳怡和麦穗睡在一张床上，夜里佳怡做了个梦，在那东山顶上，佳怡和麦穗一人一个月光宝盒，一起拾月光。过了一会儿，月亮姐姐来了，月亮姐姐真美，长长的水袖，教她们舞蹈。月亮姐姐走的时候，佳怡也想拽着她长长的柔滑丝袖，进到月亮里去，可刚有飞翔的感觉时，梦却醒了。

第二天，佳怡仍然怅怅的、闷闷的，不说话。往回走的时候，佳怡问妈妈，怎么没见着麦穗的爸妈？佳怡妈妈说，她爸妈在天上呢。

佳怡说，这是麦穗说的。

佳怡妈妈说，麦穗说的是对的。

那个夜晚

1

鲁西南的秋天，空旷而又辽远。1941 年的那个秋天，更氤氲着几分肃穆和悲凉。鬼子大规模的扫荡开始了，抗日队伍暂时撤往山里，与敌人周旋。

月亮照着的这个石头小院是七婶家的。那个时候的七婶还不叫七婶，而叫七嫂。后来的七婶在回忆起那个深秋夜晚的时候，对那晚的月亮印象特别深。

那天晚上，月亮出得特别早，天完全黑透之后，它就亮亮地挂在东天上。七婶的丈夫青树不在家，七婶很早就闩了大门。中间起夜的时候，她看到月亮已升上中天，银辉洒满一地。深秋的夜晚，风很凉爽，夜空显得很明净很高远。为了方便自己的队伍夜间行动，村里一条狗也没留下。要不，这个时候或许会有一两声狗吠。村庄在空旷和安宁中，显得一片静谧。

起夜的七婶，走进铺满银色月光的院子里，很自然就闻到了风中弥漫着的干草清香，她被这熟悉的清香气息吸引住了。这些干草是七婶收秋后从田头沟坎上归拢回来的。往年，她也是这样把疯长了一个秋天的草，一片片刨倒，一捆捆背回家，晾晒在院子里，待它们散发完水分之后，将它们垛成一座小山，供一冬的烧用。今年这些柴草，不只供烧用，它们已被七婶派上了一个更重要的用场。此前，七婶已经在里面掏出了一个温暖的小窝，在一层干草之上，铺一层麦瓤，一领小席，两床小被，能委屈着躺得开一个大人。如果是放进去一个或者两个吃奶的孩子，那绝对没问题。

七婶有个儿子叫蛋蛋，又接了纪营长的儿子小小，两个孩子差不多大。七婶想，只要有情况就把小小放进去，敌人盘查也只能查到蛋蛋。这样，小小就应该是安全的。

这时屋里有轻轻的婴儿声传出，七婶折回屋，看到发出哭声的是小小，儿子蛋蛋睡得正香。

七婶把小小抱起来，柔软的小家伙，一触到奶头，就停下了哭声。小小，皮肤和容貌随他妈妈肖亚兰，气相和神韵又明显烙着纪营长的特征。七婶像爱儿子蛋蛋一样爱着小小，两个小家伙都虎头虎脑，每看一眼都让人心生爱怜。尤其当两个孩子闭着小眼睛，张着小嘴，用萌动的矫情要奶的时候，七婶就恨不得把自己变成一条丰沛的河流，痛快淋漓地灌溉和哺育。

小小的"饭量"似乎越来越比蛋蛋大，七婶一个人的奶水供两个小子吃，感觉自己也像那青草一样，不断地蒸发着水分。吃足的小小已在她的怀里重新睡去。七婶想，何不让小小先熟悉一下他的"小狗窝"？这么想着，七婶蹲下身，一只手就撕开了堵在洞口的一团草，把小小稳稳地放了进去。躺在里面的小小，竟像在她的怀抱里一样睡得香甜。

正在七婶想把小小抱出来的时候，却听到蛋蛋在屋里发出哭声。七婶看小小睡得正好，就想让他在这儿先躺一会儿吧。七婶起身回屋。

七婶斜倚在床头一边奶着蛋蛋，一边打了个盹。在这当儿，从石头院墙上好像掉下了一块石头，砸在院子里。七婶激灵了一下，但并没去多想，只赶紧收了怀，出来抱小小。这时却发现，小小已经不见了。

七婶连着在院子里转了三个圈。

七婶摸摸草窝，小小刚刚躺过的地方，还残留着温热。

一瞬间，七婶都想把自己的头撞到石头墙上去。

2

七婶敲响了村长林志义家的门。林志义打开门，还没来得及开口，七婶已经扑通跪在了他面前。

听了七婶的叙述，林志义也在屋里转了三个圈。

队伍向山里撤，村里有三十多个壮劳力随队运输物资，七婶的丈夫林青树也在其中。林志义的计划是想等这批人回来后，尽快给七婶家垒道假墙，以防万一。还听说青树在部队上的侄女林欣最近负伤，组织上已通知转回家疗养，林欣一回来，也可以把她先安置在七婶家，因为林欣身上带着枪，这样安全系数会更高一些。在这些安排都还来不及实施的情况下，七婶提出她今年打下了很多柴草，可以先在柴草垛里掏个窝，真有急事时也是个应对。林志义觉得这样也好，因为部队刚走，真正艰难的日子还没有开始。但谁承想，风平浪静中却出事了呢！

不过，七婶也有疑问。七婶的疑问同样也盘桓在他的脑海中，到底是谁对纪营长的孩子留在七婶家这么熟悉？又怎么可能在没一点动静的情况下不翼而飞？

林志义把七婶送回家，嘱咐她先不要对外声张。林志义顺路去找民兵连长林明亮。渊子崖村很大，却只有一条东西大街，其他一条条密密麻麻的小巷都是从这条大街上四散开去的。站在大街上，可以清楚地看到村两头黑魆魆的圩子墙。这圩子墙是绕村拉了一圈的，一米多厚，夯得十分结实，是原来防土匪袭扰时建成的。如今，鬼子打到了家门口，在河西梁庄安上了据点，昔日的土匪也忙着打鬼子去了，这道圩子墙便不再防匪，而用在了防鬼子上。圩子墙在村子的东西南北开了四个口，夜夜有人轮流把守，没有枪响就突进人来的可能性不大。月光下，林志义看到自己的影子特别矮小，此刻他的心里也矮着半截。因为，关于小小，他是向组织上打过保票的，当时他把胸脯拍得山响。现在他才觉得，自己的胸脯拍得有些过于匆忙了。

林志义和林明亮在圩子墙北门找到了值夜的两个民兵，但他们不是站着，而是歪躺在地上。两人都被木棍或枪托击中了后脑勺。一个已经牺牲，一个还残存着一点气息。

3

七婶是在这年开春认识肖亚兰的。在这之前一年，她就认识了纪营长。纪营长长期在这一带活动，七婶好几次碰到纪营长、区长冯干三和村长林志义三个人一起在村巷里来来去去。春分时节，村里的柳树杨树都已开始泛绿，天上也时常掠过北归的雁群，麦地里闪烁着青涩的光。

村里呼啦啦一下拥进了好多人，有穿军装的，也有不穿军装的，就是穿军装的那些人看上去，也跟纪营长他们不一个样。七婶问过林明亮，才知道拥进来的这些人都是部队文工团的。

这么多？七婶有点惊讶。

八大剧团呢！林明亮掰着指头给她数，师部的战士剧社、抗大一分校、省妇联姊妹剧团、突进三分社、鲁南黎明剧社、鲁艺宣传大队、抗演六队，这才七个啊，还有一个什么来着？

戏台搭在村祠堂前面的空地上。第一个走上舞台的，是一个和她一样怀着孩子的女人，孩子明显已经显身了，看上去和她肚子里孩子的月份差不多少。虽然怀着孩子，但那神情和状态却比正常女人还要从容。女人的声音清脆而又甜美，不待开口便尽含微笑，这让七婶觉出了见过世面的女人与乡村女人的区别。

第一天散戏后，七婶还沉浸在热闹的戏文中，村长林志义却领着舞台上的那个女人踏进了门槛。你们两个，啊，情况差不多，住一起正好可以交流交流。七婶说，真好，我还以为不往我家安排人了呢！把女人迎进屋后，七婶送林志义走到门口，林志义悄声说，你知道她是谁吗？她和咱纪营长可是……林志义说着，把两手的食指往一起并了并。七婶没想到这竟是纪营长的女人。

在渊子崖村的这场会演，一共持续了十五天，惊动了周边十几个村庄。晚上，抻开被子，两个女人通着腿，对坐着，总要说上一会儿话后再各自睡去。肖亚兰从渊子崖开始说起，说到了板泉镇、滨海区、山东省乃至全国。七婶就像听戏一样，虽然频频点头，但也不是完全明白。不过有一点，她明白了，那就是全国并不只纪营长他们一支部队在打鬼子，也不只他们这一个地方有鬼子，要把日本鬼子赶出去，绝不是一天两天的事。肖亚兰说，我们现在的处境还很艰难，你说正好在这艰难时候，我这身子又……

会演结束后，肖亚兰没有随团离开，而是留在了渊子崖村，等待生产。

4

林青树一回来，林志义就赶去了七婶家。

林志义说，情况你一定也知道了，咱商量个对策吧！

这一下也愁坏了青树，青树干抽着旱烟不说话。他实在无话可说，谁还能有什么好对策呢！

三个人正闷着的时候，林欣回来了。林欣发现气氛不对，问怎么回事。林志义说，也不瞒你，发生了个大事。就把事情说了。

林欣说，这事有点蹊跷。

林志义说，到底哪个环节出了问题，现在一时还搞不清。不过，鬼子恨咱们纪营长，这个是明摆着的。他们是不是想用小小，把纪营长他们给钓出来？

现在部队都已进山，残酷的斗争很快就要开始，我们不能把这个消息先传出去。

我也是这么想的。但下一步怎么办呢？

林欣也没办法，只说这次扫荡敌人纠集的队伍很庞大，各个据点都抽走了很多人，有的甚至只剩下了伪军。

林志义一听，猛然抬起头，说这倒是个机会。

林志义说的机会，是想趁梁庄据点敌人兵力空虚，虎口掏心，把小小给救出来。因为，他们认为，小小十有八九是被梁庄据点的敌人掳去了。

渊子崖村群众基础好，全村族人共九支，每族都有几十个青壮年。纪营长的队伍在村里时，曾将这些人分成九个排进行过训练，后来部队往山里撤，也给村里留下了部分枪支。

林志义让林明亮把储藏在他家的一部分部队服装拿出来，这些服装差不多够三个排的人穿。林志义让一百多人换上服装，选择在黄昏时分大摇大摆地开到了梁庄据点外围。

守据点的敌人只听说外出扫荡的人马连八路毛也没见着，不承想大队的八路直接开到据点来了。他们一面坚守，一面派人报信。

天很快黑下来了，就在林志义他们越摸越近的时候，据点内却突然轰隆一声响起了巨大的爆炸声。这突如其来的爆炸不仅把据点里的人炸蒙了，林志义他们也蒙了，简直成了一场策划好的里应外合。此时，据点里少量鬼子和大部伪军乱作一团，林志义趁机下令强攻。敌人不摸东西，四散逃命。这样一来，没想到死死盘踞在沭河岸边的梁庄据点，竟被林志义他们冲击得只剩下半拉子空城。

但林志义他们并没有在据点里找到小小。没找到小小，在林志义心中，这次行动就算是失败的。

渊子崖人敢于攻打据点，并把敌人打得魂飞魄散的消息，不胫而走，传遍了四乡八里。但私下里，林志义却受到了区长冯干三的严厉批评。冯区长连着几天往渊子崖跑，他担心敌人不会吃这个哑巴亏，冒险的胜利一定会带来敌人的复仇。冯区长带着林志义、林明亮等绕着村圩子墙转，察看如何布置防卫力量，并在出现情况时如何与区小队进行联络。

只是冯区长的判断并不为渊子崖人所接受，他们认为，现在鬼子外出大"扫荡"，一时还顾不上。什么时候等他们顾上了，那我们的部队也回来了。所以并没有引起足够的警觉，各家各户该干什么还干什么。

时间到了1941年12月20日这一天。冬天的太阳步履蹒跚，阳光温暖地照耀着这个古城堡一样的村落，高大结实的围墙四周有许多松柏槐柳和银杏古树。在村南村北紧靠围墙的两条宽阔水沟里，有成群的鸭子在那里嬉戏。有人往村外推土送肥，也有人忙着赶北面的刘庄集。林守成每天都要外出卖豆腐，今天也不例外。但当他推着豆腐车走上村北大岭时，远远就看到了一大队全副武装的鬼子正向这边扑来，大路上尘烟四起。林守成年轻时是有名的兔子腿，百米冲刺赛过兔子，尽管眼下他腿颤不止，但还是把豆腐车一扔，撒开长腿哧溜开跑，身后腾起一长溜细小的烟尘。

村里的五子炮、生铁牛全拉上了围墙垛口，九个排的土武装全部上阵，在家养伤的林欣也参与了战斗。敌人从早上开始直到中午才攻进村子，开始了惨烈的巷战。在巷战中，渊子崖村所有的农具全派上了用场，各家石头墙上的石头也被揭去大半。这场战事是在傍晚结束的，渊子崖死一百四十七人，伤三百多人，整个村庄弥漫在烟火之中，每条街道都洒染了鲜血。战后打扫战场时，发现敌人在村外围被打死三十多人，在巷战中被铁锨拍、石头砸、抓钩抓、镢头抡、大刀削，死七十多人，共计一百二十一人。

战事发生时，冯区长正带着区小队的十几个人在刘店一带活动，来不及整合区小队全体人员，就赶紧带着这一小队人马前来增援。他们赶到时，敌人还被阻击在村外围。村外是一片开阔地，无遮无拦，没等他们靠近，便全部牺牲。纪营长他们得到消息时，战斗已经结束。

民兵连长林明亮、卖豆腐的林守成、带伤参战的林欣等皆在阵亡者之列。林青树因两手抓住了敌人的刺刀，左手被切断了三根手指，是林志义从后面用铁锨把敌人拍倒的，不然林青树也一定会被敌人的刺刀刺穿胸膛。

七婶和蛋蛋藏在地窖里，过冬的萝卜和白菜垛了一窖。敌人曾一度发现了这个窖口，刺刀刺下来，先是扎了一只萝卜，然后又扎了一棵白菜。七婶听出上面只有一个鬼子，当鬼子拨开窖口的柴草往里探头探脑时，被七婶用短把的抓钩抓着肩膀拽进了地窖，并两手把鬼子的头狠狠地摁在地窖里的泥土中，直至憋闷而死。这个连杀鸡都手抖的女人，关键时刻却闷死了一个全副武装的日本鬼子。

5

转眼到了 1945 年，省政府在大店召开成立大会，林志义代表渊子崖村参加了会议。林志义回来时，带回一个口信，让林青树和七婶准备一下，找个时间把小小送过去。

抗战胜利了，这一天早晚要到来。说七婶不盼着胜利，那是假的。但七婶也明白，胜利来临，她和蛋蛋注定就要分别。

1941 年那场惨烈的村战发生后，林志义曾在七婶家待了大半个晚上，小小出事，除了他们三个人外就只有林欣知道，而林欣已经牺牲了。林志义的意思是小小的事不能再拖了，只能对外公开了。这事，七婶和青树早已有商量，七婶说，公开行，但只能公开小小在，蛋蛋没了！

林志义说，唉，这怎么是好？这可就难为你们了。

林青树黑着脸，说这事就这么定吧。要不，我们有什么脸面再见纪营长！

林青树和七婶已经做好了送走蛋蛋的一切准备，但林志义又紧急传话，说一部分部队急着往东北开，纪营长和肖亚兰也在列，孩子就不用往大店送了，他们部队正好路过渊子崖，让他们在村头等着就行。

部队开过来的时候，已是晚上，漆黑的夜，只听得见脚步声唰唰地响。纪营长和肖亚兰走到他们身边，蛋蛋已经五岁了，静静地趴在七婶的背上。纪营长握了林志义的手，又握了林青树的手，真诚地说，这几年乡亲们辛苦，让你们受累了。肖亚兰从七婶的背上把蛋蛋抱在怀里，眼里便涌出了泪水。说小小，我的小小，你都这么大了！

他们没有多余说话的时间，再次握手后，纪营长和肖亚兰就加入了那唰唰声中。七婶他们一直等那唰唰之声彻底隐没，四周只剩下漫无边际的黑夜，才开始往回走。

七婶背上轻了，脚下却沉得迈不动步。

6

从小小出事那天起，七婶夜里就睡不好觉。现在把蛋蛋送走了，七婶的觉就更加难睡了。

青树说，你还在心疼？

七婶叹口气，我是担心啊！

怎么还担心？

万一他们发现那不是小小，该怎么办？那天是天黑，他们看不清，可等到白天呢？

我想不会吧，小小出生时纪营长连见都没见着，几个月大肖亚兰就把他交到了你手里，这四五年过去，孩子长什么样，肖亚兰恐怕也弄不清了。

你说，我们是不是应该跟他们实话实说？

那怎么行！纪营长和肖亚兰他们无家无舍，就这么一件事交给我们，我们怎么说也不能有闪失。你是不是又舍不得蛋蛋了？

七婶说，谁能舍得啊！从他会说话，我就没敢让他叫一声妈，我让他叫婶儿，可怎么教好像也没教会，连声婶儿也没听到。

青树说，当初这么决定，你可是比我还坚决。

那当然得坚决，七婶说，我是想，我们可以再生。

从此，七婶的热被窝里，既弥漫着伤心的气息，也鼓胀着新生的希望。但无论是七婶还是青树，那感觉跟从前已大不一样，常常行至半途，便喘息几声，退下阵来。因为七婶的眼里总是含着泪水。

这样的夜很漫长，一个夜连着另一个夜。夜里的七婶，不敢再见那月亮地，一见心就跳头就晕，天一黑就躲在屋里。

七婶和七叔一直在努力，一直在新生。他们想，每次半途而废总有不废的时候。但他们没想到，真正"被废"的日子竟然来得又是那样迅疾。

1947年的孟良崮战役，青树的任务是往阵地上送弹药。在三二○高地，青树被一颗流弹打穿了裤裆。

在青树静养的日子里，两人都刻意回避了蛋蛋的话题。从此，青树的身体每况愈下，心情也每况愈下，没等得及听一听开国大典的礼炮就去世了。

青树去世后，七婶的心思并没有去多想他，而是一直在回想1941年深秋的那个夜晚。那个晚上的月亮出得特别早，亮亮地挂在东天上，银辉洒满一地。夜空很明净很高远，院子里飘荡着凉爽的风，风中裹挟着干草的清香。七婶仍然清楚地记得，她在柴草垛里掏出的那个温暖小窝，在一层干草之上，铺着一层麦瓤，然后是一领小席，然后是两床小被。肖亚兰也是在一个夜晚把小小留给她的，肖亚兰或许不会记得小小小时候的模样，但七婶记得，时间隔得越长，她的记忆越清晰。那个夜晚到底发生了什么，怎么发生的，她却不得其解。

其实，小小的事出在丈夫的堂弟林青叶身上。

当年部队往山里撤之前，曾有一次参军热潮，林青叶也报名参了军，但队伍出发时正赶上疟疾，他是等疟疾好后，才去追赶部队的。在王庄，林青叶遇见了一伙八路军，他不知道这是一伙伪军装扮的。鬼子大扫荡为找不到八路军而犯愁，便让一伙伪军装扮成八路军四处探听消息。"八路军"问林青叶是干什么的，林青叶说是去找纪营长的部队。你认识纪营长？当然，我不光认识纪营长，我还认识他的孩子呢！他的孩子？是啊，他把孩子留在了村里，是我七嫂给他带着。"八路军"说，那可得小心啊，可别让敌人给抓了去。不会的，我七嫂在院子里堆了柴火垛，在里面掏了小窝，一有情况就把孩子放进去，敌人发现不了。

等林青叶感觉不对头，发现了这伙"八路军"的秘密时，已经为时已晚。林青叶知道自己惹下了大祸，便没再去找纪营长，而是直接投奔梁庄据点。他伺机搜罗了二十多颗手榴弹，引发了据点内部的爆炸。

对七婶来说，她一直在懊悔，自己为什么要把小小放进柴窝，为什么放进去的不是蛋蛋。七婶当然从来没想过，这场战争为什么要发生，日本人干吗要打到中国人家门口上，他们自己不是也有家吗？

在长达五十多年的时间里，七婶心里始终装着那个夜晚。那个夜晚被击中后脑勺却侥幸活下来的民兵叫林果，林果已经痴呆，村战时又被大炮震聋了耳朵。好多次七婶想向他求证，那个晚上是什么人袭击了他，为什么不能把敌人挡在圩子墙外，然而林果只是憨笑。不管七婶问什么，他的憨笑都将问题化为无形。可能只有傻子，才会将那场战争忘得一干二净。

全国解放后，七婶一直期待与纪营长和肖亚兰的见面，她想看看蛋蛋长成什么样了。当然，七婶也一直为有可能的见面感到纠结，在这五十多年中，她也时刻担心纪营长和肖亚兰会把孩子送回来，说这哪是小小，这分明是蛋蛋啊！但七婶想好了，她决计不承认出错，那个漆黑的夜晚，她交给纪营长和肖亚兰的孩子就是小小。

然而，纪营长和肖亚兰却再没有音信。因为，肖亚兰早在解放四平的战斗中就牺牲了，几年之后，纪营长也牺牲在了朝鲜战场。而她的蛋蛋，中间几易其手，早已下落不明。被敌人掳去的小小的生死和去向也成了永久的谜。

一场持久的战争，改变了无数人的命运。

只有一垛柴草，陪着七婶走了五十多年，直至失去干草的清香，腐烂变质，化为泥土，如水的月光照着一个空落落的院子。

傻瓜的初恋

　　一群人在大厅里一字排开的时候，很气派，也很壮观。队列前边站着一个很干练的年轻人，大家都跟他喊黄总，此时他正在读名单，读到谁，谁就会马上被中层的人像小绵羊一样牵走了。当金碧辉煌的大厅里只剩下一个人的时候，黄总说，项立明，跟我来吧。我像一个跟屁虫一样跟在黄总后面，穿过长长的豪华走廊，一直走到厕所。我说，我不想解手。黄总说，不解手没关系，这儿就交给你了。

　　我怀疑自己的耳朵听错了，我还从来没听说过厕所也可以上班，乡下有那么多厕所，谁要天天蹲在那里，没病才怪呢。到底城里跟乡下不一样，那一刻我感觉自己将来要学的东西还有很多很多。其实如果没有门上的标志，我还真不相信这是厕所，环境如此幽雅，比村里居家过日子的人家拾掇得都要好得多，而且并没有什么味道，因此一进门我就喜欢上了这个地方。我在心里偷着乐，我进城了，我有工作了，我可以像城里人一样上班下班了。想到这，刹那间一股幸福的眩晕感不可阻挡地袭来，我觉得一切幸福生活就将从这里开始了。我穿着一身紫红色服装，熨帖，得体，仅仅这一身服装就把我变成了一个城里人。我对着镜子有点贪婪地欣赏着自己，甚至能够闻得见弥漫于周身的帅味，我对自己满意极了。我觉得在这厕所里没有什么不好，就像在城里人的客厅里一样，重要的是它属于我，我在这里说了算，想站在哪儿就站在哪儿，绝对没有人管我。而且他们对我都非常客气，离去了还不忘说声谢谢。有时我听到里面屁声响成一片，就忍不住好笑，原来天天吃好东西的城里人也能放出很响亮的屁来。而且城里人也有闹肚子的，刺啦一声让人觉得很有韵味。同样是拉肚子，但能听得出来，城里人拉得更仔细，更有诗意。没事的时候，我就自己拿一块手纸在那里研究，我想这么上档次的纸确实也只有城里人的屁股才能对得住它。农村永远也赶不上城市，从手纸上就能看得出来。农村人还用土坷垃胡拉胡拉的时候，人家城里人就用上报纸了，等农村人也用报纸追赶一点现代文明的时候，这不，人家城里人早已经用上专用手纸了。想想也是，人家城里人的屁股嫩呀。我拖地的时候，常常无意中看到一些白白嫩嫩的屁股，每当这个时候我的心里就怦怦直跳，脸也不自觉地红起来。它让我想起女人，在我的想象中只有女人的屁股才会这样白。

是啊，我现在想女人了，有了一份固定而又可意的工作不想女人那才怪呢。但想来想去并没多少人可想，城里的女人倒是一嘟噜一嘟噜像鲜葡萄一样，可惜的是都让一些龟孙占下了，有的还占用两个三个，吃了葡萄连皮也不吐，根本轮不到我。听说一个什么人，还一百多个，这他妈的还是人吗？简直就是一头种牛，比我老家的种牛还健壮。这事，我想用不着那么复杂，有一个还不够？所以，我只想雪花。雪花说起来也算是我的同事，就在酒店的美容美发厅工作。那天她过来拉屎，里面手纸没了，她说拿手纸。当时女部的服务生不在，我拿着一卷毫不犹豫地就冲了进去，她低着头，伸手接了，还说了声谢谢。出来后，她问，怎么就你自己？我说这会儿就我自己。那刚才的手纸谁送的？我送的。你？你都看到什么了？我什么也没看见，真的，你蹲在那里，我还能看见什么！你平常也有这项服务吗？没有，这是我临时加的。你脑子是不是有什么问题？别人也都这么说，说我跟我爸遇了车祸，我爸死了，我留下了病根。可我觉得我没有病，你想如果我有病，这么重要的工作我还能干得了吗？雪花说，噢！我知道了，你是项立明，你的名气在咱们酒店可大了，谁不知道你？临走，她说，项立明，你真有意思，我喜欢你。一边说着一边就在我的脸上亲了一口。

雪花走后，我好长时间回不过神来，而且忽然想，人就是这样无来由地出缘分，因此从这一刻起我就理所当然地把雪花当作了自己要处的对象来对待，或者说雪花干脆就是对象。想到这里，我顺手摸了摸小老二，就像跟它商量一样，很自豪地说就这么定了。对以前的事，我现在记起来的不多，但有一点我记得很清楚，就是考大学只因为一分落榜。如果家里有钱，别看差一分，就是差十分我也能上大学。可话说回来，有钱的话，父亲就不领着我出来打工了。父亲虽然走了，但我还是幸运的，我找到了工作，或者说酒店给我安排了工作。顾客经常在拉屎的时候展着一张报纸看，走后随手就把报纸放到了洗手间。我看到上面净是一些大学生找不到工作的报道，因此有时候我真庆幸自己没考上大学，当初要考上大学，不一定有份固定的工作，可我现在有。现在的这份工作，我很喜欢，或者说喜欢极了，我真的爱厕所。你看厕所，多么真实，人真实，味道也真实，有屎就拉、有屁就放，没有半点虚假，根本不用设防。在厕所里，没人罚我款，没有痞子无端地欺侮我，打我。在这里，我说了算，好多进来的人都跟我老朋友似的点头，好像是必须经我同意之后他们才敢做点什么。而且在这里，我结识了不少名流，还包括一些官员。我好多次见过这个城市里最大的官，我们曾在厕所里，确切说是在我工作的地方，热切交谈过。我一点也没觉悟到他身上的官味，他身上的味道和我工作间里的味道没有什么不同。我给他拧开水龙头，再给他递上一张揩手纸，他像看文件一样拿过去看了看。我知道他习惯了看文件，他说就这样吧，就像给部下作指示，就把手擦完了。他郑重其事地问我的年龄，问我苦不苦累不累脏不脏。他还说，我们只是分工不同，但都干着有意义的工作，不管在什么岗位上都一样能为国家做贡献。他还说，人就怕不劳动，劳动着就是美丽的，工作脏没有关系，重要的是你的心灵不脏。这样的话他至少跟我说过三次，热情得让我有点不好意思。正是他没有把我当作同一个人，或者说他同我一样健忘的记性，使我能够连续不断地得到他的关怀。他握着我的手，眼睛一边看我，一边在找电视镜头，告诉他们不要无来由地拍，要把镜头多对准群众，能为群众多干点实事比什么都好。我觉得他比我们村里的书记强多了，我们村里的书记跟我说话的时候，一开口都是先说您妈那个×，然后才说什么事。其实我跟他同辈，可听起来就像比他矮好几辈一样。但他没有想到，我现在跟这个城市里最大的官都经常见面，而且还经常交谈，这是他做梦都想见到的官，现在我见到了，他书记又能怎么样？不仅见到，我还可以给你透露，我看到过他的小玩意儿，这一点让我感到无比自豪。在这座几百万人口的城市里，我敢肯定没有几个人看到过他的小玩意儿，除了他的母亲、妻子和发小，当然我想正常情况应该是这样。当他从裤裆里把它拿出来的时候，我的呼吸都简直停止了，那是多么神圣的一刻，那细微处的一个黑点让我牢记在心，从此之后我敢保证不管有多少男人在我面前褪下裤子，不用看脸面，我就能一眼认出哪是他的。

那天回到宿舍，我不顾一切地把裤子褪下，把玩自己裤裆里的小玩意儿，我努力想找出一点共同点来，我说不上我的小玩意儿与领导的有什么不同，真的，尤其让我惊喜的是，我也在自己的小玩意儿上找到了一个黑点，一个小小的黑点，由此使我彻夜难眠。我爬上高高的楼顶，对着整个城市把小玩意儿拿出来，城市奢侈的霓虹明明灭灭，映照得我的小玩意儿神采飞扬。我突然觉得在这座城市里我也算得上一个人物。随后的一段时间，我经常不自觉地把手伸进裤裆，摸来摸去，心中感觉无比惬意。一摸着小玩意儿，我就按捺不住对未来美好生活的憧憬。我想把这个重大的发现，尽快地告诉我的对象，是谁来着？你看我这记性，不过，我终于还是想起来了，对，是雪花。

　　我去的时候，真不巧美容厅正在开会。这时，我才知道原来美容厅有这么多女孩，我数了数，得有二三十个，清一色的年轻。只是让我不可思议的是，她们的穿着都出奇地少，而且头发的颜色各异。她们都用异样的眼光看着我，其中一个问，你找谁？我说找我对象。她们说，对象？好像都很惊奇，我不知道她们为什么那么惊奇，对象就是对象，这有什么好惊奇的？她又问我，谁？我从她们中间一一看了好半天才看到雪花，我于是用手指着她说，她，就是她。于是她们都哈哈笑了起来，而且雪花也笑了。事后，雪花跟我说，我什么时候成了你对象？哎，那天你可是亲口对我说的，你说你喜欢我，我记得很清楚，不是吗？临走，你还亲了我。在我们老家，这是定了亲之后才有的事。雪花一个劲地咯咯笑，说立明，你真幽默，我真的有点喜欢你了。听她这么一说，我的心才放下来，我也跟着笑了。我觉得她应该能从我的笑中看出来，我并不像他们说的缺心眼，而是很聪明。不过她说，婚是结出来的，但恋爱可是谈出来的。我这会儿正好有时间，咱们谈吧。我没想到她这么快就进入正题，但我不知道该谈些什么。好在我忽然想起她们开会的事，就问，你们开什么会？她说，评先进。评先进？那你们部门真正规。我又问，先进怎么个评法？她说，好评，根据每个人业务量的大小。你们的业务量区别大吗？她说，那太大了。有的一天有五六个客人，而有的一天一个也没有。五六个的就发红包，一个没有的就不发。那你一个月能拿多少？这可说不准。有时一天就挣好几百，有时一星期不一定挣足一百块钱。我有些愕然，不对吧，我一个月才几百块呢。你们为什么拿这么多？雪花说，这是因为我们的工作性质不同，岗位不同，拿的钱自然就不一样。我说，你们不就是给人洗洗头刮刮脸吗，能有那么多钱？洗头刮脸能挣几个钱？挣钱关键靠给客人按摩。按摩？她看着我，笑了，笑得很好看，说，就是捶背。这个活我拿手，我爸爸常年腰疼，我给我爸爸捶了十年的背，整整十年。我实在不想捶了，就跑到了城里，没想到如今城里最挣钱的竟然就是捶背。我这一辈子就是捶背的命了。我一时有些奇怪，城里人怎么会有这么多人腰疼？雪花竟然说，城里人可不腰疼，他们的腰好着呢。正是因为他们的腰好，所以才来捶背。立明，你怎么光跟我谈工作？不是谈恋爱吗？那你说怎么谈。还用说吗？用钱谈。用钱谈，好办，我有钱。黄总说我有一笔钱，他给我存着，我用的时候他就给我。雪花说，你知道吗？你父亲就是黄总撞死的，你应该多问他要些钱，而且还可以让他给你调调工作。我一听就急了，我说雪花，要点钱可以，你怎么可以让我调工作呢？你觉得还有什么工作比我现在的工作好吗？这可是厕所啊，我爱厕所，多好啊！

　　过了几天，雪花到厕所来找我，说，咱们不能光谈啊，咱们得买房子。我说，你说买咱买就是。买可不是一句话，得有钱。我问，多少钱？她说，你给我五万吧，剩下的我添上。第二天我就找黄总。黄总问我干吗需要那么多钱。我说买房子结婚。他问我跟谁。开始我不说，后来我就说了。黄总说，你真傻了，你跟一个按摩女结什么婚？不行，你再重新找吧。说完，就把我打发走了。

　　我一直搞不明白为什么按摩女就不行。我回到厕所，那个全城都知道的老板醉醺醺地走进来，在便池前站了好半天也没把家伙拿出来。看着他的样子我就像自己让尿憋着了一样，急得在工作间转来转去。看到他好不容易拿出来，却又站不稳，他必须双手撑在墙上，才能让他那肥大的身躯不至于倒下。他看见了我，就很不客气地跟我说，你帮我拿着。我知道这不是我的工作范围，但我还是把那个家伙轻轻捏在了手里。随着他的颤动，我把玩着，他的脸上显现出很满足的表情。他说，你是农村来的吧，女人第一次都是这么害羞。羞什么，反正早晚的事，你尽管玩，玩舒服了，小费加倍。他的话我听不太懂，但有一点我可以肯定，他是把我当成女人了。我下意识地看了看我的手，看它是不是一只女孩的手，难道我的手也跟女孩的手一样柔软吗？这时候蹲池里有人冷不丁噗的一声放了一个响屁，我现在已经习惯这种响屁了，可老板说不喝了不喝了怎么又开了一瓶，这时他的尿哗哗地下来了。他说，倒就倒吧，反正谁倒了谁喝。我扶着他走出来，他醉眼惺忪，根本没看我，就说你真好看，可你傲气什么，你早晚会同意我的。说着就拿出一沓钱来硬往我的胸部塞。拿着拿着，可惜就是胸部小了点。可……不是，我哪有什么胸部？老板的手可能摸过不少女人的奶子，我几乎能闻得见他满手的奶腥味。这味道也使我迷乱了好一阵子，让我不由自主地又想起了雪花。

等大老板一走，我就溜出去找雪花。美容厅竟然围了好多人，其中有好几个是公安局的。随后我就看到美容厅里的女孩一个一个低着头走出来，有好几个披头散发，也有的用手挡着脸。她们的模样似乎都差不多，我一直没有分清哪个是我的雪花，可我听到有人说雪花就在里面。我跟着她们一直到了酒店门口，看到她们上了一辆警车。在警察临上车的时候，不知我哪来的那么大的勇气，我一下把他挡住了。我说，你们凭什么随便抓人？雪花她到底犯了什么罪？人家腰疼她给人家捶背难道不对吗？你把她抓走，有人再腰疼怎么办？那警察不仅没有对我横，而且竟然被我说笑了。他说，你是真不懂还是假不懂，我真不知是说你无知好还是说你单纯好。最后他问我，你是干什么的？这时我自豪地给他说，我是厕卫总管。他说，好了，这里没你的事，你去看你的厕所吧。我原以为他态度那么好，一定会把我的雪花留下来，可是没有，这让我非常地遗憾。好在，我还有自己重要的工作，干起工作来我就会把一些事情忘记，其实不干工作我也常常忘记一些事情。但后来证明，我对雪花一直没有忘记。干工作的时候，有时我还会想起她，我想，多么美好的初恋啊，就这样完了。

英　雪

1

　　我刚参加工作那阵儿，单位给我安排了一间周转房，临时暂住。这是一间小平房，是一排平房中的一间。这排小平房主要是供单位临时工居住的，建得很简易，且已经老旧。小平房在一片乱七八糟的房子后面，很难发现进入的巷口。进入了，也得再拐一拐，折一折，才能到得门口。所以外人大多只会在走错路的时候才有可能找到它。

　　记得是单位漂亮的女孩眯眯领我过来的。打开小屋，蹿出一股霉味。眯眯不自觉地用手遮了遮脸。

　　当天，我就安了床铺，第二天吊上了顶棚。一经收拾，感觉还蛮是那么回事。

　　住在我隔壁的是一对临时工夫妻，男人叫褚库利，是单位的锅炉工；女人叫石在南，跟着男人来到雀城。夫妻二人有一双儿女，女儿英雪，已经九岁；男孩英雨七岁，刚上小学一年级。

英雪是这条偏街陋巷中的小精灵，虽然素衣素服，但小身子却总是直直的，脸上很光滑，像瓷面一样闪着光，跟上等的玉石没什么两样。英雪的嘴巴很甜，巷子里常常听到她喊叔叔阿姨的声音。特别是她穿上校服的时候，样子特别好看，就像一个降福的小天使。如若走在街上，我相信没有一个人会相信，她是我们这个贫民窟的孩子。

英雪对校服非常珍爱，不几天就洗一次，整整洁洁的，一尘不染。放学回来，就换上家常便衣，衣服虽然破旧，但穿在她身上，却一点也不难看。

雀城并不是我的家乡城市，我是研究生未毕业就执意到雀城来的。初来乍到，我还认识不了几个人。刚认识的几个，也很难准确地找到我这里来。所以，我的小房子就跟在这个世界上不存在一样。没有人知道我的寂寞。只有英雪来的时候，我的小房子才洋溢出一些生气，内心也才充盈着一丝温暖。

英雪习惯写完作业后，抱着一只小花猫到我这边来，有一搭无一搭地跟我聊天。有时候是那只小花猫先过来溜一圈，就像是英雪派过来的特工一样，侦察好了，咪咪两声，随后英雪就会跟过来。

英雪的那只小花猫，常常让我想起单位的眯眯。眯眯的装扮一向时尚，贴着长长的眼睫毛，涂着厚厚的眼影，两只毛毛眼闪闪灼灼，见老鼠就拿的样子，跟英雪的小花猫有得一比。

因此，我常常从英雪怀里把猫抱过来，逗一逗。有一次，英雪问我，叔叔，你是不是喜欢猫？我说是的。那你是不是也喜欢我？我说是的。那我问你个问题，你是因为喜欢猫才喜欢我呢，还是因为喜欢我才喜欢猫？

没想到英雪竟提出这样的问题。我望着可爱的英雪，说是一起喜欢的。英雪笑了，嘿，叔叔真会骗人！我故意说，骗你了吗？英雪说，叔叔一定是因为喜欢猫才喜欢我的！我看得出来。

听英雪这么说，我把英雪和猫一起抱在了怀里。我说，那你看，我喜欢谁？

英雪挣脱着下来，坐到我的写字桌前，看我压在玻璃板下面的一些照片和图画。英雪说，叔叔，你天天坐在家里，不上班吗？上班啊，我坐在家里，就是上班。在家里怎么上班？我的工作任务就是写东西。你都写什么？什么都写。写了干什么？发表。发表以后呢？让想看的人看。那你给我看看。你现在还看不懂，以后给你看。

英雪抓起我写字桌上的几张汇款单问，这是什么？稿费，我说。我看看多少。不少啊，叔叔你看我也写行不行？那样的话我就不用跟我爸妈要钱了。你现在的任务是学习，以后等你长大了，学习也学好了，想写也可以。

英雪说，叔叔，我问你个事行不？我不知道英雪这次又要问什么。我说怎么不行，你想问什么呀？

你谈恋爱了没有？

英雪竟然问了一个很成人的问题。我说，英雪你才多大啊，你知道什么叫恋爱！

这还不知道？电视上多得很，不就是说一回，笑一回，然后哭哭啼啼的。不是这样吗？

看不出，英雪还真是人小鬼大。不过她对恋爱的定义，似乎也未出大概。

英雪说，你说你有了没有？我正色回答她，没有。英雪说，又骗人了。这是谁？英雪指的是我压在写字桌玻璃板下面的一张照片。

我说，噢，我大学的一个同学。她能跟你结婚不？我望着英雪说，应该不可能，这个你不懂。

我看能，英雪说得很坚定的样子，不过她要真不跟你结婚也不要紧，我跟你结，叔叔你说怎么样？英雪一边说一边眨着眼睛，眸子像两潭湖水，盛满纯真，洋溢着小孩子惯有的淘气。我说那可不行，你还是个孩子呢！

听我这么说，英雪兀自嘿嘿嘿调皮地笑了，我是跟你开玩笑的！

我说，呵，你还会开这样的玩笑？

这有什么！那天一个叔叔问英雨，你们班里有漂亮女同学不？你猜英雨怎么着，他说，叔叔，你不是有老婆了吗，你问这个干什么？那个叔叔被他呛得半天没说上话。

英雪不等说完，自己先哧哧地笑了，笑得很纯真，也很甜美。她怀里的小花猫肯定没弄明白是怎么回事，愣愣地看着，不明白有什么事能让她如此好笑。

2

我的大学密友郭从甚专程从省城来看我，七月底八月初正逢雀城雨季，巷子里一片泥泞，灰砖墙上甚至长满了青苔。郭从甚说，要不是你领着，恐怕你由着我找一天也找不到这儿来。

一场大雨使得房子顶棚狼藉一片。我揭起铺盖，用脸盆接着，漏下来的雨水便清脆有声，叮当作响。我和郭从甚在床沿下坐了，郭从甚说，不睡也好，这样守着，可以畅叙往昔岁月，倾听夜的更漏，回归古人心境。要说这意蕴，恐怕也只有唐诗宋词里才有了。

我和郭从甚读本科时是一个班，到了研究生，两人的研究方向不同，跟着的导师不同，就分开了。我们的友谊自然不是读研究生时建立起来的，而是在读本科时。郭从甚是坊州人，坊州跟雀城相邻，从地域关系上也有走近的道理。郭从甚脸型有点像鞋拔子，小眼睛，喜欢留长发，穿戴不是很讲究，谈不上帅，但小眼睛眨巴眨巴的，一看就是聪明人。他读本科时，出了点事，一个女孩要到系里甚至学校去告他，他有点急，让我出面斡旋。因为郭从甚急切相托，我只得找那女孩安抚，总算没闹起来。坏事变好事，他本来想本科毕业就打道回府的，没想到因为从此收了心，夹住了尾巴，不再四处招摇，拈花惹草，天天循规蹈矩，不是蹲在课堂，就是泡在图书馆，倒把研究生给考上了。

这次郭从甚来，精神气色不错，但有些做派好像又回到了本科生时代。他说他正在准备毕业论文，来看我的目的，一是彼此情谊，再一个也想探一探到底什么原因我中途退学。

你这家伙是不是有什么难处？说来让咱老郭听听。

难处倒没有，我说，我也是因为写论文到雀城来调研。在雀城国际商贸市场，遇见了一个叫闵繁浩的老板，这次相遇改变了我。我记得入校不久之后，就曾给你说过，我喜欢历史，喜欢文学，却学了经济。嗨！进哪个学校，学什么专业，你觉得这重要吗？那不过是一张可以找到饭碗的凭证，仅此而已。

遇上闵繁浩，我才觉得咱这学真是白上了。你说闵繁浩他识几个字，可他纵横商场，日进斗金。

郭从甚叹口气，唉！人和人哪能相比？

一夜雨声，淹没了我们的无尽话语。彼此的未来，一如这闷人的天气，茫然而潮湿。

临近天亮，雨意方歇。我重新展开被卷，准备跟郭从甚眯一眯眼时，却听到隔壁传出英雪的哭声。我走出来，看见褚库利面向门口站着，正打量平房的房顶。打完招呼，我说，英雪怎么哭了？还没等褚库利回答，石在南就从屋里出来了，他叔啊，你说这孩子，这不房子漏雨，校服滴上了雨水，她就说脏了，怎么也不穿。今天是周一，又必须穿校服。

房门半掩，我看到英雪正用毛巾蘸着水仔仔细细地一处一处擦洗，嘟着嘴，很不情愿地穿上，抹着眼泪走了。我一直看着她走出了深深的巷子。

我和郭从甚在街上转了大半天，下午的时候才回来。因为一夜的雨，巷子里充盈着一丝凉爽，屋里反倒多了些湿闷。我向石在南要了两个马扎，就跟郭从甚在房门口坐了。石在南把她家的小桌搬出来，你们好喝水。她一边擦桌面又一边说，你看你们大学同学，多好啊！

就在我和郭从甚坐着喝水聊天的空当，英雪放学回来出现在了巷口。我跟英雪一家相处的时间并不长，还没见英雪哭过，她从来都是浅笑甜甜，宛如一朵山野的鲜花，清新地盛放。郭从甚一直看着，等英雪快到身边的时候，郭从甚说，小姑娘真漂亮哈！英雪听了，有点羞涩，脸上泛起一片绯红。英雪叫了一声，项叔叔！我说，这是你郭叔叔。英雪便有些腼腆地冲着郭从甚，郭叔叔好！石在南从屋里出来接着她，娘儿俩一起进了屋。

石在南再出来给我们续水的时候，脸上已经挂上了抑制不住的喜悦，一边俯身倒水一边压低声音说，英雪得了一等奖学金，她不让说。石在南的话里，透着一个母亲的喜悦和自豪。

第三天的早上，郭从甚要走。出门前，他仔细打量了打量我这间透风漏雨的小房子。我说项天，他一边说一边咂着嘴，不简单，绝对不简单！你将来一定成大器。

少来，我说。说着，我们就出了门。一出门，正碰上英雪背着书包出门。英雪对着我们一笑，叔叔。郭从甚望着英雪的背影，又把我拽回房里。我问怎么回事？郭从甚说，我突然有个感觉，将来这个女孩跟你有故事。

嚄！你还会算卦？郭从甚涎着脸说，是的。我说你真能瞎掰，你这纯属八卦。

3

我在那所小房子里整整待了三年，时间到了 1997 年，单位最后一座福利楼成了房改房。这座新建的楼房本没有我的份儿，但我的同事、摄影部主任郝岩多次得大奖，早已在外面买了房子，他把名额让给了我。这让我有些喜出望外。

我与柳如叶的婚礼是在这年的夏天举行的。

我的婚礼非常简朴，迎亲的车队自然没有到运河市柳如叶的娘家，而是直接从她的单位雀城外语学院，把她接了出来。因我与柳如叶都不是雀城人，除了双方单位的领导和一部分同事外，只有我的同学才红菱带着她的丈夫武强过来了。影响我到雀城的关键人物闵繁浩却没有来，原因是他反对我这么早地结婚，甚至反对我结婚，以他的意思我这辈子最好终身不娶。所以他扔下了一沓子钱，独自去外地旅行了。

喜宴在平淡中透着温馨，有一喜桌上的人很会说话，两个研究生，下一步就看怎么研究着生了。

才红菱和武强在另一张喜桌上，武强喝多了，摇摇晃晃地站起来，要跟我碰杯，舌头打着结，天哥你……你有福气啊，新娘子那……那是漂亮，兄弟我衷心祝愿你们结为百……百……百日之好。

柳如叶当场脸色就很难看。婚宴还没结束，才红菱和武强就不见了。我估计一定是才红菱生他大嘴巴的气，早早把他拽走了。

晚上闹喜房的时候，石在南带着英雪过来了。我抚了一下英雪的头，在这三年中英雪明显又长高了一截。我问石在南，褚大哥还好吧？一个锅炉工，你知道的，就那样。哎！看你们，多么好，年纪轻轻就住上了崭新的楼房，我们这些年一直憋在那间小房子里，也不知什么时候才能混出来。

　　在此之前，褚库利曾找过我，意思是我搬走后能否把那间小房子让给他。说实话，褚库利的这个想法让我有些作难。房子是整个文化系统用来做周转的，决定权不在我这儿。我原来住着，但现在新房到手，就应该把房子退回去，我无权私下赠授他人。但是褚库利的家庭情况，我是再了解不过。他一家四口，只占着一间平房小屋，日子已被挤成扁平。好在，他住在巷子的最东头，东头是堵死的。褚库利借着堵死的东墙，搭了个灶棚，挨着灶棚又多撑起了一块塑料纸，下面安着一张小床，只要不是大风大雨或数九寒冬，他都是在那里东床袒腹，做着本该由乘龙快婿才有资格做的梦。巷子里的临时工，有时也借他的宝地，安桌欢聚，猜拳行令。可酒足饭饱之后，众人散去，各回房中，他却只能默然摊开被卷，躺身塑料棚下，露宿在一片天地之中。而石在南呢，除了每天从早市或下午收摊时节的菜场上，连捡漏带贱买地收回一些黄叶烂菜之外，就是借机向各个生意摊点推销方便袋。有一次我上街想买点水果，远远地看见水果摊前站着石在南。原来她正在做生意，口干舌燥地在跟摊主对话。如此廉价的东西双方似乎还在讨价还价，有的甚至根本连讨价还价的机会也不给她。这场景让我一阵心酸。现在借着我的婚礼，她又来了。她对我和柳如叶的羡慕更多地带着讨好的成分。这一瞬间，我突然决定，不管单位有没有意见，我先把小房子的钥匙交给她们再说。在石在南与柳如叶说话的空当，我找出小房子的钥匙悄悄揣进了口袋。石在南走的时候，柳如叶给她拾掇了一大堆点心，我把她和英雪送到楼下。石在南很想说些什么，我没让她说。我把口袋里的钥匙摸出来，说大嫂，这个你带回去吧。石在南的手明显哆嗦了一下，他叔，你这可是……石在南擦了把泪，对英雪说，你总算有一间自己的小屋了。

　　我跟她们道别。英雪把钥匙攥得紧紧的，但她没走出去多远，突然又折了回来。我以为她有什么事，等她走近身边，只听她低声地跟我说了一句，新娘子不是照片上的那个！

<h2 style="text-align:center">4</h2>

我和闵繁浩从形象上看反差很大，我稍显文弱，透着一股知识过多的腐气；他颇为肥壮，泛滥着金钱渗出来的油水。我们本应该是两路人，在茫茫人海中，互不交集，各行其是。但我们却不期而遇，而且话语投机，成了一对难舍难分的兄弟。

起初，我们是因为经营和贸易上的一些话题谈到了一起。丢下他的经营，放下我的专业，我们试图谈点别的什么的时候，我们竟然共同谈起了文学。我不能理解像闵繁浩这样的人还能喜欢文学！闵繁浩说，怎么了？文学怎么了？我不是喜欢，而是写了好几年才扔下的。写了多少？怎么说也有一百多万字。那简单。什么不简单啊，一个字也没发表出来。少了一个作家，多了一个实业家。闵繁浩听后沉郁了一下说，我其实并不想做生意，你知道我小时候的理想是什么吗？是作家。只可惜，事实证明我终究不是那块料。

到雀城后，我和闵繁浩几乎天天黏在一起。我把这看成是他经营实践和我经济理论的契合，抑或是我们对文学共同追求和爱好的一致。慢慢地，我对此产生了怀疑。这是因为我发现闵繁浩对于女人似乎有着天生的厌恶和排斥。我们从未谈起过女人，这对两个年轻的男人来说很不正常。这世界上有几个不谈女人的男人！可我们，当我偶尔谈起的时候，他先是看我一眼，然后很快就把话题给岔开。

我一度跟眯眯有些暧昧。眯眯是我到雀城后认识的第一个女孩，她有着大多数女孩共有的特点，青春、虚荣、物质，浑身上下全是牌子。说老实话，她并不是多么漂亮，可能在老馆长衣明乌眼里她是国色天香，在单位里经常听到衣明乌公鸭嗓子"咪咪、咪咪"叫猫子一样地叫她。但眯眯很自恋，总觉得自己很有姿色，所有见到她的男人都应该爱她，包括我。她有时会以送稿费单为名到我的小房子里来，有一次她跟我谈起了我发表在《小说视界》上的小说《猫》。显然她看过这篇小说。小说表面上看写的是猫，其实写的是一个猫一样的女人。言语之间，我听出眯眯的意思是我这篇小说写的就是她，而小说中的"我"喜欢猫，也就代表了现实中的我喜欢她。她这种逻辑让我觉得有点好笑。但我说，你很漂亮，男人都喜欢漂亮女人，我也是。我知道她爱听这样的话，爱听到根本不去分辨话里还有没有其他意思的程度。眯眯心里高兴，嘴上却还是说，也不一定。这还有什么不一定的？眯眯说，在到你这儿之前，我是先去了雀城大酒店的，衣馆长给我的康乐球票。在那里遇见了一个不识相的男人，那家伙留着平头，下巴上隐约有一撮胡楂，穿一件碎花T恤，长得找不到半点帅，却冷血得很，旁若无人，你说他牛什么牛！

眯眯声音小下来，并且向我探出半个身子，我是怀疑啊，那个男人生理可能有问题。你说衣馆长都多大年纪了，一天不见我，还像丢魂似的，总要找个理由，拿眼光在我身上涮上几涮，说好听的，他那是在刷身体的透支卡；说不好听的，就是往大理石墙上抹石灰。你知道吗，我有时候故意在他面前挺挺胸，拢拢发。一做这些动作，老馆长明显精神好很多。你说这个死老头子！

我和眯眯说来并没多少共同语言，我们共同的乐趣是都喜欢拿老馆长开涮。我说，你可得注意点，老馆长都那么一把年纪了，可撑不住你忽悠！眯眯大笑，一边笑一边坐回身子。你等着看，我早晚把他忽悠死。我说你还是去忽悠那个冷血的一撮胡楂吧，能把他忽悠了，才见水平。你说那人啊，没劲！不过，我还真是不信石榴裙下晕不倒男人。

眯眯出门的时候，我调侃她说，征服那个男人时可别忘了穿石榴裙哈！

有两次闵繁浩到小房子里来找我，恰巧都碰到了眯眯。事后，闵繁浩很严肃地问我，你跟她是不是在谈恋爱？我故意说，嗯。闵繁浩于是很长时间没说话。

后来，闵繁浩问我，干吗要谈恋爱？

你这话问的，干吗？结婚呗。

为什么要结婚？

这还用解释吗？

不。这说明你喜欢女人。

笑话！我当然喜欢女人。难道你不喜欢吗？

我不喜欢。

我以为闵繁浩是在跟我开玩笑，没想到他认真地给我说起了他的一些经历。我有个婶子，曾经怀了十六次孕，却没留下一个孩子。后来她得了病，我不知道那是一种什么病，人昏迷着，整个下身裸露在外面，我和我叔倒着班护理。唉，女人！我始终无法把女人和美好联想到一起。

我对闵繁浩的这一解释一直持有怀疑，隐约听人说起他在终南山待过几年，这个说法我倒觉得可以采信。因为他亲口说过，他在少林寺习过几年武。此说真假难辨，他身上确有几分功夫，但是否真在那儿待过，很是可疑。自嵩山西去，至终南山里隐入山林，倒更符合他的怪异。他是被父亲硬逼着回来的，他不止一次地说过，他根本不想接手父亲这一摊子俗务。他把父亲给他留下的亿元根基说成是俗务。

以闵繁浩手中的钱，别说找一个，找三个五个，也是绰绰有余，而且大家似乎也早已习惯了大款和女人的故事。记得我在国际商贸城做调研的时候，就曾遇到过一个先后娶了四房的商户。他跟前三个虽然都正式办理了离婚手续，却都跟离婚不离家一样一切生活用度都要由他来出。好多人以为这人完了，这还怎么做生意，只这群女人早晚也把他生吞活剥了！他倒有办法，把四个人拉到麻将桌上，让她们从仇敌变成了姐妹，再遇经营的事，反倒人多力量大，生意不但不败，反更红火。我这么说，并不是想让闵繁浩也学他们找上三个五个，起码认认真真地找一个总是不成问题的，可他似乎决意要把现成的资源全部浪费掉。这样一来，穷得叮当响的我去找女人，的确显得过于奢侈和没有出息。可我知道，我没有他那么淡定，因为从我内心来说，我一直怀揣着温热的爱情。俗就俗吧，在才红菱的介绍下，我认识了柳如叶。

结婚的当晚，送走了所有客人，包括石在南和英雪之后，柳如叶忙着归拢散乱的屋子，我则像个新娘子一样坐在床头，不知所措。就在这时，故意外出旅行的闵繁浩给我发过来一条长长的短信。短信有个恶心的题目：女人的内裤到底有多脏。这条短信，长达一千二百多字，内容……唉，我不想再去恶心地复述。应该说这条信息发过来的时间节点非常好，因为他知道我们此时正是洞房花烛。

熄灯之后，黑暗中的柳如叶问我，你洗手了没有？我忘了洗没洗。快洗洗去。洗完手，柳如叶又凑过来闻了一下，你刷牙了没有？今天高兴，没刷。晚上哪能不刷牙！以后你可记着，早晚都要刷。我于是去刷了牙。回来，柳如叶说，你是不是连澡也没洗？昨天洗的，今天没洗。赶紧洗澡去！

似乎一切都妥当了，我却突然想起了闵繁浩的短信。好在这时，柳如叶忽地坐了起来，一个重要程序忘了。什么程序？交杯酒。

两个研究生就看怎么研究着生了。这是喜宴上的人说的。对这个问题，我突然觉得有点研究不透。

闵繁浩旅行回来，见面的第一句话就是问我怎么样。为了打消闵繁浩对女人的成见，我极尽香艳和诱惑地编造了美妙的洞房之夜。我认真给他说，女人其实是很美好的。你想，世界上多少美好的事物都要以女性来比拟。我也曾试图这么想过，甚至主动摸过女人的奶子。什么时候？我不是从外地跑回来，上了一年多中学吗？就那时候。结果呢？结果是她向老师告发了我。你为什么要强行摸人家？不，是她让我摸的，她却又告发了我。我就此退了学，进入市场，正好圆了父亲的心愿。进入市场后，第一单生意就是跟女人做的。怎么样？能怎么样！被骗去了二十七万元。好在那时我父亲还在，他已经在市场打下了基础，在他看来这是一笔小钱，他把这看成是我接班的学费。但我却记住了一个叫伊淑花的女人。

5

一晃又是三年，我和柳如叶在清汤寡水的日子中悄然滑行。在这三年中，已经走进婚姻的我，每每想起自己在那间透风漏雨的小房子里度过的独身时光，就怀念不已。当时感觉那些日子是多么的沉闷，现在回想起来竟是鲜有的安静与从容。

我想再回到那所小房子，去看一看我的过往。这是一条再熟悉不过的小巷，它静静地躺在我的记忆之中。当我正在寻找那间曾经属于我的小房子的时候，有一扇门自己开了，英雪提着一条滴水的拖把出现在门前。英雪像一团阳光，照亮了小巷。英雪显然没有想到我会突然出现在这条已经十分破败的巷子。我刚放学，正准备写作业，英雪说。

我看到小房子已经新刷了外墙，新换过一副结实的门窗，房里地面上也铺设了枣红色的瓷砖。变化最大的当然还是英雪。英雪的身高差不多已经有一米七，脸蛋鲜嫩，脂肤润滑，就像秋天即将成熟的苹果。高挑的身材，配上蓄起的长发，飘飘逸逸，就像一株春天的垂柳。英雪朝着一个清纯美女的方向，正在不可抑止地成长。

英雪的模样随着她的父亲褚库利。褚库利高高的个头，长着一张棱角分明的明星脸。如果不是这些年拘谨的生活、沉重的负担、脏累的工种，将他的光泽消磨殆尽，我想他应该英气十足，透出富有魅力的男子汉气概。可惜，他只是一名锅炉工，炉灰不仅敷满了面颊，或许也早已浸进了他的内心。

庆幸的是这间小房子，在房屋市场放开之后，单位甚至忘记了还有这么一条小巷、这么一排平房，这使得英雪在一个安定的环境和心情中，修出了较为优秀的学业。

英雪使用的仍是我留下来的那张书桌、那张床，甚至保留着郭从甚看我时被大雨淋坏了的顶棚。我指着顶棚说，这个你也应该换换。我爸本来要换的，我没让他换。我原想什么也不动，保持你原来的样子就挺好，因为我早已习惯了。倒是我爸要修房顶，我没反对，因为一下雨就漏。

我这才看到，不仅书桌没变，连书桌上的玻璃板以及玻璃板下面压着的照片也都没变。英雪拢一拢头发，在书桌前坐下来，我坐到了床沿上。这和几年前两人习惯坐的位置有了些调换。英雪摊开课本、笔记，准备写作业的样子。我说，你写就是，不耽误你，今天没事，我只是顺便过来看看。

英雪现在的话语没有原来那么多了，可能任何人随着年龄的增长都会变得沉稳。我仔细打量着英雪，在想一个女孩的成长环境会对她的性格产生怎样的影响。我相信英雪尽管出身低微，童年的天空可能没有多少阳光雨露，但我希望她将来能成长为一个阳光灿烂的女孩。

英雪的脸红红的，有些羞涩，叔叔，你别老盯着我好不？挺不好意思的。

显然，英雪已经学会了脸红——一些与青春有关的故事。从英雪身上，我真切看到了一个女孩美妙的成长。接着英雪的话，我说我没盯着你，我一直在回想，好像缺少点什么，跟少了一件什么东西一样。

听我一说，英雪放下笔，一双水灵的眼睛看着我，有点鼓不住要笑的意味。你好好想想，少了什么。想不起了，真想不起了。那我告诉你，少了一只猫。对，是一只猫。那只可爱的猫呢？我问。真让人痛心，它与一只病老鼠同归于尽了。

我和英雪又共同回忆起那只猫。我说，你还记得不，过去猫蹲在桌子上，听我们说话，你说话的时候它看你，我说话的时候它看我，两只圆圆的猫眼转来转去，比你聪明多了，表现得也比你还乖。你写作业的时候，顾不上理它，它就伸出猫爪，有时挠挠你的手，有时翻翻你的书。我记得这种时候，你都是把笔杆竖起来，往它小脑袋上敲一下。是吗？我都忘了，你还记得这么清啊！不过，是挺有意思的哈。

一会儿，石在南回来了。一看我在英雪的房里，就赶紧过来跟我招呼。

我们走出英雪的小房子，站在陋巷里，简单地闲聊。当我问起褚库利的情况时，石在南说，她爸不在这儿干了，到城郊板材厂去了。怎么褚大哥也开始做板材生意了？不是，还是干他的老本行，给人家烧锅炉，不过工资比在这里能多出三倍，贪图这个去的，反正像我们到哪里也是出力的命！你呢？话一出口我又有些后悔，我亲眼看见石在南满头大汗地推销方便袋，这让她怎么回答？但石在南说，还好，我在街上找了个地块，雇着两个人办起了个小洗车点。这个不错，现在车多。可不是！她叔，你说怎么突然就这么多车了呢！就跟不烧油似的。

跟石在南分手时，我说，有时间我再来看你们。石在南说，我们在这儿恐怕也没多少时间了。怎么了？我问。听说这房子要拆了，搞连片开发，建楼房。那你们怎么办？还能怎么办？这不也跟她爸商量着攒钱买楼房。可攒点钱还不够房价涨的。

我要走了。我一个人走在这条落魄但僻静的小巷里，多少往昔的时光已经不再。这条小巷连同我曾经居住的小房子，很快就要从这座城市里消失了。对一座高速发展的城市而言，它们根本不值得一提，但我却有种莫名的伤感。房子也有房子的使命，它也许已经完成了它的任务。我和它曾经朝夕相处，有过密不可分的情感，如今却要挥手跟它告别。

6

我以为我与柳如叶的婚姻会无风无雨波澜不惊地一路走下去。我也在想，生活要那么多浪花干什么！即使没有成网的鱼，能捞上一把丰美的水草也就够了。但平淡的生活也有出人意料的时候。

雀城电视台做选秀节目，请我做素质评委。这类节目常常把一干青春女逼向肉搏战。在这活动上，我认识了纳小米。

纳小米一袭红裙，演绎了一首老歌《珊瑚颂》。"一树红花照碧海，一团火焰出水来。珊瑚树红春常在，风里浪里把花开。"唱功还算不错，引起了不小的反响。在回答素质考题时，她抽到的是一道历史题，有两问：一是说出我国珠算发明家是谁；二是简要说明珠算发明的意义。我看她工作单位是雀城商业银行，过去银行系统经常搞珠算比赛，市珠算协会设在人民银行，各专业行、商行都有参与，我本以为这个题目肯定撞到了她枪口上。但她的回答并不理想，不仅把刘洪的名字说成了蒙恬，珠算发明的意义也没回答出重点。要说她的专业得分并不低，可这么两下里一扯，竞争力就下来了，让人觉得挺可惜。这之后，选手有几次聚会，我也参加了。又说起当时这道题，纳小米说，本来这方面的知识就不牢固，只是有点印象，一紧张，结果全忘了。私下里，纳小米跟我说，如果是我姐姐的话，那就没得说了，肯定拿一等奖。我才知道，纳小米还有个叫纳小玉的姐姐，而且歌唱得特别棒。

有一天夜里，纳小米突然给我打电话，说她在女贞路大街，她想见我。我一看时间差不多已是零点，这么晚了她要做什么？柳如叶认为我应该问明白再去，但我觉得如此夜深给我打电话，肯定有很特别的急事。我立马穿戴整齐就去了。

二月的夜，乍暖还寒，街上透着一分萧瑟。偶尔有车辆驶过，卷起一阵阵风。在女贞路大街一角，我找到了她，她正蜷缩在昏黄的灯影里，跟我以往见到的她完全不同，很有些落魄和无助。

我问她，出什么事了？

没出什么事。

那干吗大晚上一个人跑到大街上？

我从我姐家跑出来的。

跟你姐闹别扭了？

没有。我姐不在家。

你姐不在家？

她已经走了一年多了。

去哪里了？

我也不知道。

那就是说你姐是离家出走喽。

可以这么说吧。

你姐不在家你到你姐家干什么？

我姐留下了一个两岁多的孩子。

你帮着照看？

是的。

那这跟跑出来没关系。

怎么没关系？我姐夫……他已经不想让我做孩子的姨，而是几次三番地想把我变成孩子的妈。

你干吗不跟家里说？

因为我妈心里可能也是这么想的。

那你今晚怎么办？

我也不知道。

事情来得突然，也有些棘手。我掏出一支烟点上。烟头在冷清而又昏黄的大街上，明明灭灭。

在我和纳小米站立的地方，有一株粗大的女贞树。面对一个花样年华的女孩，此时她的求助的确让我有些犯难。

最后，我把烟蒂用脚捻掉，跟纳小米说，这样吧！

我让纳小米先上了车，一辆蓝鸟，这车还是闵繁浩买新车替换下来后，送我的。我带着纳小米去了闵繁浩居住的银座花园八号，这是一座豪宅。闵繁浩显然没想到我会这么晚砸他的门，更没想到我身后还跟着一个长发披肩的女孩。闵繁浩看看我，又看看纳小米，嗨、嗨……后面的话惊讶得直接就没说出来。我说，穿上衣服，把钥匙留下。

你让我去哪儿？

你去商人村吧，你那边不是还有一套吗！

闵繁浩出来后就照直往外走。我说钥匙！他一扬手，钥匙从他头顶上飞过来，嘴里嘟哝了一句：开你的锁去吧！

时间已经很晚，安置下纳小米，我就跟着下了楼。我原想闵繁浩会在楼下等我的，但楼前却只有一片清冷的月光。我知道闵繁浩一定是生我的气了。

第二天我就约了闵繁浩。我们已经习惯了去雀城大酒店。人多的时候在包间，人少的时候则在咖啡厅。

品着咖啡，我说她叫纳小米。

不要给我说名字，我知道她是个女人，这就已经足够了。

尽管闵繁浩还生着气，但我还是自言自语一般，把纳小米的大体情况说了。闵繁浩说，你就说你什么意思吧。

我的意思是，她可能需要在你的房子里住上一段时间，因为她一时还无处可去。

你得想明白，你这是在养小三儿。

我认为我只是在帮助她。

是吗？我怎么早就没发现你这小情调呢！

听闵繁浩这么一说，我心里也有些发虚，但嘴上还是说这和那个情调没有什么关系！

与闵繁浩分手，我想把房子的问题给纳小米说一下。我一敲门，开门的纳小米竟然只穿着胸罩。我说你也太放肆了吧！我也不想放肆，这不正洗衣服，别的衣服又没拿过来，没办法嘛！

我于是把自己的外套脱给她。先把这个穿上吧。纳小米穿着我的衣服，整整大了一圈。嘿，哥们儿！纳小米做了一个十分男性化的动作。

我今天找闵繁浩了。

他叫闵繁浩？你们可够铁的，你们是什么关系？

我们是兄弟、朋友。

酒肉朋友吧？

也差不多。我跟他说了房子的事。

他怎么说？

没怎么说。

没怎么说，那就是不同意啦——其实，让我我也不会同意的，他出房子，你养……你说这是什么事儿！

你这么想？

我是觉得外人可能会这么想。

其实，闵繁浩没怎么说，就是同意了。他同意你在这里住一段时间。

他住哪儿了？

他在商人村那边还有一套，面积小一点，但内装修比这里要好。他本来也经常在那边住。

他老婆呢？

他！没老婆。这辈子恐怕也不会有了。

干吗这么说？

他烦女人，以后你就知道了。

稀罕！还有不喜欢女人的男人。这样也好，我在这里住得倒也踏实。

嘿，他就是不烦女人又能怎么，我们是朋友，朋友之……

哎，你什么意思！纳小米打断了我的话。

我盯着纳小米，忽然笑了。

你笑什么！

看你穿着这大一号的衣服，感觉怪怪的。不过，女孩只要漂亮，穿什么其实无所谓，一样能显山露水。

不好意思，是不是露得多了点？

你说呢？

纳小米看看罩在身上大一号的衣服，又看看我，我给你讲个段子怎么样？

你还会讲段子？

纳小米讲了一个官员的故事。说有一天官员在大会上讲话，时值夏天，负责续水的服务员丝衫有些宽松，低身抬手间，春光外泄，恰被官员看到，一时恍惚，竟忘了说词。问身边的人：我讲到哪里了？有人悄悄提醒说讲到招商引资了。官员于是敲着自己的脑袋说：你看我这……你看我这……

纳小米到底没好意思把奶子两个字说出来。其实这故事我早就听过，最后的关子是官员敲着自己的脑袋说：你看我这奶子，你看我这奶子！

你怎么不笑啊？

我故意逗她说，你还没讲完，我怎么笑！

嘁！纳小米转过身开始收拾洗衣盆里的衣服。

我问纳小米，哎，我今天过来是干什么来着？

谁知干什么来着，你好好想想。

我于是学着纳小米的样子，敲着自己的脑袋说，你看我这……你看我这……

纳小米知道被我戏弄了，把洗盆里的衣服呼隆一下拽出，朝我扔过来，滚！流氓！

我以为纳小米在闵繁浩那儿住上一段时间，跟父母沟通沟通，事情就会解决了。至于她是回父母身边还是再回她姐家，那完全是她们的家事，与我无关，与闵繁浩更无关。但没想到，事情却出了意外。

纳小米无缘无故竟被绑架了。

公安对付绑架已经很有办法，案子在二十个小时之内便告破了。经过对三个作案人的突审，案由真相大白，但说起来却又有些可笑。

三个作案人，一个外地的，两个当地的。据他们交代，早在春节期间他们就盯上了闵繁浩。但他是单身汉，独来独往，生活没有规律，因为住地有两处，一会儿东，一会儿西，没个定点，所以歹徒们一直无从下手。直至最近见一个年轻漂亮的女孩进进出出，以为闵繁浩搞了女人，可能会在家，没想到还是扑了空，只好把纳小米带走了。他们想只要把纳小米控制起来，让闵繁浩交钱也是一样。结果还是栽了。

　　纳小米错遭绑架的事，真应了一句俗语：好事无人知，坏事传千里。不大的雀城早已闹得沸沸扬扬，尽人皆知。但在传播的过程中，不是与事实真相越传越近，而是越传越远。本来很简单的一件事，但因为有个年轻女人的介入，一切就变得很桃色，甚至很龃龉了，直接的影响便是我入党的事泡了汤。我带着一股情绪，去了单位，砰的一下就撞开了衣明乌馆长的门，把衣明乌吓了一跳，眼镜秃噜滑到了嘴巴上。

　　你凭什么说我养女人？

　　哎，哎，还来底气了不是！这还用我说吗？你现在到大街上听听，可不是人人都在这么说！

　　人人都在说，就是真的吗？

　　那你说呢？

　　我说，我说我跟她一点关系都没有。我们不过认识，我帮她借住在朋友的住处，仅此而已。

　　噢！仅此而已，什么关系都没有，只是认识，然后就把她放到别墅里，然后什么事也没有……

　　是的。

　　你这是在哄三岁小孩子呢？我如果这样跟你说，你信啊？

　　你这叫什么理论！照你这么说我天天带着生殖器出来，就一定是要强奸人喽！我今天告诉你，是绑架不假，可歹徒绑错了人，整个就是一场误会。

　　听我这么一说，衣明乌笑了，你是说歹徒误会了？哎哟，歹徒也能误会！

　　摄影部主任郝岩今天正好过来，听到我正在馆长办公室里吵闹，赶紧跑过来拉架，强拉硬拖地把我拽出了衣明乌办公室。我听到衣明乌仍然在后面不依不饶地喊叫，跟我牛？你牛什么！

　　从单位出来，我一时无处可去，只好气鼓鼓地去商人村，找闵繁浩。

雀城的商人村还有另外一个更好听的名字：空中花园。它是在成片的店铺之上做成第二层地面建设起来的，建有一排排农家小院式的平房，外来车辆可以沿着旋转弯道一直开上去。

我说闵繁浩，你真是福气之人，绑架竟然也有人替你。我呢？我得到什么了？只背了一个恶名。你只知挣钱挣钱挣钱，我看真该让歹徒把你绑了去。

闵繁浩一直不说话。我看着他，为什么不说话？你说啊！已经是不幸中的万幸了，我还有什么好说的？兄弟你真是没良心。当初我们相识，我是想咱们可以一起做商业贸易，你有理论，我有实践，而且我也已经完成了资本积累，如果我们联手，不说天下无敌，也完全可以纵横四海。可你做了另外的选择，不管你做什么选择，我都支持你，谁让我们是割头的朋友！但有一点，在对待女人方面，你过了。

我过了吗？

显然过了。你想没想过她如果是被撕票了会是什么后果？当初我反对你结婚，算我不对。但如果用这个事件反证你的婚姻，说明你走进婚姻的确是错的。

这怎么说？

因为我觉得这件事的影响远不至此。

我得承认，闵繁浩所说有他的道理。

我们都陷入了沉默。

我茫然地站起来，又落寞地坐到了他的小型老板桌前。桌上竟有几页纸，写着歪歪扭扭的文字，标题很醒目：《一个惊心动魄的夜晚》。我顺手翻了翻，第一段还有点模样，后面就乱成了一锅粥，再后面就是一些单词，女人、爱情、人生等等，最后面是一长串名字：伊淑花、伊淑花、伊淑花……

我说，你还没忘记她？

谁？

伊淑花！

唉——闵繁浩长叹一声，其实，不瞒你说，我突然觉得生活很没意思！

你已经是一个成功的商人。

怎么说？

标志就是有人要绑架你。

就算是成功的，那又怎么样！

不怎么样，但比我强。我呢？我感觉很失败。

不，你至少有柳如叶，还有个纳小米。

我已经跟你说了，我跟她没关系。

绯闻也是一种关系。我连绯闻也没有。那么我忙碌，挣钱，然后被人家绑架，或者自然老去。然后，一切尘埃落定，这就是一生？

看来绑架事件不仅给我带来了负面影响，给纳小米带来了精神创伤，同样也给闵繁浩投下了心理阴影。

<h2 style="text-align:center">7</h2>

摄影家郝岩知道我心情不好，约我出来散心。见面后，看我头发支棱着，衣衫也不整，一副邋遢样子，便把我直接带去了青青洗浴中心。他跟青青洗浴中心的女老板苗青青看起来很熟，一见面就有些打情骂俏的意味。苗青青说，大师来了，啥时给咱也拍组照片？郝岩说啥时都行，只要你肯把衣服脱光。

苗青青咯咯笑着，说脱光没问题，只是恐怕连镜头也嫌我老了。郝岩说，你说的是哪个颈头？苗青青自然明白郝岩话里的话，故作扭捏地推搡了郝岩一下。

我和郝岩从洗浴中心出门的时候，正碰上武强一身便服往里走，我正要跟他打招呼，见他对我使了一个眼色，一低头就过去了。武强因破获绑架案有功，已被提拔为女贞路派出所副所长。郝岩还想拉着我去喝茶，我已没那心情。

在车上，郝岩安慰我说，其实没什么，你不必放在心上，咱是搞专业的，他不让咱入党，又不影响咱们爱党。

听他这么说，我并没有给他回应。

哎，真美啊！你看。

我在后座上，闭着眼，看也没看，说开好你的车吧，累不累啊！

这小妞！

我瞥了一眼，原来是远处骑着单车的英雪。

如果不是我今天心情不好，或者说因为有我在车上，我相信郝岩绝对有可能下车把英雪堵住。郝岩有点职业控，这事他能做得出来。

到我楼下后，郝岩显然还没尽兴，没等我让就说，我上去坐会儿。

在我家里，郝岩突然说，哎，不对啊！我看到郝岩手里正翻着一本相册。这不是路上那个小美女吗，怎么会在你这儿？我懒懒地说，她是我原来邻居家的女儿，褚英雪。

这是一张英雪和猫的照片。英雪在写作业，猫蹲在桌上认真地看着她。

你能不能让我跟她见上一面？

我没好气地说，有什么好见的！

《视点》杂志正在搞第三届女体摄影大赛，你知道第一届我是拿了金奖的，可惜第二届放了空，我正愁这届的题材呢！这个奖项的含金量在摄影界可都是知道的。

英雪是本分人家的孩子，你折腾啥？

尽管当时我没有答应郝岩，但后来想，不过是拍个片子，多少能得些报酬。对英雪来说，多得一分钱也是好的。

郝岩自然很高兴，拣两个周末拍摄了一组照片。我问郝岩，感觉如何？嘿，没得说！报酬呢？我想给她五千元，你看怎么样？我心想，五千元还真不少，不过我还是把郝岩的钱夹掏出来，硬是又拿出了两千元。你这是打劫啊！郝岩的动作有些夸张，我知道他不差这点钱。

其实拍摄前，我已经嘱咐了英雪，所以她只拍了正装、休闲装、时尚装。后来我才知道，郝岩也给她拍了泳装，而且也提出过拍裸体的要求，条件是另付两万元费用。两万元这个价，说起来已经远远超出了这个行业的定规，对英雪确实也有很大的吸引力，但被英雪拒绝了。不过英雪再怎么清纯，也还是被郝岩导拍出了一些风情和暧昧。我让英雪选一两张平常的给她妈看看，叫她知道有这个事就行。

后来雀城以北的寿山做宣传时，使用了英雪的照片，算作代言，我帮英雪又要了一万块钱。为这事，石在南专门提溜了一袋苹果感谢过我。想不到哈，她叔，拍拍照片，还能挣这么多钱，英雪真是给家里帮大忙了。印象中，石在南好像还是第一次笑得这么幸福和灿烂。

石在南走后，我看了看她提来的苹果，底下竟有一些是烂的。剔除一番后，我洗了一个，咬了一口，感觉很甜。

8

我专门找过眯眯一次，私下在想，看能否把眯眯跟闵繁浩撮合撮合。因为绑架事件之后，闵繁浩对女人的思想好像有些松动。对于女人他不再闭口不谈，也不再说女人有多么肮脏。虽说仍时常给我发些段子，但在这些段子里，贬低甚至侮辱女人的内容已经明显见少。我认为这是个可喜的信号。

我和眯眯约见的地点是在雀水河边的星光小屋。眯眯一坐下，就褪去呢子外套，露出了桃红色内衣。一盘河虾，几碟清淡小菜，两样烧烤。夜幕慢慢降临，河岸的灯光渐次明亮，水面上荡漾着暗红色的灯影。此时的雀城是一座很温情的城市，一切都显得那么安谧与和谐，看不出一点与幸福无关的迹象。

你觉得我朋友闵繁浩怎么样？还怎么样！算是一个钻石王老五呗。他现在有点想找女人的意思。那好啊，我有个同学正好还单着。

我没想到，眯眯首先把自己排除了。

你那个朋友什么情况？她叫文晴晴，学历不高，是一家民办公关职业学院出来的。人长得还不错，就是性格大大咧咧，不是那种小家碧玉的风范。那找个时间让他们见见面怎么样？可以呀。

我知道眯眯也还是单着，便问她，你现在怎么样？

你说怪了吧，我那次跟你说的那个神秘男人到现在我也不知道他叫什么，有一次我逛商店买衣服，那么巧又遇见了他，从那时起就打上了交道。你猜他是干什么的？是做化妆品推销的。还给了我好多钱。

看来还真是被你的石榴裙抖晕了。不过，你不问明情况，就拿人家的钱啊！

哎，我可不是白拿，我是劳动所得。

劳动所得？

他经常让我给他送外卖，一个专门的小盒子，包装很精致。送一次给我一千块钱。

什么化妆品，这么贵！他自己能挣多少，就给你一千？

我也不知道，可能是因为喜欢我吧。你说一个男人喜欢一个女人他会怎么干？就是变着法子给钱呗！

我提醒她，你现在也已经不小了，咱是不是不要再玩这种猫捉老鼠的游戏了？

眯眯说，我觉得爱情这个东西吧，它是需要浪漫的，越神秘才越有浪漫气息不是？要不，恋爱也太平淡了吧。

我和眯眯走出星光小屋的时候，看到一河灯火，微风在水面上轻轻盘旋。眯眯正要说什么，突然不远处有个人影闪了一下。眯眯说，是他！不陪你了哈。

我一时还没反应，他！忽然明白，眯眯说的他应该就是那个神秘男人了。看背影，并不魁梧高大，迷离灯影中他脸面模糊，笼着一层神秘气息。

我知道眯眯为什么把自己排除在外了。

我约闵繁浩吃饭，当然这次吃饭的目的我没告诉他。见了眯眯，眯眯介绍道，我的朋友文晴晴。闵繁浩伸出手，文晴晴却并未相握，而是盯着闵繁浩，×，土肥圆啊这是！给文晴晴这么一说，我才发现闵繁浩的确是这样。

我也是第一次见文晴晴，人就像她的名字，眉清目秀，而且右腮上还有一个很深的酒窝，看上去非常顺眼。没想到她一上来的开场白就如此生猛，我估计这顿饭可能白吃了。

我们喝的是啤酒，虽说是啤酒，但文晴晴端起来咕咚就是一杯，可见她的酒量。有几次闵繁浩的杯子还没见底，文晴晴就直接指着他大声说，我×，你是不是男人！

闵繁浩骨子里就是一个爱挑战的人，这也是他能把生意做大的一个原因。现在难得遇上这么一个对手，还是一个女流，自然不甘示弱，说，呵，那咱比试比试。两人几乎是把我和眯眯撇到了一边，互不相让地喝了起来。

这场酒越到后来越有气氛，文晴晴已略有醉态。闵繁浩想去结账，文晴晴指着我说，哥们儿，该你结才对。我说他是大款，让他结去吧。文晴晴冲着闵繁浩说，以后我要决定傍大款的话就傍你啦！闵繁浩说，得，就你？能当个"二奶"就不错了！

分手时，文晴晴自己一个人是一个方向。我说，用不用送送？不用送，还没有人敢强奸我。

事后，我找眯眯，你干吗介绍这样一个不靠谱的！

眯眯说，千人千模样，万人万脾气。

可她一说话就露底。

也许行呢？眯眯瞪着圆圆的猫一样的眼睛。

这事，还真让眯眯说着了。后来有一天，闵繁浩问我，那个文晴晴是干什么的？

我说，听眯眯说，是一个有些受伤的女孩。

受什么伤？

她学的是公关，一干人马杀进社会后，境遇大多惨淡。往往没能攻下人家，自己的裤腰带却被攻开了。

闵繁浩把手机递给我，你看。

我看到闵繁浩给她发了条信息：请你吃饭怎样？

回复是：改日吧！

我笑了，说，算一面之缘吧，确实不太靠谱。没想到闵繁浩说，我不这么看。我觉得这是个角儿。

9

我和柳如叶不可避免地分居了。分居后的我，没别的地儿可去，也只有到闵繁浩的银座花园八号，暂时度过一段时期。

在绑架事件过后的最初一段时间，纳小米精神和光彩全无。在医院待了几天，然后回家休养。她妈当然也不好再提到她姐家的事了。等纳小米一切缓过来，一家人便开始张罗给她找男朋友。

其间，介绍了好几个，有两个也见了面。

见面的这两个条件都还不错，有学历，有个头，工作单位也说得过去。只是熟悉后，一问名字，纳小米！对方便像惊着一样一愣，接下来便不再多言语。纳小米知道不会再有下文，就故意问怎么了。对方支支吾吾地说，没怎么。

你诚实说，我想听听。

外面都说你被人包过。

你有根据？

反正听说你住着人家老板的别墅。

我说我没被包你信吗？

你被人绑架过好几天。

是被绑架过，但那是很意外的一件事，也可以说是与我毫无关系的一件事。而且，也不到二十个小时。

二十个小时还不够吗？歹徒还能做出什么好事来？

看来，就是不被包过，被歹徒绑过也就够了。这么漂亮的女孩，歹徒还不搂草打兔子，能轻易放过她？

纳小米知道，这种恋爱很难再谈下去。即使再换一个人，结果也只能是这样。男人的心理都是一样的。

闵繁浩看我近期无事，约我出去一趟。

闵繁浩带我去了深圳，他是去跟康新集团谈业务的，就有关营销和代理的运作细节进行磋商。晚宴前，闵繁浩想见一下康新集团老总，回话说老总正接待日本松下的客人。我一听，松下的客人，便问是不是山田左。回答说是。我于是拿出名片，说，你们交给他，就说我来了。闵繁浩说，怎么，你跟他认识？巧了，没想到他在这儿。

　　两年前，我曾随雀城艺术展团参加青岛小交会。早已经分配到省旅游学院工作的郭从甚要去参加，专门打电话鼓动我，去吧，咱在青岛见见面。

　　去之前，我专门拜访了雀城有名的石刻艺术家老刁。老刁是个石痴子，石刻艺术作品颇受追捧，外交部曾多次作为国礼使用。在日本，从竹下登开始，先后有九位首相收藏了老刁的作品，所以老刁在日本的影响可能比在国内还要大。央视曾经拍摄过老刁的艺术专题，我帮助写的脚本。什么寿山有松唱大风，雀水无弦万古琴；什么雀城大地，阳光普照，万物生机，宛如一首盛大的乐章，雄浑、激昂、高亢；什么三叶石沉睡千年，穿越时空，虫身化石仍保留着飞翔的姿势；等等。片子拍得很美，宣传效果自然也很好。拍完后，老刁请我观摩他压箱底的作品，其中一件还没有名字。这是一件很精致的石刻，形状就跟女人的小脚一样。我说这不是三寸金莲吗？老刁眼里一下子放了光：有了！就叫金莲砚。

　　这次去小交会，我想带块石头给郭从甚。老刁说，你什么也别说了，那块金莲砚给你正是物有所属。多少年都没人能起上个让我满意的名字，是你发现了它。

　　但是郭从甚把我忽悠去了，他却因为临时有事，未能成行。

　　展会期间，很偶然地遇见了山田左。听说我是雀城来的，山田左首先便说到了雀城的石刻，并跟我打听老刁的情况。我便把那方金莲砚拿了出来，说这就是他的作品。山田左盯着金莲砚，两眼差不多冒出了火花，不断地重复着一句话：好啊，好啊，真是太好了！

　　我对石头并没多大感觉，我说，既然您欣赏，那就送给您了。您不会是开玩笑吧？不会，真的送您收藏。山田左有些激动，我要交你这个朋友！

　　所以，能在深圳意外相见，也是个缘分。

　　饭后，主人安排在大厦夜总会稍事消遣。山田左亲自登台唱了一曲纯正的《北国之春》，说是献给我。我也随手点了一支歌曲《珊瑚颂》，由夜总会歌手代唱回报山田左。

　　歌手一出来，我就惊呆了。

　　熟悉的身影，熟悉的模样，熟悉的黑眼睛，熟悉的红裙子，连歌声也是熟悉的。我恍若回到了几年前那次歌手选秀的现场。

　　闵繁浩见我两眼直直的，他向台上的女歌手看去，也顿觉莫名其妙，你是不是把她也带来了？

　　我起身走出来，拨通了纳小米的电话。我找到你姐了。

　　你现在哪儿？

　　深圳。

　　她在深圳吗？你有没有看错？

　　错不了，肯定是她，几乎和你一模一样。

　　你能确定？不确定可不能乱说。

　　我返回时，歌手已经唱完，我匆忙赶到后台。后台人员说，歌手下台后，接了一个电话，妆也没顾上卸，就急匆匆走了。

　　我问一位媒体记者，你知道这个女歌手的情况吗？

　　她啊，是天籁公司最近强力包装的一位实力歌手，听说马上就要推出首张个人专辑了。

　　我以为我此行办了件大事，回来后迫不及待地想告诉纳小米。我打纳小米电话，占线。然后打她家里座机，她爸爸霎时接了。我把在深圳见到纳小米姐姐的事说给了他。

　　一会儿，纳小米回过电话，上来就问，你给我爸说了什么？

　　没什么，就是你姐的事。

　　你真混蛋！

　　第二天晚上，我喝了一场大酒。这场酒是我、闵繁浩跟文晴晴三个人一起喝的。这一次文晴晴把矛头对准了我，我也想借酒解解愁。一来二去，酒就喝高了。

我晕晕乎乎地回银座花园八号，在楼外就看见里面亮着灯。是我白天忘关了吗？我打开门进来，只见纳小米噌地从沙发上跳起来，手里抓着一把长长的水果刀。我们几乎同时说出了"你——"。

纳小米把水果刀一扔，蔫蔫地在沙发上坐下去，说，你怎么知道我在这儿？

我不知道啊。

那你过来干啥！

不干啥，这一段我一直住在这儿。

你干吗住这儿？

唉，柳如叶跟我分居了。

纳小米没再说话。

你呢？你怎么又跑过来了？

我看到纳小米的一边脸红红的，甚至还能看出指印。我爸给我化的妆。

为什么？

还不都是你！

我终于明白，纳小米和她姐是一伙的。

这么说，你姐这几年在哪里你都知道？

当然。纳小米又说，不过，我爸这下弄明白总是找不到的原因了。

你为什么要这样做？问完这句话，我突然感觉酒意往上涌，我起身摇晃着去卫生间，结果一起身，哇的一声，就像一辆鼓足了劲的洒水车一样，喷洒了一地，刹那间满屋子酒气熏天。纳小米跑过来给我捶背。这一捶，我又继续向外吐。

我在洗手间漱了口，回到沙发上。纳小米忙着清扫。

收拾完后，纳小米在另一条沙发上坐下来，说，我就不明白啦，你跟闵繁浩天天胡吃海喝的，两个人还喝成这样，有意思吗？

谁说是两个人，今天我们是三个人。

还有谁？

文晴晴。

这又是哪里冒出来的？

闵繁浩的女朋友。

瞎扯！他要找女朋友还等到今天？

我也觉得不靠谱，可他就对上眼了。

我已有些睁不开眼。我说，先睡觉，其他明天再说。

纳小米说，怎么睡？

我说，你去二楼，我在一楼。

借着酒劲，我对正在上楼的纳小米说，这回再让人绑架了，我可不管了。

我这次过来，就是想让歹徒再绑一次的，而且直接撕票，你信吗？

看纳小米的神情，倒不像是跟我开玩笑。

我半夜醒来的时候，发现床头灯亮着。纳小米端坐在床头一侧，静静地看着我。

我问，几点了？

我也不知道。

你一直没睡？

睡了，睡不着，起来看看你。

我看到床头柜上，有一杯水，已经凉了。说明纳小米在我床头已坐了很长时间。

此时，外面正是浓浓夜色。屋里，纳小米沉静如水。纳小米说，我给你讲讲我姐姐的故事吧。记得，第一次认识时，我就给你说了我姐姐。我姐姐有着天生的嗓音条件，自己也很喜欢唱歌。她想出去闯一闯，可我爸死活不同意。她只好妥协，委屈地嫁了。但这个梦她一直没放下，即使生下了孩子。看我姐纠结，我心里也很难过。我也不希望我姐的一生就这么平平庸庸地过下去。我说，既然这样，你就抛开一切，远走高飞。我相信有一天你会成功。因此说我姐的出走，与我也有很大关系。

那么你了解她这几年的情况吗？

不太了解，只是听她说。但我知道，她一定吃了不少苦。北京、上海、广州、深圳，好像这几个地方她都去了。这中间，有好几次我也想把她再劝回来。但每次她都告诉我，她离成功只有一步之遥。这次或许是真的，不是有人告诉你她马上要出唱片了吗？

是有人这么说。可就是出了，那又怎样，就算成功了吗？

你说得也是。

天渐渐地亮了。我们又分头眯了一会儿。早上，纳小米急着要去上班，我送她出门。一开门，正好碰上了闵繁浩和文晴晴。

纳小米有些尴尬，不好意思，我又过来住了。我先上班去了。

你们怎么来了？

闵繁浩说，正要问你呢，你怎么把她又弄过来了？是不是还没吃够苦头啊！

哪是我把她弄来的？

你的意思是她自己跑来的。

别说，还真是。

闵繁浩打量着房子，这房子是我老爸去世前买下来的，他老人家的意思是让我在这所房子里结婚。可我怎么看也觉得这房子不吉利。我想还是卖了吧。你说呢？

能不能等等？

怎么？你还要长住啊？过个仨月俩月你还是赶紧回去的好。

现在不是我的问题，是纳小米又没地方去了。

她又怎么了?

因为她姐的事又跟家里吵翻了。

唉,你这事,我看是真有点麻烦了。

10

山田左参加广交会,电话联系我能否会后到雀城一转,我当即表示了欢迎。

我把这事跟闵繁浩说了。闵繁浩眼睛转了两圈说,那你是不是该在家里请他一下?

为什么非要在家里?

在家里显得更像朋友。

那倒是。

我能参加吗?

废话,这还用问吗?

山田左到后,我陪他参观了雀城的几个名人故居、万亩银杏园、江北赏石城、城北寿山洞等。最大的遗憾是石痴子老刁已经去世,我们只能参观他的石刻艺术馆了。山田左专门带着礼物拜访了老刁的遗属,表达了对已故艺术家的崇敬。山田左离开的前一天晚上,我邀请他到家里做客。我硬着头皮给柳如叶打了招呼,说是一个日本朋友。还好,话语虽然冷冷的,但她并没拒绝。

闵繁浩当然少不了在场。

山田左先是礼貌性地夸了柳如叶的东方秀色,接着就是看到了整架子的日本作家的书籍,从黑泽明、川端康成、大岛健三郎一直到村上春树。山田左说,没看出来啊,原来你喜欢日本文化。

实话实说,我不喜欢。

那为什么……

这些书其实都是我夫人的,她学日语,她喜欢。她想通过文学对日本有更多的了解和关注。

席间，山田左几次起身敬酒，并说，项先生，为什么不让夫人去日本留学呢？我如果邀请的话，可以吗？

闵繁浩说，当然可以，如果能成行，我愿意帮助出费用。

我本想借此留在家里的，但苦于送山田左。把山田左送到宾馆后，实在不好再找回家的理由了，我不得不再回银座花园八号。

我要入睡的时候，收到柳如叶的信息：我打算接受山田先生的邀请。

11

雀城机场，柳如叶变成一只小鸟飞走了。

从机场返回的路上，我说闵繁浩，你是不是故意要拆散我们？

浑话！

那天山田先生邀请，不等我和柳如叶有什么意见，你就率先表态，我也只好附和着礼貌性地感谢。柳如叶今天的远走高飞，与你有关。

这倒是。但我是想用这种方式让你们真正走到一起。

这不是扯淡吗！

她走了，你可以安心地回去。你不想想，你天天与纳小米住在一起，算什么事？！她在家，裂痕只会越来越大。

如果说没有纳小米，我们之间的冷战也不可避免地发生，你相信吗？

我认为这是你给自己找的理由。

婚后，才红菱曾经半认真半开玩笑地告诉我，其实当初柳如叶并未看上我，她一门心思就是想着如何去日本。但她父母看她年龄一年年见大，怕闹不好剩在了那里，好说歹说劝她嫁了，再说你的条件不算好，好在也并不是特别差。我对才红菱这番话并不全然相信，但联想到我们的近乎闪婚以及婚后的淡然，似乎也真有某种隐情。

柳如叶走后的当天晚上，我就拾掇着要往回搬。我跟纳小米说，你也应考虑尽快回到家里去，逃避不是办法。

每次只要说到回家，纳小米就跟我急，房子闲着也是闲着。

闵繁浩想卖掉。

为什么？

他说不吉利。

可我不怕。上次事件之后，我曾一度想起来后怕过。唉，回到家里后发生的一切，让我感觉还有什么好怕的。至少，在这里我会舒心些。

这天晚上，没想到文晴晴意外地来了，手里提着几包熟食，还带着两瓶好酒。

我说，你这是哪门子！

来、来、来，喝酒。文晴晴的确跟个男人一样。

文晴晴跟纳小米认识的时间并不长，两人并没多少交流，而且从风格上也不是一个路子。但文晴晴不认生，一坐下就说，你怎么叫纳小米？

怎么了？

还怎么？项天这家伙属鸡啊，你想鸡吃小米，那还不是他妈的天经地义？

晴晴，你都说到哪里去了！

嘿，用不着扭捏，男人女人那点事我没做过，可我也明白，蚂蚁来例假，多大的事！

纳小米脸红红的，说，你真能举重若轻。

我说，文晴晴你能不能不到这里兜售你那些不堪入耳的黄段子？文晴晴说，×！你想让我口吐莲花啊！虚伪！又说，噢，我知道了，是怕我污染小米。可我不污染早晚也会被你们男人污染不是？

纳小米说，到底喝不喝啊！我找杯子去。她急于把话题岔开。

文晴晴的酒量我根本喝不过她。怎么样，不递招了吧！

我说，有本事你跟闵繁浩拼去，跟我喝算什么！你今晚上为什么不去找他？

文晴晴说，我过来，实际也不光是想喝酒，是求纳小米一件事。

求我？

是啊。宝宝想把这套房子卖了。你别管那些，你只管赖着在这里住下去。文晴晴竟直接喊他宝宝了，这喊法倒有点意思。

纳小米问她为什么。文晴晴说，因为我喜欢这套房子。

我插话说，你就不怕被人绑了去？

文晴晴一听，哈哈大笑，谁有纳小米那样的福气！

文晴晴直把自己喝红了脸蛋儿，这才罢了手。送她走的时候，嘴里还嘟哝着，你们这对狗男女把我灌醉了。文晴晴一定以为我们早已经住到一起了，我怕让纳小米听着不雅，赶紧拽着她下了楼。文晴晴突然停下，跟我说，你说这个宝宝特别不？既不跟我亲吻，也不跟我做爱。倒是把我的胸没完没了地揉搓，两个奶子都揉成发面馍馍了。这样下去就是奶牛也会疯哈。他是不是有病？

沉吟了一会儿后，我接着文晴晴的话说，其实我们都有病！

第二天，闵繁浩约我去城北寿山转转，文晴晴自然也随行。文晴晴说，你怎么不约上小米？我说她上班。其实是因为寿山正是纳小米被绑架的地方。当时歹徒在电话中要挟时无意中说到"竹"，警方才想到了寿山有一片竹林，于是实施了围堵，若不是这样案子不会破得那么快。因此我不想让纳小米再回到她的伤心地，倒是我，很想实地察看一下寿山的这片竹林，还有竹林中的两间破屋。

　　一进入寿山地界，远远就看见一幅喷绘大图，英雪清纯的形象，为寿山增添了灵性。时间过得真快，我想英雪应该读高三了吧！

　　我们在竹林里转了一会儿，我指着那两间破屋，对闵繁浩说，这应该是你待的地方。闵繁浩哂笑了一声。

　　我们很快离开竹林，上了山坡。

　　闵繁浩脱去外衣，站在一块大石板上，说不清是练气功还是八卦。因为胖，胳膊和腿都显得特别短，因此做出来的动作，不伦不类。文晴晴说，你说他这是什么功。

　　这个还看不出？童子功。

　　我看蛤蟆功差不多。文晴晴说完，自己先笑了。

　　你倒把自己比作天鹅肉了。

　　难道你不觉得我就是一只天鹅吗？

　　可惜你这天鹅落错地方了。

　　文晴晴看看练功的闵繁浩，错不了，你看我怎么把他拿下。

　　文晴晴跟我说着话的时候，我一直在转悠着想找个地儿方便一下。文晴晴问我，你要干什么？我说拿一下。她听明白了我的意思，就那么点事，还用得着那样躲躲藏藏的？标准的文晴晴风格。

　　一堆乱草，当我踩着一个石块的时候，却咕咚一下漏下去了。我听到文晴晴说：嗨，还真躲藏起来了。

　　其实，我哪是躲藏，我是掉进了一个石洞里。

　　文晴晴对着洞口喊我。我说，快下来，我发现了一个好地方。文晴晴的探险精神比闵繁浩还要强烈，抢在闵繁浩之前哧溜就下来了。随后闵繁浩也跟着下来了。

　　闵繁浩说，这是什么地方？我说好像是一个天然溶洞，我们往里走一走怎样？

　　我打着火机照明，微弱的火光，使洞中的景色笼罩在虚幻之中。到处是天然的壁画、天然的油画，可谓是一步一景，奇妙壮观。再往里走，竟还有一条地下河淙淙流淌。

打火机烧得发烫，很快就燃尽了，洞中完全黑了下来。闵繁浩说，江北不会有太大的溶洞，估计深不了，咱们再摸黑往里走一走。

洞中很险奇，没有光亮，三个人几乎都是手脚并用，很快身上沾满了泥巴。

因为彼此挨得很近，我无意中碰到了一个胸部，凭感觉，应该是文晴晴的。又一次碰到的时候，我觉得不好意思，只好说，都两次了，对不起，不是故意的哈。

说什么！你不说也没人会知道。不过，我可只感觉到一次啊，要不你把那次补上？

闵繁浩说，好了，那次碰的是我。

因为胖，闵繁浩的胸部跟女人的差不多。所以一说完，三个人都笑了。

文晴晴的笑向来毫无顾忌，有些张扬的笑声在洞中形成了很大的回响，突兀，悚然。但文晴晴到底还是女人，说，咱们还是回去吧。

真想抽身往回走的时候，才发现洞中并不只有一条路，而是有很多岔道，而且此时大家早已不辨东南西北了。更重要的是，大家都感觉到了冷。

闵繁浩说，我们得想办法往外走。

文晴晴说，我打个电话。打开手机，结果手机网络没有半点显示。

问题显得有点严重。一筹莫展之际，我摸到了一盒火柴，我救命一样地说，有了。哧一声划着了一根，洞中顿时有了些许光亮。借着火光，我们的速度明显加快了。但一根火柴燃不了多长时间。

闵繁浩说，有办法。他把衬衣脱下来，撕成许多根长布条，来，点这个。

衬衣燃完后，开始燃裤子。闵繁浩的燃完了，开始燃我的。我一边脱一边说，文晴晴，下一个轮到你了。

文晴晴说，我才不脱呢！

好在，在燃文晴晴的衣服之前，终于看到前方有了点点光亮。奔着光亮走过去，总算找到了出口。你拖我拽，三个人好歹爬了出来。出口的周围杂草丛生。

我们在洞中的时间显然很长，此时已是夜晚。月亮已经东升，又大又圆。我们躺在杂草中，抬头望去，感觉月亮从来没有这么美、这么圆过。

我们坐起来，发现对着出口，是一条长长的峡谷，蓄满了清幽幽的山泉水，一池星斗，金子一般闪亮，像极了美人的眼睛。

原来山洞是沿着山势走向，几乎划了一个半圆，从那面山坡进去，又从这面山坡出来。

打开手机，每个人的手机里，都有一串纳小米的未接电话。闵繁浩说，你抓紧给她回一个吧！

12

闵繁浩是商人，他能发现商机。在我从洞中归来感冒的几天里，他已经跟寿县旅游局争取到了独资开发寿山旅游的协议。寿山并不是一座名山，只有一些无关痛痒的传说。但闵繁浩看中的是那个洞。

我以为闵繁浩会心无旁骛地专心做这件事，这是他一贯的风格。但他找我商量的第一件事却是：我想跟文晴晴结婚，你看怎么样？

闵繁浩他能想到结婚我当然很高兴，但我没想到会这么快。我

说，你怎么突然想起结婚这档子事了？闵繁浩嘿嘿笑着，脸上竟有
羞涩的模样，这种表情出现在闵繁浩的脸上，我还是头一次见，觉
得有些滑稽。闵繁浩说，其实，那次从洞中逃出来之后，我和文晴
晴又悄悄去了一次。我们备足了衣服、食品、强光手电，重新走了
一遍。

去进一步考察？

也算是吧。我和文晴晴一直依偎着前行，在地下河边休息的时
候，我对发现这个旅游宝藏激动不已，看看坐在身边的文晴晴，我
突然觉得她很美。于是听着淙淙的流水声，我们就……那个了。

你知道，我当初对爱情是满怀期许的，不然我也不会急于结
婚。记得你那时问我，你觉得这世上还有爱情吗？我很肯定地回答
你说有，而且我还想证明给你看。但说实话，我没证明出什么。那
么，我现在想问你，你觉得你这是爱情吗？

我也不知道这是不是爱情，因为爱情长得什么样，谁也没见过
不是？

你能确定你想结婚？

我能确定。

接下来，婚礼的仪式只不过成了一道程序。

我没有再打扰他，也没有去想闵繁浩是不是对女人真的没有了
障碍。闵繁浩再找我的时候，已是项目进展一段时间之后。他想让
我带他去省旅游学院，找一找我的同学郭从甚，看能否从旅游学院
毕业生中挖几个学生来。找郭从甚应当没问题，因为他现在已经做
旅游学院的副院长了。这小子挺有艳福，竟找了一位我们共同的师
姐结了婚。

闵繁浩从旅游学院挖来了一个女孩，叫舒美琪。我说，你为什
么看中她？

巧了，我注册的公司就叫舒美游乐公司。

你这不是赌博吗？

你说得好，人生哪件事不是赌博！

那你的意思，爱情也是赌博？

我认为也是。

13

这段时间，我一直在山上帮着闵繁浩忙乎。这天刚回家一会儿，纳小米就来了。我说，让你往回搬你也不搬，我搬出来了，你又天天往这儿跑。

纳小米一边脱外套一边说，我没别的地儿去。

两人正说着话，卧室的门突然轻轻开了，柳如叶像一片秋天的薄云一样飘然而出。

这突然的变故，无论是我还是纳小米，都有些张皇失措。柳如叶说，你就是大名鼎鼎的纳小米吧？

我听到纳小米下意识地喊了一声，到底喊的什么，很可能连她自己也没搞清楚。

柳如叶说，称呼就免了吧，对你来说，哪个称呼似乎都不合适，也已经不再重要。重要的是我们见面了。这场面好像在飞机上我就想到了。

事情摆出来的样子未必就是事情真实的样子，但此时任何解释却又显得多余。

我给闵繁浩发出加急信息。闵繁浩带着文晴晴从寿山火速赶来。这期间柳如叶还说了些什么，纳小米又是怎么应对的，我大脑一片空白。

闵繁浩一进门，就故意埋怨说，你看回来也不提前打个电话，我们好去接你。不等柳如叶说话，文晴晴上来就抱着柳如叶的胳膊说，姐，今天是十五，咱们去寿山赏月去。

柳如叶走了。这回是真的走了。柳如叶这一走，不好的事便一连串地涌来。

第二天，我就接到了石在南的电话，她大哭着给我说，你大哥他……原来市里发生了一起严重的锅炉爆炸，死伤三人，褚库利是其中之一。市里紧急成立专门小组进行善后处理。

雀城木材和胶合板市场在全国同类市场中首屈一指，年成交额近两百个亿。市场的兴隆，直接带动了周边乡镇的木材加工生产，仿佛一夜之间冒出了上千个小厂。这些小厂的锅炉，一不安全，二超标准排污，严重影响了市里的碧水蓝天工程，市里早已责成有关部门进行专项整顿，下决心取缔这些小锅炉，引导专业户使用环保科学的供热方式，改善雀城的空气质量。但因为面广量大，这些专业户宁愿交罚金也不愿迅速更换，因此清理整顿的难度很大，一直没有清理干净。到底还是出事了。

石在南说，这两年，日子刚有些好转，正准备买新房的，你说，你大哥他……

我连续几天帮着石在南跑褚库利的亡赔，总算有了个眉目，于是我一大早就往我曾经住过的那排小平房走，想把亡赔的事尽快告诉她。我知道，因为拆建，其他住户早已搬走，现在只剩了石在南一家还住在里面。一夜的雨，让巷子塞满了泥泞。但是从巷口我就看到石在南家门前围满了人。更为不幸的事发生了。石在南夫妇与儿子英雨住的一间屋子完全垮塌。英雨已经没了气息，石在南腿部被砸成重伤。好在，英雪这一间没事。英雪看见我，几乎什么话也没说，就晕在了我怀里。

跟闵繁浩商量之后，我用我与柳如叶的房子，暂时安置了石在南母女。我呢，只好重新住进了银座花园八号。

在我烂睡的一个白天，纳小米的母亲找上门来。说实话，我已经失却了对外界的热情。

纳小米的母亲说，我也不想来找你，可你让我怎么办呢？我们也不是没给她找，但那件事实在影响太大也太坏了。我只能来求你了。

纳小米的母亲还说了些什么，我已经不记得了。因为我已经睡着了。

起床后，我也不知道已经几点。我给文晴晴打电话，说带酒来喝酒。文晴晴说，这不上午不下午的，喝什么酒！

你到底来不来？

好，我去。

这一次，不用说我又喝得烂醉如泥。我醒来时，纳小米仍然像我上次醉酒一样，坐在我床头一边。但我不想跟她说一句话。

纳小米说，她已经给你电脑里发过来离婚协议书。

我盯着纳小米说，那天你都跟她说了些什么？

你不是也在场吗？你没听见？

我什么也没听见。

她说，这世界真小，她在日本遇上了一个大学同学，那么巧，在一个班。而且那么巧，因为暗恋她一直独着身。所以她想接受他的感情。

这样的话你也信？

不知道。

有一天，闵繁浩过来了。我们两人在沙发上懒懒地坐了一会儿，闵繁浩扔给我一串钥匙，说，我给你看了套新房子，我给你补十万，剩下的你自己拿上吧。

我说，你什么意思？

这还不明白吗？再拖下去，已经没意义了。抓紧把房子收拾收拾，跟纳小米结婚吧。

临走，闵繁浩又说，对了。别光窝在家里，项目已经开业了。你可以到山上去看看。

14

英雪平时的学习成绩并不差，但家庭的巨大变故带来的影响可想而知。高考考得并不理想。

我给郭从甚打电话，你务必把英雪取上，取到旅游学院就行。郭从甚问，英雪是谁？

就是当年你见过的那个小女孩。

她有这么大了吗？

已经十八岁。

这么快啊，她那时才几岁啊！

九岁。

噢，这么说九年过去了——我说你会和她有故事，这回你承认我的直觉了吧！

郭从甚，我告诉你，你千万别再来雀城。再来，我一定会砸断你的狗腿。

结婚后的纳小米，重新释放出了女孩活泼的天性。纳小米说，我其实没奢望过能跟你结婚。

我苦笑，我有什么值得你奢望？

是啊，我自己也说不清，仿佛一路糊里糊涂地走到现在。若从头再来，重新推演一遍，我不知道会是一个什么样的结果。

我说人只能回头看，却是无法重新走的。

我以为，我和闵繁浩的日子从此便都平稳了，在各自的婚姻中任由世俗裹挟着向前滑行即是。生活的确没有多少浪花，但你却不得不承认，它有很多旋涡。

闵繁浩与文晴晴结婚才多久啊，文晴晴就掉进了旋涡。

这事是纳小米跟我说的。她说，文晴晴与闵繁浩的婚姻可能要破裂。当时，我差点从沙发上跳了起来。你瞎扯什么！这怎么可能！

纳小米说，我也不信，可这是真的。

我单独前往寿山。

金秋十月，是寿山最美的季节。漫山遍野的树木，保护良好的森林生态群落，清新宜人的空气环境。记得刚把舒美琪从旅游学院接来之时，我、闵繁浩、文晴晴、纳小米和舒美琪五个人一同上山。文晴晴穿一身黄，纳小米外罩一件红风衣，舒美琪戴着贝雷帽，她们就像寿山新添的三个鸟种，叽叽喳喳，使得寿山美丽而生动。可现在呢？一个人上位了，另一个人掉队了。

闵繁浩知道我要来，已在游客中心最大的套房里，准备了几个小菜，桌上放着两瓶陈年的名酒。

对寿山项目的经营情况，我很清楚。上亿年的地下长廊，如梦如幻的岩画，动人心魄的漂流，在北方到哪里还能再找到如此稀有的旅游品种！

我并没急着开口，我甚至不知道该跟他说些什么。几杯闷酒之后，我才慢吞吞地说，记得，我曾带你去看过一次心理医生。出来后，你什么也没说。我很想知道当时是什么情况。闵繁浩说，我现在可以告诉你。心理医生是一个四十多岁的女人，抹着浓浓的口红，问的全是性事。女人闭着眼，一会儿轻轻摇头，一会儿轻轻点头。然后抓着我的手，摩来摩去。女人说，性，就是祸；男人，就是祸；女人，就是祸。然后就是自顾自地打开一面小镜子，照来照去。跟她比，我没病，她已经精神分裂了，心理障碍可能比我要严重得多。

我想问你，你是什么时候开始喜欢女人的？

我什么时候也没说喜欢女人。

可你跟文晴晴结婚了！

我认为文晴晴更像个男人。

你害了她。

我如果说是她自己害了自己呢？

文晴晴是一个很开朗的女人，她有着自己独特的行为特点。

我也认为这是她的魅力所在。在溶洞中我们第一次做爱的时候，很难想象她还是一个处女，像寿山一样从未被开发过。认识文晴晴的人恐怕都会觉得不可思议，但我想也许只有这样才符合她的特点。

看来，她一直是故意以一种男性风格守护着什么。

但这些对我来说，并不重要。

为什么？

因为我把女人分为上半身下半身，确切说，我喜欢女人的上半身。女人的上半身是高贵的阳台，比如那对乳房，自然界最美的风景也没有它的韵致。但下半身不过是垃圾场。

听了闵繁浩的话，我知道他在内心并未完全驱除对女人的排斥。

我说，我相信你们肯定不止在溶洞中的那一次。

当然。不过，这是因为我跟她结了婚，再跟她做是我的责任也是我的义务。但有一点，夫妻生活远没有无聊文人们描写得那样美好。性，似乎是件很奇怪的东西。当初我和文晴晴在山洞里，那么差的条件和环境，我的感觉却是从未有过的强烈和难忘，也可以说美好，甚至是美妙，但后来这种感觉我再也找不到了。

于是，你就要抛弃她？

没有。

不是离婚了吗?

我不认为离婚是一种抛弃。离婚同样也是一种爱惜和尊重。

你这种逻辑讲不通。

讲得通。因为我已经背叛了她,当然也背叛了我自己。继续下去,对她只会是伤害和耽误。

原来,你和一般有钱人并没有什么区别,你同样是一身的铜臭气世俗气,同样演绎着新人笑旧人哭的故事。

我不承认我是喜新厌旧。

可事实是舒美琪比她年轻,而且也的确比她漂亮。我甚至怀疑你最初去旅游学院挑选舒美琪的动机。

你这么说就错了。我绝对是为我的项目,你知道我是个商人。

那为什么短短时间内就与舒美琪走到了一起?

因为我想报复她。

干吗要报复一个你自己选来而且涉世未深的女孩?

闵繁浩埋头喝酒,半天没有言语。怎么说呢,世上竟有这样的事。有谁会想到,她的档案过来之后,我翻到了什么。档案上,在"母亲"一栏,清楚地写着:伊淑花。怎么会这么巧合?

如果说你报复她可以理解的话,那报复完事情就应该了结了。

问题是我的报复计划还没有完全展开,我就已经爱上了她。

闵繁浩!我可以这么说,通过文晴晴的事,我已经不相信你会真正爱上一个人,尤其一个女人。

闵繁浩扔给我一沓子材料,说,你看看这个。我粗略翻了,是十几份关于寿山开发、舒美游乐运营以及前景展望的文案。闵繁浩说,如果说现在她对我的帮助还无法与你相比,那将来我可以放心依靠的,可能不是你,而只能是她。

我把材料扔到一边,说,你这属于商业利益,不是爱情。

看来你理解的爱情跟我不一样。在我看来,爱情不单纯是为了解决生理问题，它不应该像中国式婚姻一样，被孩子绑在一起，而应当是被共同的事业绑在一起。我和舒美琪便是这样。

此时，两瓶酒差不多已经见底。闵繁浩继续说，在你来之前，我已经审判过我自己了。难道你就不需要审判吗？

这天晚上，我已无法再下山，两个男人睡到了一张大床上。胖人睡得快，还没等我脱完衣服，就听闵繁浩打起了呼噜，一副无心无肺的样子。我看着他，恍若有点两人刚认识时的感觉。我们曾经漫无边际地谈经济，当然也谈过文学。现在我才知道，与生活相比，经济不过是一堆数字，文学更是找不着一点生活的头绪。

15

文晴晴喜欢银座花园八号的别墅，婚后她一直住在那儿，但现在却成了独守空房。

据纳小米讲，闵繁浩很讲义气，不仅把银座花园八号的别墅送给了她，还想让她接手市场里的汽配摩总店。但文晴晴觉得自己没那个经营能力，没有接，提出来要开一家鲜花店。闵繁浩已经在市中心找了一个地儿，面积还不小，正在装修。装修完，就交给文晴晴。

我和纳小米想去看看文晴晴。提前电话联系了，结果还是在楼下等了老半天。

文晴晴来的时候，驾着一辆火红的思域新车。纳小米说，晴晴，你真风光。文晴晴不加掩饰地说，宝宝给的。宝宝！文晴晴喊得仍然很亲切。

上楼后，纳小米问，你干什么去了，让我们等老半天？文晴晴说，我刚从山上赶回来。纳小米有些惊讶，你现在还上山呀！你这是什么话？我怎么就不能上山了？你是不是想让我跟那些蹩脚电视剧里的女主角那样，把钱、车钥匙、房屋证统统摔给他，这样才有尊严？既然遇不上，那又是何必？装什么？不装了，我可不想因为狗日的爱情苦了自己。

文晴晴的性格有她的好，那就是当不了怨妇。

16

匆匆四年。

英雪已完成了在旅游学院的学业。我曾经想，如果没有别的去处，英雪她可以回来，去闵繁浩的舒美游乐就可以，专业对口，完全可以发挥一些作用，就近也可以照顾她残腿的妈妈。但她报考了空姐选拔，以她的条件，自然很轻松被选上了。

英雪培训完就上岗了，她飞的是国际航班。她诚恳地邀请我陪她过第一个休假。我认为英雪一定是想着如何还我的人情，所以我答应了她，我不想让她在走向社会之后，仍然背负着沉重的心理负担。我为她和她家庭所做的一切，不可谓少，但皆在我的能力范围之内，更确切说是在闵繁浩的能力范围之内，我从未企求过回报。

英雪带我去的是济州岛，这是韩国南部最大的风景区。我以为这一定是一次轻松而又愉快的旅行，但没想到英雪的谈话，却让我的心情变得沉重起来。

英雪说，项叔，我问你个事。

你讲。

你当年书桌上玻璃板下面压着的那张照片上的女孩是谁？

我大学的同学。

我猜她应该是你的初恋。

也可以这么说，严格说应该是暗恋。因为我从来没向她表白过。

为什么？

因为那时我还不知道自己的生活要走向何处。

那么眯眯呢？我以为你们应该能够走到一起。她那时经常去找你。

眯眯？怎么说呢，可能因着同事关系，年龄又相差无几，平常走得近了些，但她似乎对我没有这方面的意思，我更觉得她不适合我。我对爱情的期许，是追求一种暖暖的温热，而她要的是浪漫。

爱情不就是需要浪漫吗？

爱情很多时候更像是一种气体，越是浪漫，就越是容易挥发。眯眯已经为此付出了代价。

代价？

你可能还不知道，她已经走了。

英雪瞪大了眼睛。我继续说，那个神秘男人是个毒品贩子，起初神秘男人以为眯眯是公安便衣，盯上了他。后来才发现她只不过是一个玩情感浪漫的女孩。便迎合她，猫捉老鼠一样地开始交往，通过她向外传送毒品。他交代给她的事越神秘，她就觉得越有意思。青青洗浴中心的老板苗青青他们都是一伙的。案子最后破了，破案的就是我同学才红菱的丈夫武强。但武强在抓捕时，中弹身亡。眯眯染上了毒瘾，并得了艾滋病。

文晴晴与闵繁浩确实很合适，他们还好吧？

已经离了。

啊！为什么？

一言难尽。

纳小米的姐姐纳小玉呢？

她没像预期的那样大红大紫，但已小有名气。她的音像光盘在不少音乐店里还是能找得到的。今后某一天或许她还会突然地冒出来。

你跟纳小米结婚了。你觉得纳小米怎么样？

还行，她单纯，跟你可能有更多共同点。——哎，刚才你怎么会问起这些？这些人你大多都不认识啊！

项叔，你好像既是一个记录生活的人，又是一个喜欢忘却过去的人。

为什么这么说？

你跟柳阿姨结婚后，那间小屋的东西你什么也没带。在那张老旧书桌的抽屉里，我看到了你的一个笔记本。我和我妈第二次搬到你的住处时，你去了银座花园八号，家里的东西几乎又是什么也没带。这一次，你留下了好几本笔记。在我照顾我妈的那段时间里，我把它们认真地读了，而且读了不止一遍。你知道我读了之后的感受吗？它让我茫然到了心灰意冷的程度。我觉得生活好像很恐怖。

说着，英雪拿出了一张照片。我一看，是英雪的裸体照。

郝岩又找你了？

是我找了他。就是在那段时间里，我决定拍下一组写真，因为我当时不知道自己还有没有勇气继续走下去，或者要走到哪里去。

看来，在英雪的高三时期，绝不单单是家庭变故打击了一个柔弱的少女，我在生活乱象中的苦苦挣扎同样让一颗纯净的心灵迷失了方向。

我更想知道的是英雪自己的感情情况。我问她，她摇了摇头，我不想去想那么多。

你应该考虑了。

在基地培训的时候，有一个人几次请我吃饭我都拒绝了。

为什么？

我说，我有男朋友了。

你何苦要撒谎呢？

英雪说，我给他看了一张照片。当年我住进你的小房子之后，看到桌上的玻璃板下压着你的照片，我就收起来了，这几年我一直带在身边，终于派上了用场。想不到，你的照片也能保护我。

这可不行，你把照片给我吧。

在我钱包里，没带出来。

那天，海面上的风很大，英雪没有穿空乘制服，衣袂飘飘，一副单薄无助的样子。英雪说，我曾经对空乘无限地向往，可我现在却感觉自己不过是一朵浮云。我很想回家。

我说，当年我们巷子里的人都把你看成天使，天使当然就应该在天上飞。慢慢会好的。

英雪说，我也这么想。

然而，就在我陪英雪度假后不久，又一件事情的发生再次给了英雪以沉痛一击。电话中的英雪很沉郁，最近，我一个要好的姐妹自杀了。她是在培训的时候，在航空宾馆里，结识了一个地勤人员，可待他们相爱后，才知那人已经结婚，然后便是无尽的硝烟。我看着都烦，我相信她一定是被那人给骗了。

据英雪讲，同伴自杀是在一个晚上。英雪睡下后，同伴服用了安眠药。一早醒来，英雪发现自己的床头放着一张纸，上面有两行字：我已折断翅膀，请你代我飞翔。

后来，在单位查看同伴笔记本的时候，发现笔记本里也有这两句话，不过在这两句之前，还有两句：这社会熙熙攘攘，美丽无法躲藏。

其后不久，我收到英雪一封长长的电子邮件，大意是，她这辈子不想再结婚了，太多的事已经让她心寒。

看过英雪的信，我大半夜没能入睡。好不容易睡着了，却做起梦来。梦中的英雪从三十多层高的国贸大厦顶楼，纵身一跃，借着风力，在空中轻舞飞扬，她飞翔的姿势是那样优美，脸上荡漾着纯美的笑容，像一个人的航班，飞越雀水河上空。但她的降落却让我心惊肉跳。我被自己的梦境吓醒了。我感觉我这些年，仿佛一直在收藏着一件价值连城的瓷器，可不论怎么去保管，到头来还是被一只无形的手碰落了，变成了一地瓦砾。为什么美的东西总是这么易碎？那只看不见的手到底是谁的？

　　我记得在济州岛，我与英雪的谈话是在那个著名的火山口旁。那么此刻，我想英雪一定是坐在了自己生活和感情的火山口上。

　　我跟闵繁浩说，我们能不能救救她？闵繁浩不解地问，救谁？

　　我说，英雪。

牛背山情话

四亿年前，这里是一片海水。

四万年前，这里是一片沼泽。

四千年前，这里山脉连连，沟壑纵横。

——题记

1

我被我娘骗了。

2

印儿，你有父亲，你怎么可能没父亲呢！只是你的父亲跟别人不一样，他不是一个高大魁梧的汉子，而是一个大大的脚印。

那天，我从天路上一个人往下走。因为头天下过一场雨，天路上还有些湿滑，上面笼覆着稀薄的沙土，许多地方裸露出光滑的石面。我几乎从未在这条路上发现过脚印，可那天，我看到了，一个大大的脚印里积淤着一摊清亮的水。我们牛背村祖祖辈辈居住在山上，根本没有多少地方可以供我们踩出印痕。一个人一辈子留不下一个脚印，印儿你说那该是多么遗憾的一件事情！所以，当我发现这枚长长的脚印的时候，我的欣喜和新奇无以言表。我蹲下身，拢一拢被风吹乱的头发，十分专注地欣赏这枚脚印。我看到积水中映出了牛头崮的景象，每一棵树影都清晰无比，野枣像圣果一样飘飘摇摇。后来，清清的水里出现了一个白胡子老头，一副仙风道骨的模样，浅笑着向我招手。见此情境，我立即起身，慌忙躲开。慌乱中不小心一只脚踏上了脚印。一踩上的时候，当时就感觉一阵眩晕，接着肚子一动，好像有什么东西塞进了里面。于是就有了你。

显然，我并非母亲所说，如此这般地来到世上。假如真是这样，那母亲可真是神了，要么就是我不同凡响。事实证明这些都没有。但母亲的话，却让我相信了好几年，陪伴我走过了难忘的童年时光。那时，我还不懂得生命的基本法则。我的一堆小伙伴当然也同我一样，都处在懵懂之中，尚未开化，这使得我们经常神秘而又天真地交流各自的身世和来历。米粒儿、豆芽儿、蒜泥儿、枣核儿、小绳头、红缨穗、大盆、二锅、勺子等，一凑一小堆，叽叽喳喳。不过，他们大部分都是捡来的，有的是从前山坡，有的是从后山坡，不是在一块大石头后，就是在一棵大松树下，似乎唯有我是躲在我娘的肚子里被我娘发现的。对此他们都觉得很惊奇，认为不可确信，说瞎扯，那你怎么进去的？我说我是踩着一个脚印进去的。我这一说，好几个都鸡啄小米似的频频点头。我一度觉得自己很有优越感。因为他们都是差点被老鹰叼去的主儿，只是幸好被发现，才得以落户人家。而我，却不曾在野地里待过。

后来渐渐长大之后，当我知道了生命的来历，这种优越感不仅不复存在，而且彻底走向了反面。没有父亲，这实在是一个不便启齿也无法交代的事情。我的那些小伙伴，他们才是热汤热水的孩子，反倒我，成了不折不扣的野种。我的父亲是谁？这个问题长久地纠结于我的少年时代。这说明，我母亲曾经有过一段秘不示人的情感。那到底是一段怎样的过往，我却不得而知。劳动比我们大四五岁，但他这个年龄段的伙伴村里没有几个，所以，他经常加入我们的行列，一起玩耍。他是我们的王。他曾经跟我们说过其中的秘密，什么脚印，这事得一个男人和一个女人抱成块才成。其实，他那时也还没有完全弄懂，他说大概就是这样。天，得一个男人和一个女人抱成块，真丢人啊！

不过，这话我却记在了心里，从此对村里的男人们给予了格外的关注，我在寻找那个有可能是我父亲的人，或者说最有可能接近我母亲的人。在我观察的人中，我觉得他们都有嫌疑，但可能性又都不足。直至多年后，村里的老书记姜为橹到城里来看我，我才把这一问题严肃地跟他进行了探讨。

姜为橹长着一双大耳朵，一双厚厚的大手。几杯茶下去，脸上红润润的。他吧嗒吧嗒嘴，慢条斯理地说，是老右。

老右！这其实和我自己在心中的猜测差不多。但老右我从来没见过，我只能是猜测。因此，我故意问老书记，你说得准？就不可能是村里的其他人，比如说姜大眼？

姜为橹说，村里的绝不可能。姜大眼就更不可能。

为什么？

因为你母亲是一个心劲很高的女人。她那时候，村里还没学校，咱们村百十户人家，高高地戳在山顶上，学生少，也没老师。要上学，就得下山去。因此多数家长没有选择让孩子上学。但你母亲刚到上学年龄时，就被你姥姥家的人接去了狗尾巴村，那是个大村，在山坳中的平原上，土地肥沃，是富裕之乡。狗尾巴村的学校办得很出名，你母亲在那里一直读完初中，才正式回到山上来。回来后，一看那眼神，就跟山上人不一样，做派更是不同。山上的人哪个不从我眼皮子底下过？每一个我比扒了衣服看得还清楚。你母亲那时年轻，喜欢吹山风，站在牛头崮顶上，让山风把头发吹得飘飘的，就像一棵长满了绿叶子的树，没有风也哗哗地响。她也喜欢看天，特别喜欢晚上看星星、看月亮。星星和月亮隔我们那么远，天天挂在那里，有什么好看的，既看不出山果，也看不出粮食。所以说，这些特点与一般庄稼人，特别是与咱山上人是大不相同的。传说姜大眼的祖上曾出过一个观天象的，我曾想，莫不你母亲也是？显然不是，我理解这不过是她的一种心境。如果把她说成是传说中月亮里的嫦娥还差不多，因为你母亲长得很柔媚，确实很讨人喜欢。要说咱们村可是那一带距天最近的地方，可越是最近，越没人愿意关注。不说别人，我也是。我整天看的是山下的周边，我一直在打量山下那些平整的土地，我这后几年的心血全用在这上面了。当然，你母亲还有一个特点，喜欢看书，我见过她多次从四海镇上买回书来。可那时，镇上也没多少书，她也没有多少钱。直到老右来了。老右来的时候，没别的东西，就是一个大木头箱，我以为里面盛着什么宝贝，其实，除了几件随身衣服之外，全都是书。你母亲和老右，首先是你母亲愿意亲近他，还有就是我也鼓动了她。我当时的想法，过于简单，就是想借机通过你母亲，把老右留下来。

可我从来没见过老右，我说。

老右，唉！姜为橹喝了一口水，说，没有，最终他还是走了。

3

老右叫左于忠，一般没人喊他名字。大家都喊他老右。这名字是姜为橹叫起来的，或者说是他从公社带回来的。公社说，老姜啊，北京来了个老右，放在公社里是不是太显眼了？让他到你那里去吧，你那里天高皇帝远的。那时，姜为橹刚上任这个山顶小村的书记，不太明白是怎么回事，问这个老右咋着了。咋着了？你说咋着了！这些知识分子天天不食人间烟火一样，四体不勤，五谷不分，上不着天，下不着地，一瓶子不满，半瓶子晃荡，净鼓捣些不着边际的事，肯定把领导惹烦了，下放了。据姜为橹讲，一开始他并不想让老右来，他到山上来能干什么？纯粹是负担，给村里添麻烦。来了之后，一段时间姜为橹也不是很待见。但时间一长，觉得这老右压根就没什么架子，而且知书达理，和和气气，跟牛背村就跟一家人一样，哪有什么架子可打压！说人家学究气那是堵不住地往外散发，要说牛粪一样臭倒没闻出来。特别是陪着老右围着牛头崮、牛背山转过几圈之后，老右提出了一个问题，让姜为橹大感兴趣。

牛背山高六百三十二米，按说该是个缺水的地方，可事实正好相反，牛背山长年水流不断。古人说，山有多高，水就有多高。看来古人不妄，所谈尽是至理名言。牛背山的水到底从何而来，无人搞清，但它经过几处断崖后，仍然一意孤行地向山下冲去。这老右是水电工程师，看着这水哗哗地流，淌得虽然自在，却也可惜。老右跟姜为橹说，你想不想点电灯？电灯？谁个不想啊！老右指着高山流水说，这就是电。你看这山的落差，把水花全都跌碎了，足够发电的。

指水为电，这让姜为橹觉得新鲜。

我后来学的是历史，基本上也成了"四体不勤，五谷不分，上不着天，下不着地，一瓶子不满，半瓶子晃荡"的人物，特别是近年从事小说写作之后，更大有"不食人间烟火"之趋势，张口闭口都是人性与灵魂，一些丈二和尚摸不着头脑的东西。所以时至今日我仍然无法详尽地描述出，老右是如何把水流转换成电流的。当第一盏电灯在牛头崮上亮起来的时候，它一下照亮了周边的黑暗。牛背村用电的时间比四海镇村村通电的时间，整整提前了二十年。电真是好东西，牛背村把这看不见的电，用得很顺手。用来照明，让本来黑魆魆的山头野岭，变得一片敞亮。老天不下雨的时候，用以灌溉，可以快捷高效地把自造的雨水送上干枯的山岭。因此，在山下村庄普遍经历困难时期的时候，牛背村恰恰果茂粮丰。这成绩自然应该归功于老右，但老右哪里敢接？他是老右，他是来改造的，他没有资格出这个风头。姜为橹于是接个正着，成了省劳模，并在随后的一段时间内，戴着红花四处做报告。当然报告是老右给他写的，并教给了他一些基本的水电常识。所以后来，只要一拉起水电，姜为橹常常侃侃而谈，那架势仿佛他才是术业专攻的水电工程师。

按姜为橹的说法，老右是1957年来到牛背村的。1959年中央就来了文件，开始分期分批为老右们摘帽。接到这个文件时，姜为橹很纠结。其时，水转电的工程正在进行，马上就要云开见明月，但毕竟还没最终告成。但以老右的满腹学识，把他留在山上，的确也有点炮打蚊子，大材小用，有点可惜。但话又说回来，国家都不怕可惜，他姜为橹一介山民又何苦空怀一腔可惜之肠？因此，公社向姜为橹询问老右的改造情况时，姜为橹说得很结实，这个老右，尾巴到现在还翘着，还需要好好改造他一段时间。

姜为橹说，中央那份文件他反反复复看了好几遍。文件中说，毛主席、党中央领导的反右派斗争，是我国政治战线、思想战线上的一场伟大的社会主义革命。反右派斗争的胜利，巩固了无产阶级专政，促进了我国社会主义革命和社会主义建设事业的发展。姜为橹认为，中央的确英明，尤其这最后一句，促进了我国社会主义革命和社会主义建设事业的发展。事实确实是这样，牛背村的建设事业就得到了意外的发展。从牛背村的角度说，反右斗争取得了很大的胜利，是一场彻彻底底的胜利，是一场人民群众的胜利。

后来我曾专门查阅了当年的文件。这份文件的名称叫《关于确实表现改好了的右派分子的处理问题的决定》，文件是1959年9月16日发出的，至当年底，全国已经摘掉右派分子帽子的有近3万人，占右派分子总数的百分之六点四。

当时的老右，极有可能成为第一批这近三万人中的一员，但因为姜为橹，他没能那么幸运，而是一直拖到1964年才搭上最后第五批的末班车。

老右走的那天，姜为橹说，头天刚下过一场雨，一大早天就放晴了，山上的空气别提多么清新，但我的心里埋着隐隐的失落。我本来决定让你母亲送他下山，可你母亲不为所动。老右也不想惊动任何人，他背着一个沉沉的木箱，沿着陡峭的天路，独自一人下山了。或许他把一座山都背走了，背到了他想背去的地方。

头天下过一场雨，这让我想起了母亲曾经的叙述。我猜测，那天母亲虽然没有送老右下山，但老右走后，母亲很可能在那条天路上踟蹰流连。正是在这踟蹰流连的过程中，她发现了老右的脚印。这枚普通得不能再普通的脚印，在母亲这儿自然有着非同寻常的意义，也许这是她今生唯一追求过的一个男人，给她留下来的唯一念想。因此我相信，母亲应该真的是面对那个脚印，端详了很久。但当她把自己的脚，也踏上这个脚印的时候，她的肚子的确一动。那时，她才知道，老右给她留下来的，不仅仅是一个脚印。

4

曾有一个时期，我们一伙小伙伴，穿着开裆裤，小鸡鸡上沾满了泥巴，满山遍野地找脚印。到底我们还是在通往山下的那条天路上，隐隐约约地找到了一个。当然，这个脚印跟母亲发现的那个没法比，因为里面既没汪着清水，也没有仙风道骨的白胡子老头。它就是一个干瘪得不能再干瘪的脚印，如此而已。这让大家感觉索然无趣。

在这条天路上，我们能见到次数最多的一个人，自然是书记姜为橹，他经常往公社跑。他往公社跑的目的，不单纯是去汇报工作，村里没有那么多的工作值得他去汇报。他去的目的，是想打听公社里还有没有别的老右，他希望再为牛背村争取一个来。因为左于忠的到来，让姜为橹切切实实地尝到了甜头。公社说，右派摘帽，该走的都走了。人家是城里的鸟，怎么可能永久落在农村的穷枝上？姜为橹说，现在没有不要紧，再有了，可千万别忘了牛背村，牛背村是很适合对他们进行改造的，不是吗？你看，老右多么顽固，都被我们改造好了。公社说，你怎么不说你贪人家功劳的事？那怎么叫贪人家的功劳？我不改造他，他能有这么好的表现！为了要人，姜为橹也管不了那么多，多违心的话他也说得出来。

后来姜为橹去的次数多了，公社也有点烦，说反右斗争已经胜利结束了，你怎么还提这档子事？姜为橹说，既然胜利了，取得了很大的成绩，那为什么不可以再来一次，让我们再胜利一次？公社说，是这个理，可再来一次还是不来了你说了算啊！

姜为橹的执着，还是把机会等来了。上面开始打倒一切牛鬼蛇神，扫除一切害人虫。是啊，新社会就是要不断地打扫打扫，不打扫怎么会保持它的新呢！扫帚不到，灰尘照例不会自己跑掉。上面开始动扫帚了，听说这次一扫帚就赶下来了不少人。姜为橹兴奋地跑到公社去，不过这次他空欢喜了一场，公社里没有接到扫帚扫下来的人，倒是公社书记韦仁正被扫着了，去了光明岭的养猪场。

姜为橹一时把握不准，感觉有些迷惘。他觉得扫扫灰尘是件挺好的事，不过要扫应该扫上面的人，下面的人有什么好扫的？就是扫，也不应该把公社书记给扫下来。这一段时期，姜为橹不去公社跑了，有事没事往光明岭跑，在养猪场守着臭烘烘的猪圈，与韦仁正胡扯闲拉。韦仁正说，你不明白，这是一场运动，这场运动为什么呼呼隆隆就这么起来了，谁也说不清。搞这么场运动，到底要干什么，也无人知道。姜为橹说，搞运动咱积极参加就是，既然是上面让搞的，那就错不了。你领着我们搞，不就成了，怎么上来先把你扫了？这是咋了？韦仁正说，我算什么？省委书记都被扫了，副总理都被扫了。

姜为橹再去找韦仁正拉呱的时候，见养猪场多了一个人。这人高高的个子，瘦巴巴的身条，好像多少年没吃过一顿饱饭一样。再看他眼上，架着副镜子，太阳底下一照，咔咔溜溜地反光，尽管有四只眼睛，可还像走黑路一样，跌跌撞撞的。脸色黝黑，即使常年在山上风吹雨打的人，也没一个像他脸色这么重的。

这人是谁啊？也是牛鬼蛇神？

韦仁正说，从南方调过来的，本来要到南方去的，但南方潮湿，他有风湿病，腿关节不好，他要求到北方，就调到咱这儿来了。别看我，喂猪就喂猪，咱也是一把好手，不怕他个熊的。可要让他来喂，猪怎么饿死的恐怕他也不知道，也是难为他了。你不是一直想要人吗？你可以把他要去，到山上或许能发挥他一点作用。

我怎么要？

你去找公社革委会。

怎么说？

你说，文件上说是要让他们住牛棚的，可光明岭哪有牛棚，只有猪圈。你说山上有。

这还用说？山上当然有。

公社革委会现在的负责人换成了一个年轻人，留着分头。姜为橹试探地说，我看着养猪场新来了个人。分头说，喊，这个牛老鬼。分头把牛鬼蛇神简化为牛老鬼，姜为橹觉得分头还是挺有水平的，起码好听也好记了，跟个正儿八经的人名或诨名差不多。姜为橹说，我能不能提个意见？分头一愣，什么意见？我看到文件上说像牛老鬼这样的人，是让他们下来蹲牛棚的，可现在是光明岭上没有牛棚，这说明上面的指示我们远远没有落实好。

你的意思是……

我的意思是我们山上正有空着的牛棚，那牛棚就该是为他准备的。你想，让他在光明岭悠闲地养猪，他把猪偷着杀了怎么办？他给猪下了毒怎么办？这样的坏人上级既然叫他到我们这儿来，那我们就不得不防。

分头眼里发着光，说想不到你的革命性这么强。分头攥起拳头，高高一挥，喊道：向姜为橹同志学习！

革委会院子里正好还有好几个人在，大家于是一齐喊：向姜为橹同志学习！向姜为橹同志学习！

姜为橹把牛老鬼领回来的时候，我们一伙小屁孩正在天路上打闹。也是头天下了一场雨，我们从石缝中掏出泥巴，拿捏成茶碗或者说烟缸状，然后高高举起，用力翻扣在石板路上，轰然一响，泥巴就会打出一个炮眼。规则就是，你要用你手里的泥巴为别人炸开的炮眼给找补上。这样谁的炮眼越大，谁从别人手里找补的泥巴就越多，直至有人手里的泥巴无法再做出炮来。这个游戏其实没多大意思，但我们常常鼻涕涌得老长，都顾不上管，乐此不疲地埋头做炮，举手放炮，有时还要为此打成群架。

是大锅的炮还是二盆的炮，我记不清了，反正咕咚一声在牛老鬼脚下响了。响就响呗，这阵势没人害怕。但牛老鬼可能毫无思想准备，结果把他的眼镜一下给震到了地上。姜为橹迅速给他捡起来。捡起来的时候，我们就看到其中一个镜片，已经跌上了一道纹。

我们都有些害怕。姜为橹也没问刚才的炮是谁放的，顺手给跟前最靠近他的一个小家伙，扇了一巴掌。说，你们这些小兔崽子！然后冲我说，印儿，你娘在家不？我说，在家。

5

牛老鬼上山后，成了我们的老师。从牛老鬼开始，牛背村就有了自己的学校。

学校设在牛头崮最高处的山神庙里。运动一开始，分头就有指示，要把山神庙砸掉。他认为，山神庙是典型的旧思想、旧文化、旧风俗、旧习惯，它散发着封建主义、资本主义的腐朽气息，毒化人们的灵魂。

姜为橹在公社革委会吆喝得很紧，回来后却一直没有动静，因为在这六百多米高的山上，革命的力量比较薄弱。牛背村怎么做，往哪儿走，就看姜为橹的手势。那么，怎么处置这座年代久远的山神庙，便成了问题，姜为橹为此颇动了一番脑筋。

姜为橹突然想起来，当年牛头崮县委刚成立时曾在这儿办过一段公，不过很快挪了地方，而且牛头崮县委自身存在的时间也极为短暂。但姜为橹还是去跟分头说了。分头说，我怎么没听说还有什么牛头崮县委？都是哪门子事了？再说，就是有过你说的牛头崮县委，它也不会跑到你那个山头上去，而且还在山神庙那种地方办公。

牛老鬼的到来，让山神庙的问题有了转机。山神庙不但没拆，还拉起了一个小院，当然小院前已挂上了"牛背村完小"的木牌子。问题便得到了很好的解决。显然姜为橹很满意这种解决，有一次姜为橹酒喝得多了一点，憋不住说到此事：他还不信有牛头崮县委，不相信县委在这座破庙里办过公。这回我改成学校，让你砸去！言语间，含着一些风骨和自豪。

那天在天路上，姜为橹问我娘在不。事后我明白了，他真的把牛老鬼安置在了我家闲置的牛棚里。牛棚原在我家正房前西侧，姜为橹组织劳力在牛棚后边建起了两间小屋，名义上已把牛老鬼关进了牛棚，实际上牛棚成了牛老鬼门前的凉棚。一大早起来，牛老鬼一敞门，就能跟太阳撞个满怀，那是一处承受阳光最多的地方。

印象中，牛老鬼是一个不苟言笑的人。但第一天开课，牛老鬼就笑了。他是笑我们的名字。米粒儿、豆芽儿、蒜泥儿、枣核儿、小绳头、红缨穗、大盆、二锅、勺子，他挨个叫，叫着谁，谁站起来。叫一个，他抿一下嘴。劳动也来了，他理所当然地成了我们的班长。

第一天上午，并没有上课，牛老鬼挨个给我们起了名字。姜边，姜岸，姜水，姜东，姜南，姜大海，姜小鱼，姜琼，姜蓝，等等不一而足。等起到姜小鱼的时候，我举手站了起来，老师，我娘叫姜小鱼。下面一阵哄笑。牛老鬼似乎有些惊诧，他可能觉得在这立地六百多米高的山上，不太可能已经有这样的名字。牛老鬼说，刚才起的姜小鱼站起来。于是一个小女孩站了起来。你小名叫什么？红缨穗！那你就叫姜缨穗吧。

至于我，我只能随母姓。牛老鬼给我起的是姜信。我举手站起来，说我已经起好了名字。哦？叫什么？姜作印！牛老鬼说，好，那你就叫姜作印吧。

一伙灰头土脸的小屁孩，每人头上按上一个名字后，就像在每个人心中放进了一尊神。再从山神庙里走出来的时候，一个个都神气了许多。再看山，仿佛跟从前的山也不一样了。大家在回家的路上，都在议论牛老鬼起的名字，觉得牛老鬼眼镜片忽闪忽闪的，满肚子是字，随便说出一个，就那么好听，洋味十足。即使红缨穗，作为小名叫的时候，并没感觉它的好，大名叫姜缨穗的时候，反倒觉得有一种说不出的意味。姜缨穗那时的发型刚好是半截毛，跟玉米抽出来的穗并无二致，这个名字与她正好相当。

我的名字早在入学前，母亲就偷偷给我起好了。我没问母亲为什么叫姜作印。后来，我隐约觉得，名字中间那个"作"只是个替代字而已，母亲真正想用的字应该是"左"。也可以说，我本来就应该姓"左"。

6

其实，在牛老鬼上山之前，还有一个外乡人比他先期抵达。那是一个年轻的女学生，还不满十八岁。她是在1968年的春节前上山来的，被安置在姜大眼家。劳动是姜大眼的三子，他还有个姐姐，比劳动大两岁。由劳动的姐姐跟她做伴。

新来的女学生叫杨丽丽。名字的后两字相叠，这在我们山上还是从未有过的，怎么叫也像个小名。她最常穿的是一身没有领章和帽徽的军装。所以村里通常叫她女军装。

女军装一住进姜大眼家，姜大眼家就个个都变了样，家里也整洁了，家人穿戴也整齐了。劳动衣服上的补丁一看就是新的。

姜大眼有三个儿，这山上看中的是儿子，但最愁的也是儿子。生个儿子在这六百多米高的山头上，找个媳妇难啊！好在，牛背村在周围村庄中第一个挂起了电灯，一个电灯泡不仅把黑乎乎的山照亮了，也把山下女人的心照亮了，连着照来了好几拨女人。但电灯泡的威力毕竟有限，新鲜劲过去后，状态差不多就又恢复到了从前。山下的男人，倒是都看中了山上的女人。山上的女人漂亮而又纯朴，像一道鲜美的野味，看着养眼，用着可口。

姜为橹没像其他村一样，给新来的人单独分地，说我看她也干不了什么活，就在你家吃住跟你家一起干活吧，你反正是贫下中农，这教育的事就由你负责。姜大眼接下这差事后，心里很美，劳动的大哥生产正等着要说媳妇，这家里就进来了女人，别管她是城里的还是乡下的，天天一个锅里摸勺子，相信摸久了自然会摸成一家子的。姜大眼觉得，虽然山神庙那边早就不让去烧香了，但好事还是往下砸啊！说明那山神庙的神性还在。

　　姜大眼一家人自然极力善待女军装，好像杨丽丽天然就是他家的人。劳动的姐姐形影不离地跟着她，恐怕一不留神她就跑掉了一样。姜大眼尤其防着村里的几个年轻人，根本不给他们任何靠近的机会。

　　姜大眼防得了别人，却没防得住牛老鬼。这事是劳动给他爹告的密，说有几次发现牛老鬼和杨丽丽窃窃私语，不知他们在拉什么。而且有人说，曾经在山下司息河岸林里，见到过牛老鬼和杨丽丽，两人抱在一起，杨丽丽伏在牛老鬼的肩头上，发出嘤嘤的哭泣声。的确，杨丽丽也曾经丢失过一回，哪里都没找到，而最后是姜大眼看到杨丽丽从山神庙里出来的。山神庙也就是学校，也就是说她是从学校里出来的，而那时下午已放学多时。姜大眼找到姜为橹，说这个牛老鬼看上去不声不响，没想到不是个东西，他竟然打杨丽丽的主意。姜为橹说不可能吧，他是个牛鬼蛇神，他敢有这心思？

　　怎么不敢？老晚了杨丽丽才从学校里出来。

　　你也不能看得那么紧，真当儿媳妇待了。

　　那文件上可都说得清楚，要把知识青年当作自己的亲生子女，知识青年必须同工农相结合。结合，是什么意思？我理解让他们结婚就是最好的结合。

　　姜大眼是这么想，但生产迷恋那身军装远超过迷恋杨丽丽。因此，杨丽丽上山后的第二年，生产就当兵走了，上了队伍。而且上队伍后竟被选拔成了飞行员。

　　有一段时间，可把劳动火得不行。一听到天上有点动静，就不由分说地把我们拉出来，指着天上说，看到了吧，我哥，我哥。

　　有了生产这一出，山上人很少再说那句话：你能得上天啊！过去这可是人们常用的一句话，如果谁口出狂言，有人就会砸给他一句：你能得上天！以示鄙视。

　　可生产真的上天了。

生产是我们村第一个正儿八经走出去的人。也可以说，是我亲眼看着飞到天上去的。牛背村是我们这一带距天最近的地方，当我们沉湎于湛蓝的苍穹、灿烂的星河以及银盘一样晶莹剔透的月亮时，或许生产并没有满足。他一飞冲天，雄鹰一样翱翔，一下拉开了与我们的距离，成为比我们距天还要近的人。

或许在生产的飞行记录中，并没有一次飞越这片家乡的山岭，但并不影响他飞行员的真实性，他已经属于整片天空，而不单单是牛头崮这一小块补丁一样的微小山头。

每次当我的目光追着飞机的身躯，一直追到它消失在天际的云层之后，我都会低下头来，再把生产的样子想一遍。他并不是一个多么出众的人，但他能够一飞冲天，这说明这四面封闭的大山并不是没有缺口。生产的作为给了我希望。

生产入伍后，杨丽丽也走了。有人说，他是到部队上找生产去了。杨丽丽的走，悄无声息，很快就没人再提起她。她本来就是个过客，没有人会有姜大眼那样大胆的想象，敢于有让她成为儿媳妇的想法。直到1977年，也就是恢复高考的第一年，杨丽丽考上大学了，到村里来起户口证明，人们才再一次见到她。也才知道，她走后的这几年，户口其实是一直落在牛背村的。

还有一个更大的秘密也同时揭晓了，牛老鬼与杨丽丽并非陌路，也并非萍水相逢，而是实实在在的父女。村里人习惯了叫牛老鬼，没有人愿意追究牛老鬼姓甚名谁，对一个牛鬼蛇神来说，让他失去姓名本身也是一种有力的打击。牛老鬼自然有名有姓，他姓杨，叫杨有义。当牛老鬼与杨丽丽的一些传言散播开来的时候，即使还记着牛老鬼姓杨的人，压根也没往父女身份上去想。中国之大，已大到牛背村人无法想象的程度。然后天南海北地来了两个人，应该互不相干，然而却是父女。这同样超出了牛背村人想象的程度。即使与近在山下的人，牛背村的人与他们也多有不识。

　　而这一切，尽在姜为橹的掌控之中。

　　也是姜为橹来看我的那一次，他粗略地给我讲述了牛老鬼和杨丽丽的一些情况。

　　杨丽丽是第一拨下来的知青，但不知怎么搞的，她们学校到四海公社的只有她一个人，她与其他人搭不上伙。我那时常跑公社要人，遇上了杨丽丽一个人孤独在墙角。我是向公社要人不假，但我可不想要女人，更不想要那些毛头小伙，他们上山能帮上什么？我要的是有用的人。但分头说，下一步每个村都必须做好接收的准备，你们没有挑挑拣拣的资格。我一想，那还不如先要下来呢！分头说，这位先留在革委会吧。我一看分头那不怀好意的眼神，谁是羊谁是狼自然一目了然，这更坚定了把她要过来的想法。牛老鬼也是误打误撞奔到这儿的，等他上山后，见到杨丽丽，他几乎不相信自己的眼睛。这让他高兴，但心里又十分害怕和不安。如果此事传开来，那么他的罪过可就大了。为此牛老鬼找我，要求下山，继续回到养猪场去。同时，他也向韦仁正提出了重返的要求。我一度曾设想同意他回养猪场，因为在退不掉杨丽丽的情况下，让他离开，也是一个选择。我不想让他犯错误，更不愿看到在杨丽丽身上发生任何事，否则我无法交代。当我向韦仁正书记求教的时候，韦仁正书记悄声告诉我，他们是父女。韦仁正问我敢不敢做一件事，我说我敢！我也不知当时哪儿来那么大的勇气，敢私下把一个下乡的知识青年放回城里去。牛老鬼的老婆已经跟他离了婚，一家三口分居三地，父女又不能相认。

　　牛老鬼父女的事既让我唏嘘不已，又感到是那样久远，仿佛是发生在另一个星球上的故事。

　　杨丽丽在牛背村的时间是短暂的，虽然一度曾引起过议论，但她并没有过多地出现在人们的视野中，而且很快就消失了。

　　杨丽丽虽然像一粒微尘飘落在海拔六百多米高的山岭上，但她的知青生涯没有遭受其他知青所经历的艰苦和磨难。她除参加了姜大眼一家的有限劳动之外，唯一留下来的，可能是对牛背村女人胸部衣服的改造。

　　山上的女人，没结婚但胸部又开始发育时，就开始用布带子裹束，而一旦结婚，就大敞大亮地放开了。劳动的妈四个孩子一个一个吃下奶来，整个乳房便像秋天的黄瓜架子一样耷拉下来。燥热的夏天，光着脊背烙煎饼的时候，一不小心乳头能在鏊子上烙个半熟。杨丽丽觉得劳动妈的行为既不雅观也不省心，在没有多少工可出，也没有多少事可做的日子里，她试着悄悄用废布做了两个布兜，然后连起来，底部一圈将一根松紧带缝进去。劳动妈一用，既把两个塌了架子的奶子裹进了笼子，又不影响乘凉，颇感受用。而她为自己做的，相较于山上女孩子普遍使用的，则明显多了一点托举作用，少了一点挤压力量。当时山上女孩子追求的，还是如何把那两坨鼓胀的肉摁住，太平无事。记得当年，小勺子曾经从家里拿出一条带子，二十公分左右宽，中间有两片塑料。我们都觉得很新鲜，却不知道是干什么用的。拿着找劳动鉴定，劳动比画了半天，还在脸上戴了戴，试图证明跟眼镜是同一类东西，最后也未得出结果。于是，小勺子就拿它在山坡草地上扑蚂蚱。后来我们在天路上玩木镟子、铁镟子的时候，小勺子就用它来抽打，也挺省力的。小勺子的姐姐终于发现了，她一把将那带子夺过去，然后在小勺子腚上揣了一脚，然后又在我们每个人腚上踹了一脚，当然劳动除外，劳动的个子比我们高出不少。等我们从地上爬起来后，劳动小声地给我们说，我知道了，是捂奶子的。他一说，我们就一下炸了营。牛背村小屁男孩们的性心理、性成长，都是在这种满含愚昧的玩乐中，被慢慢激发的。

　　现代意义上的胸罩诞生不过百年，直到 20 世纪 80 年代初才大面积传进中国，被广泛使用和接受。等我步入大学校园的时候，女孩的肩上已普遍挂着两根细带了。

两根细带常常让我回到童年的山顶岁月。

在杨丽丽待在牛背村不算长的时间里，我一共也没跟她说过几句话，因为我们之间存在着一定的年龄差距。有一次，我曾跟在她后面，学着她的样子往山下走。那也是一场雨后，我一直盯着她的脚下。眼看她要踩着一枚脚印，我说不好！她停下身，什么不好？我说你不能踩。什么不能踩？脚印。踩脚印怎么了？我不敢跟她说怎么了。她见我没有言语，一脚就踩上去了。她的行为和果敢让我惊讶，我紧紧盯着她的肚子，我担心她的肚子会一动，一动的话就麻烦了。她的肚子到底动没动我不知道。她走远了。好长时间，我都在担心，她的肚子里是否有小孩子跑进去了。

杨丽丽踩上脚印的事，我一直没敢跟任何人说起过。

姜大眼当然不想放杨丽丽走，但他说了不算。姜大眼说，我上公社告你。姜为橹说你敢！我怎么不敢？你敢，我就把你赌博的事告诉公安，把你抓起来，那可是要判刑的。还有生产，不是闹着要当兵吗？我也让他去不成。姜大眼于是瘪了气。姜为橹说，这回你记好了，只要上面问，你就说女军装一直在你家里，参加生产劳动。我说的可不是你那俩儿。

7

小学三年级的时候，开始写作文。牛老鬼出的题目是《记一个地方》。到现在过去这么多年了，我还记着我作文开头的两句话：静静的司息河，是一条美丽的河流。牛老鬼说我的作文是全班写得最好的一篇。可能在他的心目中，司息河也是一条最美的河流。因为后来我们知道了，有人在暮色下的司息河密林中看到的，的确是牛老鬼和杨丽丽。他们在这片无人打扰的岸林里，曾经给予过彼此悲凄的抚慰。几乎不透光的密林，暗合了他们的心境。他们也必须把很容易燃烧起来的心，冷却下来，然后厚厚地包裹起来。

劳动对我的作文从内心里表现出了真诚的艳羡。他说印儿，你还真能咪，你怎么想出来的，还静静的，我怎么就不会这么说呢？

其实，直到这时候，我还一次也没下过山。如果跟其他小伙伴比，我从母亲姜小鱼那里得到的，更多的是管教和束缚。她不容许我擅自下山，也没带我下去过。但牛背山、牛头崮是制高点，从这儿我能看得见四面八方的村庄，远处的四海镇也一样轮廓毕现。而且我的心，仿佛也早已被生产带到了天上，即使端坐在山头，心里也一样装着很远的地方。山脚下的司息河更不用说，两岸密林，郁郁葱葱，河水在早晨、中午、傍晚变幻着不同的颜色。唯一不变的，是它在静静地流淌，从不倦歇。

当然，静静的司息河，这句再平常不过的话语，也绝非第一个写作文的人，就能轻易写出。我虽然已经转向写作，但无论怎么写，将来我的代表作都可能只有一句话，这就是：静静的司息河，是一条美丽的河流。说起来，这句话也不是我的，而是母亲教我的。母亲教给我的，其实也不是司息河，而是顿河。

母亲有一套书，叫《静静的顿河》。在牛老鬼上山之前，母亲就已经开始读给我听。我虽然听不太懂，但我喜欢与母亲一起读书、听书的夜晚。灯影中，母亲娴静而又安详，书中的场景和人物把我和母亲一同带去很远的地方，比如，无垠的顿河草原。

《静静的顿河》通过描写主人公格里高利与时代的复杂关系，从普通人的角度反观大时代里的大变动，从而唱出了一首人道主义的悲歌。

格里高利有两大追求，一是爱情与婚姻，二是作为哥萨克的名誉。而在这两个方面，格里高利的结局都是悲惨的。在个人生活中，他动摇于妻子娜塔莉娅与情人阿克西妮娅之间，两次回到妻子身边，三次投入情人怀抱，使这两个都深爱他的女人为他死得异常悲惨。娜塔莉娅痛恨丈夫的不忠，私自堕胎身亡；阿克西妮娅在与格里高利逃亡途中，被枪打死。在哥萨克视为天职的战士生涯中，格里高利徘徊于白军与红军之间，两次参加红军，三次加入白军，最后成了身处绝境的散兵游勇，年纪不到三十岁却已鬓发斑白。穷途末路之际，他把武器丢进顿河的冰水之中，回到家破人亡的故居。此时，他与巨大的、冰冷世界的唯一联系，只有他幸存的儿子。

相对于波澜壮阔的革命而言，任何个人都不过是漩涡中的一滴水。时代车轮在滚滚向前的旅途中，不可避免地要碾碎许多个人的梦想。任何前行，都有不得不付出的代价。

当然，这些都是我后来重读后，才有的感悟和体会。

后来我想，母亲读给我听，其实她也是读给自己听。她应该比我更喜欢这部厚厚的大书。我猜想，这部别说山上，就是当时的山下也难得一见的大书，应该是左于忠留下来的。母亲是否想在格里高利的行迹中探寻左于忠的踪影？也许有一点是符合的，那就是两个人都处在过大时代的变动中。

经历过大时代变动和研究大时代变动的人，都会有感悟。洪流滚滚，人皆草木。姓左的人，被喊成老右。名曰杨有义，却可以被叫成牛老鬼。家庭成员生离死别，却可以在洪荒偏远之地，鬼使神差地蓦然相逢。生活的舞台不期然就会有惊人的大戏上演。当你以为自己不过是一个观众在认真观看的时候，不知不觉间可能已成为大戏的主角。你已经成为一个演员，你正在演出之中。眼看着是戏中举起的刀，落下来的时候很可能正好砍在你生活的头上。

第三次作文课还没结束，劳动就退学了。一是他的年龄和个子都成了班里的另类，再一个是我觉得他是被作文课吓怕了。我相信，三篇作文，他加起来也不一定超过一百字。

退学后的劳动，养了一群黑山羊。山羊群时常在牛头崮下的坡岭上啃食。我们在朗声读书的时候，经常能听到山羊咩咩的叫声。

劳动退学的事，我给母亲说了。我担心将来母亲也会让我退学。我喜欢山羊和山羊的叫声，也喜欢一道道坡岭和坡岭上的草地与果树，但我更喜欢读书。因为它让我学会了，静静的。

我只一句静静的，就让劳动去养了山羊。

8

1975 年，上级下来通知，要求韦仁正迅速回到原有岗位，官复原职。

难道运动结束了？姜为橹喜出望外，他甚至想连夜奔到养猪场，与韦仁正分享这一喜讯。但时值一场春雨，山路湿滑，姜为橹没能成行。

第二天传来一个惊人的消息。韦仁正误饮敌敌畏，不治身亡。

养猪场场长有着与姜为橹同样的心情，他连夜置办了酒菜。因接到通知时时间已晚，菜简单凑合了四个，但酒还有一个整瓶一个半瓶，差不多也够了。两人边喝边聊，很快就把整瓶喝完了，又开始喝那半瓶。相邻公社的刘书记与韦仁正交好，这晚已经喝完一场的他，路过养猪场，也想来看看韦仁正，正碰到喝酒，就又加入进来。这样，这半瓶就不够了。场长满屋子找酒，最后从床底下找出一瓶。实际三人都已带醉意，敌敌畏也喝得热火朝天。只有刘书记一上来时，说高度酒啊，这么冲。

三个人一同走了。

这事在当地影响很大，传播甚广，五山县一度下达禁酒令。这是我所知道的最早的一次禁酒令。

1984年，四海公社改为四海镇。在这八九年的时间里，姜为橹仍然不间断地往公社跑。他跑公社的目的，不再是去要人，而是要求把牛背村搬下来。韦仁正在的时候，多次跟姜为橹聊到这个话题，说从长远看，牛背村不宜固守在山顶上，这对今后的发展会带来很大困难。姜为橹记着了韦仁正的话，在山下司息河畔打量好了一片地，想把牛背村搬下来。但这事跑了八九年，也一直没跑成。

其时，全国性的扶贫工作开始了。回头看看，新中国已经走过了三十个年头，老百姓的日子仍然稀汤薄水，衣服缝缝补补，一年下来，手里攥不着几个钱。政府开始检讨过往的政策。

但四海镇最先从山头往下搬的并不是牛背村，却是八间袤屋村。这让姜为橹很是难堪。他跑了这些年，搬的想法也早于上级多少年，却不先搬牛背村而搬别的。八间袤屋村跟牛背村没法比，他们居住的说是山也行，说是岭也行，因为他们所处海拔还不足三百米。姜为橹找到镇里想问个究竟，镇里说，八间袤屋村有省领导在那里蹲点，不先搬它怎么说得过去？领导蹲点的成绩怎么体现出来？再说了，牛背村虽然高，但还有那么条天路，八间袤屋村到现在连条正儿八经的路都没有。你们还早早地用上了电，他们有什么，现在还在点煤油灯。

八间袤屋村的穷困情况很快上了一家全国性报纸，一时成为全国的焦点。

来了一个摄制组，要拍一个八间袤屋村的专题片，其中一个内容是，因为没有路，村民养的猪需费很大的劲才能弄到山下，一不小心滑了脚，很容易把猪跌到山下去，摔成肉泥。此事不能说没发生过，但属于极其个别的情况。现在却要再现这个场景。在八间袤屋村找了几头猪，但都不够大，摄制组的人找到了牛背村。正好已经成家过日子的小勺子养了一头猪，三百多斤了还一直没舍得卖。

就是它了。又看牛背村的悬崖比八间袤屋村还陡峭，更符合片子的需要，干脆在牛背山半山腰找了个山坡就拍了。那面山坡的确没有路，就连牛背村的人也没几个进去过。那头猪死得可真叫惨，脊梁骨都摔碎了。如果知道是这个下场，只怕那头猪说什么也不会参与这场拍摄。不过，它也得了哀荣。片子多次在电视台播放，它圆墩墩的光辉形象走向了全国。它应该是一头名猪。

更出格的是，一个作家在八间袤屋村转了几圈，就写出了一部长篇报告文学《大山深处有人家》。也不知他从哪里采访来的素材，说村里有爷儿俩，儿子从来没下过山。一次，父亲领着儿子到了四海镇，儿子看见镇里有高大的门楼、敞亮的礼堂、熙攘的人群，便问父亲，这是北京吗？父亲说，你懂什么！五山才是北京咪。说有一次村里来了放电影的，都欢呼雀跃。电影队带来的发电机响起来的时候，好家伙一伙人便呼隆围了上去，围着发电机看了一晚上。问电影好看不？回答说，也没什么好看，嘟嘟、嘟嘟地，挺吵人的。说有一户全家只有一条裤子，谁出门谁穿。说有兄弟俩没了父母，冬天也没被子盖。弟弟喊冷，哥哥便把一把铁勺子让弟弟扣在头上，问还冷吗？回答说，好多了。说有一个姑娘出嫁，直至出嫁前才洗了一次澡。说有一个老太太，向外面进山的人打听，这年岁也不短了，不知祸害人的鬼子走了没有。类似的情节还有很多。真实吗？几乎无一真实。但似乎没有人去关注这些细节的真实性，而只要是能够说明贫穷，就什么故事都编得出来。仿佛突然发现了一片洪荒之地，人们还未开化，在这片土地上连共产党的一个脚印都还没有。姜为橹听到这些，心里憋着一股子气。镇上说，你能你也讲故事啊，你没故事可讲那怨谁！姜为橹本想在他在任期间，实现搬到山下的愿望，现在看来是不可能了。尤其是用这种不实事求是的方式搬到山下，那还不如不搬呢！

姜为橹累了。他那只大手曾挥动了多少年，挥动了多少次，也曾挥动起了多少股潮水，他现在不想再挥了。他决定退下来，让位于年轻人。

9

牛老鬼第一次主动找姜为橹拉呱。

牛老鬼到山上来，的确没有让姜为橹失望。他最大的贡献是教出了几批学生，我便是其中的受益者之一。

还有一个小小的贡献，就是他刚上山那会儿，上级要求要深挖洞，广积粮。牛背村多得是石头，这挖洞的事无从下手。牛老鬼说这山上早已有洞。姜为橹问，有洞吗？

是不是有个龙骨洞？

噢，你说龙骨洞啊，那是这一带的一个传说。相传很久以前，这一带持续干旱，庄稼全部旱死。玉皇大帝怜惜百姓，派一巨龙前来降雨。巨龙驾着祥云，一路挥洒甘霖。由于尽职尽责，连日劳累，不幸从天上跌落人间，后来龙骨化作了长长的山脉。听说龙口变成了一个山洞，但这只是个传说，谁也没见到过。

牛老鬼说，这个洞应该是存在的。1943年初春，在牛背山曾经发生过一次八路军与侵华日军的遭遇战。当时我们有近一个营的兵力，其中八十一名勇士壮烈牺牲。我军利用山地，迅速退守，敌人搜捕时，却踪迹皆无。当时有报道说，退守部队就躲进了龙骨洞。

你怎么知道的？

我在山神庙的角落里发现了一本小册子，上面有这个记载。

姜为橹于是安排人寻找龙骨洞，却没有找到。不久，牛背山起过一次山林大火，是部队派飞机协助灭的火。飞机距牛背山第一次这么近，尾巴拖着长长的水雾。劳动见人就说，我哥，我哥。那几年大家也习惯了，反正只要有飞机从牛背山的上空飞过，劳动一准是那句话：我哥，我哥。巧不巧一时走了眼，见着一只盘旋的老鹰，他也会说，我哥，我哥！

原指望大火能把龙骨洞烧出来，但因山火只烧了一小面山坡，龙骨洞并没显现出来。姜为橹说，谁能找着龙骨洞，我给他奖励。姜大眼问，怎么个奖励法？姜为橹又厚又大的手掌一挥说，三百块钱。姜大眼的小眼睛立马眯成了一条线，说你给我三百块钱，我领你们去。

姜为橹只知道姜大眼一向贪图小便宜，便跟他看个究竟。没想到姜大眼真的熟门熟路地把大家领到了一个很隐蔽的洞口前。

原来，为了逃避派出所的打击，好赌的姜大眼，早已发现了这个地方，并把它改造成了一个赌窝。

牛老鬼的专业是考古，这是牛背村的人后来才知道的。它在教学之余，一直在研究牛背山的历史。十几年的时间里，他转遍了牛背山的大小山头，就连那条天路上的石头，他都一块块看了个仔细。他认为这条天路的年代十分久远，甚至久远得让人不可想象。很多次他在天路上徘徊，甚至俯下身去，细究细考，让姜为橹觉得不可思议。城里的人都怪，有学问的人更怪。

上级通知韦仁正官复原职那阵，牛老鬼已经可以选择离开，但他没有。据姜为橹说，做出放走杨丽丽的决定之后，牛老鬼就表示，他今生愿与牛背村人民生活在一起。但这话是对着姜为橹一个人说的，姜为橹觉得时过境迁，未必一定要兑现。

姜为橹看牛老鬼不走，就想好好把学校收拾一下，但将学校安放在山神庙并不是长久之计，便计划在山顶天池南邻，作为正式校址，新建几间教室。但新教室刚开始挖地基，就挖出了一组破铜烂罐。村里人准备把这些陈芝麻烂谷子的东西扔掉，继续开挖。但牛老鬼紧急叫停，像抱宝贝一样把那些破烂东西抱回牛棚。牛老鬼让姜为橹报告上级。姜为橹说，这有什么好报告的？你不愿建在那里，建在别处就是。后来，学校建在了天池北邻。因为几件破铜烂罐就要改地方，要不怎么说城里来的人就是怪呢！

这次牛老鬼主动找姜为橹，跟他说，这几年我在山上，看到你为牛背村的发展已经尽到最大力了。村子没有搬下去，是你的心事。其实也不一定是坏事。牛背山很可能是一座宝山，前几年开挖的天池前邻，那是一座古墓，古到什么时候呢，现在还不敢具体确定，但一定很久远。现在全国的形势早就稳定下来了，这样的事，还是尽快给上级汇报好。

姜为橹说，那你找劳动吧。

10

劳动接任了牛背村书记。当年牛老鬼给劳动起的学名是姜东。真是三十年江东，三十年江西。劳动成了牛背村的领头人。

村里有的人喊姜东，也有一些人仍然喊他劳动。上任已经一阵时间了，但他还没有享受到村里人见面喊书记的待遇，人们仍然习惯于喊姜为橹书记。有时，劳动一回家，劳动的娘就粗门大嗓地喊，劳动你干什么什么去，劳动你干什么什么去，支派他一些杂活。劳动说，娘，我都当书记了。当书记了，娘知道。知道咋还喊小名？你的意思是让娘也喊你书记！劳动说，自己家的人都不带头喊，那还有谁家喊？结果让他娘一烧火棍给打了出来。

山上有宝贝的消息很快传了出来。大家都打听是什么宝贝，当听说就是当年那些破铜烂铁时，便一下没了兴致。当又听说，一块破铜烂铁可能能买下半个四海镇时，大家又呼啦围拢在牛老鬼房前的牛棚下，想听牛老鬼说个究竟。

牛老鬼就是在这时候开讲的。

四亿年前，这里是一片海水。四万年前，这里是一片沼泽。四千年前，这里山脉连连，沟壑纵横。

牛老鬼第一次讲述，就把牛背村所有的人给镇住了。

　　天哪，四亿年前！四亿年前是哪一年，无人知晓，但牛老鬼侃侃而谈，仿佛他是从四亿年前那片一眼望不到边的海水中游过来的。海水一天天消沉，一天天枯竭，然后牛老鬼就打着半截湿裤脚，站在了从海底升腾起来的这片山峰上。

　　天地一片混沌，所有听讲者也无一例外混沌了。牛老鬼给予大家的这趟旅程着实不近，嗖一下去了四亿年前。但要想从四亿年前再回来，却是需要正儿八经的一段时间。第一个回来的人自然还混沌着：你说四亿年前这里是海水，哪儿来的这么多水？

　　那时天破了。

　　啊！这又超出了牛背村人的想象。

　　人们纷纷抬起头，看到头顶上的天空，绸缎一般，安然无恙，看不出任何曾经残破的迹象。

　　天也有破的时候？当然有。那怎么办？怎么办？补呗！天也能补？当然能补。那谁补呢？女娲。一个女人？是的。她自己？还有一个叫伏羲的帮她。伏羲是谁？一个智者。

　　牛老鬼，你好像什么都知道啊，那你能知道那个伏羲他父亲是谁吗？当然知道。谁啊？是一个脚印。

　　听讲者不得不再一次面面相觑。

　　牛老鬼说，有一天伏羲的母亲正走在路上，一不小心，踩上了一个脚印。踩着的时候，一阵眩晕，感觉肚子一动，好像有什么东西塞进了里面。于是有了伏羲。

　　这种说法，让村里人再次想到了我，姜作印。其时的我正在雀城读大三。村里大多数人都不知道，我进大学时填的所有表格，名字已改为左印儿。是母亲让我这么改的。

　　一拨又一拨的"老古董"开进牛背村，在天池南邻掘开了一个大墓，相继整理出了钟、鼎、簋等一大批古人物品。围绕这批古人物品，"老古董"们争论不休，最后达成的意见，认为是古纪国的王墓。

古纪国？怎没听说过有这么个国？这是啥时候的事？这么说，这牛背山在很早时就曾有人住过？

牛老鬼不得不继续开讲。

公元前 690 年一个月黑风高的晚上，一队人马在纵横的沟壑中穿行。队伍中有两个漂亮的女人，女人的头饰，闪着幽幽的光。两个女人是鲁国的公主，一个是伯姬，一个是叔姬。这支狼狈的队伍就是投奔鲁国而去的。

纪国，这是一个很久远的诸侯国，它建于商朝的后期，一度是商朝位于东方的大国。周灭商后，它虽然臣服，获得再封，但很快便与周朝新兴诸侯国产生矛盾。齐国建立之初，纪侯曾率领其四兄弟向齐国发动进攻，占领齐国部分城池。这让齐国大为不快。公元前 707 年夏，齐僖公同郑庄公一起，想借朝见纪王之机袭击纪国，但未能得手。后纪国策反郑国，与鲁、郑两国联手再度攻齐，使纪与齐结下了新的怨仇。公元前 693 年，齐国分化五兄弟，引其内部动乱，齐国乘机起兵，吞并了纪国除了都城以外的所有土地。纪侯不得不率部突袭，去与之结盟的鲁国避难。

然而天不遂人愿，就在这个月黑风高的晚上，崎岖的山路让马车颠簸不已，以致伯姬的车翻下悬崖，一命呜呼。先头人员将此信息通报于已距此不远的鲁国，鲁国惧于齐国之威，早已不打算接纳纪侯，正苦于无恰当拒绝理由时，得此恶报，即时翻脸。

纪侯一行，从此杳无音信。

人们围拢在牛老鬼的牛棚下，明月皓空，山风习习。牛老鬼仿佛打开了一扇通往过去的厚重大门，吱呀一声，一个个古人或衣冠博带，或兵器铠甲，跃然而出。

那纪侯呢？

不光齐国在查找。后世历史学家、考古学家也一直试图揭开纪侯去向之谜，直到现在在我们牛背山上发现了纪侯墓，这个谜团才终于揭开。

后来呢？

如果确定他们登上了牛背山，这前后就可慢慢梳理了。

齐国差人四处打探，以便斩草除根。最大的可能是鲁国为其报了信。于是齐国组织攻打，怎奈山高崖险，数攻不下。查史料，齐纪曾发生过一次冰战。冰战这一说法，曾让史学家、考古学家一头雾水。但现在，也可以解释了。或许在一个冬季，齐国部队再次围住了牛背山，他们派出兵马，沿牛背山一条小路向上进攻。纪侯的人便将天池的水灌下，数九寒天，水很快结冰。齐国的军士不仅攻不上来，而且还无法下去了。

这下好了，纪国灭不了了。

纪国在这里坚持存活了八年。

为什么才八年呢？

你们都已经看过龙骨洞了。虽然看过，但我相信可能没有人知道这个龙骨洞到底有多深。其实，龙骨洞一直通到山底。我仔细察看多次，那么这个洞既有天然的成分，也有人工的成分。应该是齐国的军士后来发现了这个洞，并将这个洞凿到了半山腰。然后从这片半山腰发起了突然进攻。

至于咱们现在还在走的这条天路，则是在齐彻底灭纪后，加以整修的。因为从天路裸露出来的石头上，我们就可判断其年代已十分久远。

至此，牛背村的人真正佩服牛老鬼的，已不在于他的教学，而是因为他对牛背村久远历史的讲述。

山上古墓的开掘，忙了两个人，一个是牛老鬼，另一个就是劳动。

牛老鬼终于没有在牛背村住下来，古墓发掘结束之后，他作为古墓研究权威人士，重新回到了考古研究所。

他走的那天，没有下雨，没有留下脚印。

劳动最大的受益，就是接触到了来来往往的各级领导。上学时，劳动的作文惨不忍睹，拿不成个儿，但常年在山坡放羊吆喝的他，却练得声音洪亮清脆，说话干净利落，表现出了良好的口才。而且，通过养黑山羊，他积累起了一笔不小的财富，是牛背村第一个穿西服扎领带的人。借领导来察看古墓发掘的机会，劳动一遍遍介绍牛背村的情况，给领导留下了一个纯朴、务实、能干的农村干部形象。

其后不久，劳动就以工代干身份，被聘为四海镇副镇长。

劳动担任四海镇副镇长，给牛背村人挣足了面子。但村里人觉得这也不奇怪，因为他们认为，劳动的祖上就曾有过传奇人物。如今，在他身上又发了光。

劳动的祖上，说不清哪一世，出了个人物。或许是牛背村靠天近的原因，此人善观天象，每个夜晚，他端坐山顶，目视星空，哪天阴哪天晴他提前都能知晓。天上哪颗星星位置稍有变动，他也立马能指出来。听说朝廷拟招用青天鉴一职，他便前去应招。村人无不认为他会一步登天，臣服天子脚下，然而却落选了。他重新回到了山上来。

其实，他的成名，不是因为这次应招和落选。

某一年，南方有个秀才，进京应考，路过此地，见牛背山风光奇异，雾月澄明，为此吸引，于是登高望远。上得山来，在一平整地，见一老者正在翻晒粮食。秀才在晒粮场不远处驻足，倚于一道地堰，几次对老者发出嘿嘿、嘿嘿的讪笑。老者问，这位客官，为何笑而不言？秀才道，我是笑你不察，此时虽阳光明媚，却不能在此晒粮。为何？因为一会儿就要下雨，你这粮食不仅晒不了，还会遭雨淋。你还是早点收起来好。

闻听此言，老者哈哈一笑，道，原为此事，但晒无妨。

这回轮到秀才惊异了，为何？

知你眼力不凡，一会儿定会下雨，但你知道这雨能下到哪儿吗？

哪儿？

它就下到你偎着的这道地堰，过不到这边来。过不一阵，也就烟消云散。

秀才愣怔地望向老者。

不一会儿，一片黑云飞来，天地一暗，雨水唰唰而下。十几分钟后，天开雾晴，山色清新空明。叫奇的是，雨水真的没能迈过那道地堰，这边粮食一切安好。

秀才惊异不已。

老者问，客官为何到此？

秀才便把进京一事相告。老者问，敢问欲考何功名？

秀才答，青天鉴。

噢，这个啊！那你看我行不？

你老人家自然行，晚辈自愧弗如。

老者捋须笑曰，不然，老夫落榜了。

据说，秀才拜过老者，慌忙下山，离开这藏龙卧虎之地。想自己此前如何踌躇满志，那叫一个汗颜，于是直奔老家而去。

这个传说，将劳动的这位世祖戳上了村人崇拜的峰巅。

到了劳动的爹姜大眼，他早已对天不感兴趣。姜大眼其实是小眼，一双小眼透着狡黠，心眼够半个山头使的。三儿一女让他心里格外坚实，但也有着强烈的危机感。这危机感主要来自三个儿子，山上说媳妇难。但要说不难也不难，看你手里有没有大把钱。所以，姜大眼的心思一直围着钱打转转。他不仅能干活，干活之余，他还热衷于赌。常言道，十赌九穷，但姜大眼可能恰好是那"一"，逢赌必赢。他那双小眼睛滴溜溜地转，无人能转过他。那些年基层派出所对赌博打击得厉害，但并未阻止住一伙赌徒的狂欢。因为他们善打"游击战"，在司息河岸林里也能安下摊子，而且后来姜大眼发现了龙骨洞，这成了他们的秘密聚赌之处。

家里人口多，姜大眼的老婆不住地烙煎饼，奋拉下来的奶子，奶头烫个半熟也烙个不止。她一开始自然反对姜大眼赌，眼看劝不住，又见每次能拿些钱回来，就由反对变成了支持。每次吃完晚饭，姜大眼干咳两声，她就知道今晚又有行动，就偷偷在烧水壶里煮上几个鸡蛋，有时还加上两个单饼，小包袱一打，悄悄塞给姜大眼。姜大眼眯着小眼就出门去了。姜大眼的小眼一眯一睁，别人的钱就上了他的兜里。后来，姜大眼拿了三百元的奖励，洞也被大家所共知，再加上派出所抓赌得厉害，关键是当时杨丽丽在他家里，他还有把杨丽丽变成儿媳妇的想法，赌也就戒掉了。

劳动先是成了村里的书记，后又被聘为镇里的副镇长，姜大眼的眼眯得就更小了。但一旦睁开来的时候，那眼光可就不得了了，像水柱一样，能滋很远。但劳动没能让他的眼眯得更小，或者让水柱滋得更远，他被上面免了职。

一次，市委书记到四海镇视察。市委书记本来是来视察农业的，但饭桌上顺带谈起了招商引资。当年一篇不着调的报告文学虽然让四海镇从上面下来的扶贫款中获得了最大利益，也早已摘掉了贫穷帽子，成了富裕之乡，但对外的形象硬是改了多少年也没改过来。外面的老板一听说四海镇，就不往下谈了，招商成了个大难题。劳动分管农业，招商引资本与他无关，或许是饭桌上气氛融洽的缘故，就激起了他的一句巧话。他说，你看当年我们这里山清水秀，我们不想让鬼子来啊。可你们把省委县委的都藏在我们这山里，结果把鬼子给引来了。费了好大劲好不容易把他们打跑了，你们又要让我们把他招回来，我们哪有这本事？当年，不需要鬼子的时候，你们却把鬼子引来了；现在需要了，你们又引不来了。劳动把这事全说成了上面的错。大家于是哄堂大笑。不过笑到一半，就停下了。原因是市委书记没笑，脸阴得比下雨的云层还厚。

劳动的免职，也就顺理成章。

回到山上的劳动，倒是拾起了他祖上的习惯，常常端坐在夜幕中仰望苍穹。他看到美丽的星空中，常常有流星划过。

据说，凡是头面人物，头上都顶着一颗星。那么，劳动算不算头面人物，他头上是否也顶着一颗星？

这事，无人知晓。

11

四亿年前，这里是一片海水。四万年前，这里是一片沼泽。四千年前，这里山脉连连，沟壑纵横。

这是牛老鬼在牛背村的第一次讲述。

当然，无论他怎么讲，牛背村的人还是很难把眼前这深山沟壑，与波澜壮阔、汹涌澎湃的海水联系到一起，倒是牛背村人的生活，颇像海水一样，起起伏伏，潮涌不止。

牛背村一带，在过去相当长的一段时间里，曾是贫穷和闭塞的代名词，现在开始富裕起来了。但真正富裕起来的是山外的人，这些富裕起来的山外人，他们的审美眼光日益变得饱满。这一饱满起来，再看牛背山的时候，跟从前就不一样了。人们发现牛背山哪是穷乡僻壤，这是一处风景之都，这是一座世外桃源，这是一片圣灵之地！

天路成了油路，这是小勺子任书记期间的唯一功劳，一拨又一拨驴友，一拨又一拨自驾游车队，奔上山来，经常出现游人如织、车水马龙的景象。好几所艺术院校把这里定为了美术写生基地，一年四季村里都有身后背着大木夹子乱转的人，几乎每家村民都成了房东，他们的素餐，也成了游人的美食。正当人们安贫乐道，感叹生活变迁时，却突然传出镇里要把牛背村搬下去的说法。

搬下去，的确，牛背村人曾有过这种强烈的愿望，他们曾经坐在山头上，向往着山下那些悠然自得的村庄。在那些难找媳妇的岁月里，他们也期望着能在司息河边建起几间土房，而不是石头房，娶上知冷知热的女人。姜为橹更是为此奔波了多年，可直至去世他也未能办成，这也成了姜为橹这位劳模人生的一大遗憾。可现在形势发生了变化，人们不再去想搬迁的事了，而是愿意守着这座山过安安稳稳的日子。

人们纷纷拥到小勺子家里询问究竟。小勺子无奈地说，我也没办法，这是镇里的意思，我怎么能顶？

小勺子，当年上学时牛老鬼给他起的名字最有诗意，叫姜帆。他理应带着大家扬帆远航，向着小康驶去。可这个从小涌着鼻涕长大的家伙，到现在还留下了动不动就从鼻子上抹一把的习惯，而不像是个真正的船长。

小勺子上任不久，就私自与五山县新家坡置业公司签下合同，将牛背山山脚上一面向阳的山坡卖了出去。新家坡公司在那里开发出了一片别墅群。村民们对此极为不满。这座大山他们困困顿顿磕磕绊绊地守了这么多年，难道就这样被破坏了？

劳动曾经带着他上了年纪的娘从别墅群前走过一次，他娘说，你说说，怎么那么巧，好像家家都有个怪俊的闺女。劳动说，你怎么知道那是人家的闺女？

不是闺女还能是谁？

也可能是"二奶"呗！

你净瞎说，那么年轻就是二奶奶了？劳动的娘耳朵已经有些背，把"二奶"听成了二奶奶。

劳动说，现在一些有钱人兴养"二奶"。

劳动的娘说，也好，有钱就是不能光养自己的奶奶，二奶奶也养着，孝顺！

劳动有些哭笑不得。

这话后来传到了山上。山上原来骂人，都是骂他奶奶的，现在变成他二奶奶的，感觉骂得更开心了。

别墅群的事还没完，小勺子竟又同意了镇里全村搬迁的安排！

有人气愤地说，搬迁这么大的事，为什么不跟大家商量？你现在去镇上说，我们不搬了！

小勺子抹一下鼻子，这怎么行？镇里都已经开始实施了。

实施了？

搬迁牛背村的房子已经开始建了。

建在哪里？

就建在镇上。

指望小勺子去镇上说，大家知道不可能。于是，村民们推举出了几个代表，下山去跟镇里交涉。

村民代表坚决而又鲜明地提出了两点：牛背村坚决不搬迁；小勺子不适合担任村书记，必须立即进行改选。

镇里的几个领导轮流接待，但谁都没能把问题解决下来，最后书记出了面。

镇党委书记姓齐，是一个年轻人，据说是从五山县委办公室下来的，村里人大多不认识他。因为这些年已不同于早年，早年有的书记一干就能干上二十年，不动窝，直至从书记位上退下来。现在社会节奏快了，干部提拔也似乎随着加快，不等认识不等高升，就被调走了。干部自身期望值也高了，干上三年就急不溜丢地等着提拔。浮躁之气像山雾一样弥漫和升腾。

齐书记放下威严，换上热情，耐心地跟村民代表们对话。齐书记说，这些年，大家在山上辛苦了。但党和政府始终没有忘记，过去我们经济不发达，镇上财政吃紧，没有能力把大家搬下来。但这个账我们一直记着。后来建设狗尾巴社区时，我们首先考虑到了牛背村，但大家不愿搬，我们还是尊重了大家的意见，现在各方面条件都具备了，我们认为牛背村应该搬下来。而且我们最大限度地考虑到了牛背村的情况，专门让牛背村合到镇驻地来，而不是合到别的社区，这可是全镇大多数村庄连想都不敢想的。

齐书记的热肠话语却并没有打动村民代表们的心，村民们就是一句话：不搬！

见此情景，齐书记也不由得不急，你们怎么就是不领会镇上的意图呢？

村民代表们更是疑惑，过去我们要搬，却不给我们搬；现在我们不想给政府添麻烦了，我们不搬了，却非要逼迫我们搬下来。这到底是为什么呢？

齐书记说，你们不搬，就影响到了全镇的发展。

村民代表对此更是不解，这些年我们在山上，没有影响全镇的发展。今天不搬为什么就影响全镇发展了呢？

齐书记说，不瞒你们说，镇上已经跟香港一家公司签订了合作开发牛背山的协议，公司马上就要进驻。牛背山如果开发出来，整个四海镇的旅游就全带动起来了，全镇的经济也就活了。

村民代表们终于明白，原来是这样。

12

一头火的村民，把劳动再次推了出来。劳动本来不愿再出山，可一伙村民天天在劳动家里缠，让他也没了办法。何况他跟大伙一样，对这座山有感情。这是牛背村人祖祖辈辈居住的山。

村民说，你知道香港那家公司是谁开的吗？

谁？

分头他儿。

分头他儿，不像他爹那样留着分头，而是蓄着油光溜滑的背头。村里人对分头倒没多大印象，但对背头并不陌生，因为他娶了山上的姜缨穗。

从我记事开始算起，如果说我母亲姜小鱼是牛背山的第一代美女，那姜缨穗就是第二代。因当年牛老鬼起名时一度给姜缨穗起姜小鱼这个名，所以在好长一段时间里，我们都被班里的小屁孩们调侃成娘儿俩，当然她是母亲，我是儿子。有时候，姜缨穗拿了好吃的，我向她要，她就说，你也想吃啊，想吃，叫娘。我说，你还真把自己当成娘了，给我当老婆还差不多。这么说着，我就把她手里好吃的东西给抢了。

姜缨穗说，你老抢我的好东西，你的好东西怎么不拿出来？我想起了我娘读给我听的那部书。这部书，我娘很喜欢，我也喜欢，我想姜缨穗也应该很喜欢。我于是瞒着我娘，偷偷地一本一本地拿给她。

后来，年龄一大，男女分别成群，大家都不再提娘的事，我与姜缨穗之间仿佛也生分了。有时，跟她说上几句话，她的脸也红红的。记得在劳动把我们喊出来指着天一遍遍说"我哥，我哥"的时候，姜缨穗跟我说过，你看人家劳动的哥多好，上了天。你想不想上天？我心里哪能不想，可我嘴上却说，你才上天咪！

我上大学的头一天，那天暮色苍茫，姜缨穗来看我，算是为我送行。我从家里走出来，陪她在山坡上漫无目的地转悠。最后，我们竟转进了龙骨洞。黑洞洞的，我们当然不敢往更深里走，我们就在进洞口不远的地方，找两块石头坐下来，借着外面透进来的光，说着彼此的闲话。这时候的我们，心思自然各有不同，再过去这一夜，我就将到灯火通明的城里去，拥抱山里人日夜向往的新生活，而她将去哪里，却是一个未知的答案。

我记得她说得最多的两个字就是，真好，真好。她是说给我听，也仿佛是说给自己听。

最后，她从随身带来的一个小包里，拿出了一件针织围脖，说，给你的，试试看。我说这大夏天的，这个怎么围？姜缨穗说，看你说的，难道今后的日子就没冬天了？不是让你带上冬天围的吗？一边说着，一边就给我围上了，而且嘴里还是那两个字，真好，真好。

她给我试围围脖的时候，靠得我很近。村里的女孩子们早已不再打压那两坨肉，而是任其喜滋滋地快乐生长，所以现在它们鼓胀胀地在我胸前晃荡。如果不是山上我们这百十户人家都是一个老祖，还没有通婚的先例，我想我或许将来会娶了她。严格说，我不是牛背村的种，我的父亲是老右，左于忠，我娶她也并非不可。但我是在山上长大的，我是地地道道的牛背村人。想到这些，我没有拥抱她。如果我拥抱，我想她是会同意的。

大学第一个假期我回到山上时，我只给两个人买了礼物。第一个自然是我的母亲姜小鱼，另一个就是姜缨穗。我给姜缨穗买的礼物很特别，是一件精致的镂空花胸罩。给她买胸罩，我并没有半点邪恶之念，只是因为当年小勺子玩他姐姐胸罩的情景，给我留下了深深的印象。小勺子姐姐在我腚上揣的那一脚，让我知道了那是女人捂奶子用的东西。而我后来对女人的审美，就是从女人的胸部开始的。乳房，那的确是女人的阳台，是女人最风光的地方。可在过去的多少年里，尤其是山上的未婚女人，从知道害羞的那一天起，就是想着如何把它们摁住，让它们别冒冒失失地招摇。山上的女人靠劳动吃饭，靠乳房养娃。

姜缨穗是山上最有资格戴镂空花胸罩的女人。

这次，是我主动把她约到龙骨洞里，我向她拿出了镂空花胸罩。她并没有我想象中的惊喜，更没有我想象中的害羞，反倒神情淡淡地说，你给我买这个干什么！我才发现，虽然只隔了半年时间，姜缨穗的状态已大有分别。我能看出来，如果说半年前她的心里是一片星空的话，现在已经有了云彩，许多本该应有的光芒都不见了。

她说，我要嫁人了。

谁？

背头。

背头是谁？

分头他儿！

分头可是当年夺了四海公社的权。你怎么愿意嫁到他家里去？

现在已经不讲究这些了。

你喜欢他？

不喜欢。可他有钱。他说，他能带我去北京，去上海，去国外。他还说，他愿意陪我去看静静的顿河。你已经走出了牛背山，我的想法很简单，那就是跟你一样，走出去，走得越远越好。你走出去，是靠自己的学识；而我要走出去，只能靠女人的婚姻。

我猜想，背头的得手，钱是一方面，但不一定是主要的。关键的一点是，他愿意陪她去看静静的顿河。这句话一说，或许一下就把姜缨穗打倒了。

这次，我是准备了强光手电，原计划是要陪着姜缨穗往洞深处走走的，但姜缨穗的心情已不适合再这么做。我下意识地推上按钮，一束强光照出去，冷冷的光更显出了古洞的空旷。在我打算收起光束的时候，我意外地看到了一个海魁星一样的铁家伙，那显然是一副锈迹斑斑的铁锚。难道真如牛老鬼所说，这里曾经是一片大海？

我和姜缨穗走出山洞，满天的星星亮亮闪闪，像是牛背村放了一只大礼包的礼花，轰的一声，飞上去，散开来，然后定格在了那里，永不陨落。

当我第一次带着女朋友回到山上的时候，村里人都惊奇不已。我听到有人说，这不是姜缨穗吗？我自己仔细去看，自己也吓了一跳，我的女朋友真的跟姜缨穗十分相像。但在恋爱过程中，我从来没有意识到这一点。

从村人的口中我了解到，嫁给背头的姜缨穗的确度过了一段风光的日子，在她婚后唯一一次回到山上来的日子里，她把全村都搅热了，或者更确切说是把全村女人的眼睛女人的心都搅热了。她一身珠光宝气，俨然一位贵妇人，牛背村的山土，仿佛一丝一毫也没在她身上留下，而是被剔除得一干二净。但遗憾的是，她从此再也没有回来过，回到这片离地六百多米高的山岭。她成了平原上的一株植物，孤独地承受风吹雨打。

因为她无法再回来，背头已经把她抛弃了。

山上只有一个姜缨穗，但城里有的是，就像一地玉米缨子，微风吹拂，四处招展。在一些有钱人的眼里，姜缨穗并算不得什么，一个姜缨穗倒下去，会有更多的姜缨穗涌上来。婚姻也是一种潮汐，夜涨朝退。

姜缨穗到底去了哪里，无人得知。但我关心的，并不是她去了哪里，而是她是否去过顿河，去过那片丰美的草原。她曾经是为这个承诺下山而去的，她用婚姻换来的这个小小梦想实现了吗？

男人烂于承诺，女人痛于相信。

13

背头抛弃了姜缨穗，等于把牛背村的人全给抛弃了。牛背村从此对所有留背头的人几乎都心存反感，认为他们外头光滑，内里肮脏，不可深交。这当然失之偏颇。

背头把姜缨穗破坏了，现在又要来破坏牛背山，牛背村的人自然不答应。

如今的龙骨洞已经名声在外，外来旅游者、探险者就像当年齐国的兵士攻打纪国一样，沿着洞势，一个个摸上山来。不过，如今的龙骨洞已经成为一个收费项目，每一个想从这儿偷袭牛背山的人都要交一笔不菲的门票。即使那条已经铺油的天路，也已在山脚下落上了一根横杆，不买票，自然不放进。牛头岗上，也已经围起了马场，旌旗猎猎，战马啸啸。在这儿，游客们可以看到一场发生在三千年前的攻防大战。

四海镇的领导成了热锅上的蚂蚁，抓脸挠腮地一拨一拨往山上跑。因为项目已经签了合同，开工在即，落实不下来，岂不违约！镇上的齐书记也专门跑来一次。齐书记倒没跟群众见面，他主要是与劳动进行细商。齐书记说，姜东啊，你也曾经是镇上的领导，你可不能跟山上的群众一个觉悟。镇上的职务你是没有了，可你还是县人大代表。你应该带头体谅镇上的难处，这牛背山是全镇的宝，开发出来后，不仅镇上受益，全县的旅游环境和旅游产品档次也会上一个很大的台阶。过去老少爷们儿掩藏党的机关和干部，支持咱们的部队跟日本鬼子打，跟蒋介石打，丢弃生命也在所不惜，现在这种觉悟到哪里去了？牛背村为什么就不能顾全大局搬下来，留给全镇、全县人民一座金山？

劳动说，您的话我都能理解，我也知道开发牛背山是全镇的大事，可牛背村的乡亲们祖祖辈辈居住在这里，他们曾经想搬，当时政府不支持，他们自己又搬不动，就搁到了今天。现在，上上下下都认识到了牛背山是一座宝山，那村民们也不是傻子，也知道了这山上的好，所以他们不想再搬了。如果镇上让村民们搬下去，是为了搞旅游开发，这和村民们的想法并不矛盾。因为现在村里已经在做这项工作，而且效果也不错，村民从中也初步得到了实惠。还能有什么比让山上老百姓过上幸福安稳的日子更重要的吗？

齐书记说，是，村上是可以开发，但就咱们那点资金能开发什么？背头，人家那是大老板，香港公司的背景，随便投下来，就是十个亿、八个亿，这跟咱自己开发能一样吗？

齐书记啊，你说这一点，我倒有点不同看法。这牛背山开发也好，不开发也好，说到底它不是工业项目，比的不应该是钱。牛背山，我想这应该是全镇甚至全县唯一还没被大规模开发的地方。五山县有五座大山，现在只剩下了这一座。你只说十个亿、八个亿，人家那钱也不可能就是流水，巧不巧又得在山脚堆一片别墅。

齐书记说，这个倒有点，不过不多。

是不多。可是现在只这么点唐僧肉，今天这个割一点，明天那个剐一点，山脚早晚会被房子全围起来。然后大批的水泥上山，大批的机械上山，你说这牛背山还是过去的牛背山吗？现在我们在山脚下拉一根横杆，山上插几排旗子，游客照常往里拥，这不就行了？还得怎么开发！

齐书记不但没说服劳动，还差一点被劳动说服。小车从天路上七折八转，一会儿就滑到了山底。

望着齐书记远行的车，劳动有很多感慨，假如老书记姜为橹还在，那该有多好！当年，他徒步从这条天路上上下下，不知跑了多少趟，每一次都是失望而归。可现在，镇上的人天天往山上跑，当然，他们每一次也都是失落而去。

14

一个传言，突然在四海镇一带传开来。传言说的是，牛背山是一座火山，随时有爆发的可能。一旦爆发，方圆三十里人迹皆无。

这么说，牛背山并不适合人居住。牛背村的人面临着一次灭顶之灾。

牛背村的人对此将信将疑，心神不安。说来也巧，县电视台连着几个晚上播放的正是一部世界火山爆发纪录片。在这部纪录片里，仿佛每一座山都愤怒了，它们不是冒出橙色的熔岩和灰烬，就是蹿出接天的白烟或青雾，硫黄、氟、二氧化碳和一氧化碳等许多致命性气体在四处传播。

拿不住劲的村民，便跑去问劳动。姜书记，真有这么回事吗？

劳动不说话。因为他也不知道有还是没有。

劳动到镇上去，见了齐书记。劳动说，近来一些传言，书记听到没？

我听到了一些。

你信吗？

齐书记说，我对地质是外行，这个我可说不准。

如果真有怎么办？

镇上倒是为你们准备了房子，只是怕大家不一定愿意搬下来。真有的话，到时往下搬就是。

真有的话，到时恐怕就晚了。

齐书记说，那怎么办？现在实在也没更好的法。你回去听听村民们的意见吧。

劳动回到山上。劳动只能打有火山爆发的谱，他不能眼看着牛背村的百姓让火山给吞没了。

我是在火山爆发传言四起的时候，回到山上来的。从我结婚那天起，我就想把母亲搬出来，离开这座六百多米高的山头。但母亲只是在我安置在雀城的家里客住过很短的时间。我希望母亲能留下来。母亲说，城市是年轻人的天下，是知识人的天下，我一个老婆子猫在这儿做啥!

你回去会孤独。

回到山上我才不孤独。

这些年母亲一直一个人过。山上的第二代美女早已被生活撕碎，第一代美女也将孤独终老。老右在山上不长的日子，成为母亲一生中最灿烂的时光。这个在社会大变动中命运不济的男人，只给母亲留下了一个大大的汪着清水的脚印和一个会写"静静的"作文的儿子，便永远地离开了牛背山。当我作为牛背村的学子，步入城里后，姜为橹书记曾多次到城里找我，希望我能出息，并为牛背村做一些事情。每当想起过世的老书记，我都无比汗颜，我不仅没为牛背村做任何事情，我连自己的母亲也不能很好地照顾。我曾希望母亲能与牛老鬼走到一起，尽管牛老鬼的形象让人不敢恭维，身材瘦削高挑，手臂细长，眼睛深度近视，脸色黝黑，但他毕竟满腹学识，跟母亲一定会有许多共同语言。从母亲的正房到牛老鬼的牛棚不过数步之遥，却似有一条巨大的鸿沟相隔，历经数年，两人终未走到一起。母亲的心竟是那么小，只盛得下一个脚印。现在，我来了，我想借着火山爆发的机会，把母亲接走。没想到母亲说，前些年没去，现在就更不想去了。我说，听说火山要爆发了。

母亲郑重地看着我说，哪儿来的火山? 怎么个爆发!

我说，传言就从天池往外喷。

瞎说，这山有山神保佑，稳当得很。

我知道母亲常年到山神庙上香，近年更是皈依佛教，整日香火缭绕。我说，你那是迷信，咱共产党不信神。

母亲说，你又瞎说，共产党自己就是神。当年，共产党的县委就设在咱这山神庙里。谁能想到，共产党从这山神庙里走出去，就得了天下!

多少年了，母亲对共产党的感情还一直停留在宗教层面上，朴实、虔诚而又落后。但我知道，无论我给她进行怎样正确的讲述，肯定都是徒劳。

已经有一拨人下山了。没想到这第一拨下山的人，很快又回来了。同时回来的，还有两个大家意想不到的人，那就是牛老鬼和杨丽丽。

牛老鬼已经老了，两条胳膊显得更加细长。牛老鬼拄着拐杖，颤颤巍巍地走到牛棚前，说小鱼啊，我就知道你不会拆我这牛棚的。

如今的牛棚，母亲用它做了丝瓜架，上面早已爬满了青青的秧蔓。每天早晨，新出的太阳都会专注地照耀着它。

母亲有些惊异，你怎么这时候来了？

牛老鬼说，放心，牛背山根本就不是火山。

看这架势，牛老鬼已有终老牛背山的打算。

15

牛背山的故事，并没有完。

三婆的春天

1

狗尾巴村如果是一条狗，我充其量只能算是那条不起眼的尾巴。

父亲没了，母亲没了。大姐嫁了，二姐也嫁了。雪花看样子也不想再管我。

最不该不管我的就是雪花。可自打她跟秀儿一起出去打工后，就再也没回来过。她真的像一片雪花，随风飘走，融化在了异乡的田野。

我的心像冬天一样空旷和荒凉。

说实话，我想雪花。可雪花并不想我，她怎么可能想一个让她伤透了心的傻子呢？

村里人都认定我是一生下就傻的，傻得像一截木桩，不透气。我觉得不是。我一头撞进娘的怀里，也是经过十个月的浸泡，就像在司息河里洗了个透身澡，然后清清亮亮地来到了这片土地上。

我其实是被一个炸雷炸傻的。如果不是那个夏天的经历，我想我不会傻，我即使不能像雪花那样，飘飘摇摇地飞出村子，起码也会长得跟我父亲一样五大三粗，有着使不完的力气。巧不巧还可以像君来那样，嘴上叼一根烟卷，手里握一卷厚书，成为一个有体面有见识的人。

见识！对了，我小名就叫见识。可我见识了什么？

这些都是一个炸雷改变的。

司息河少说也已经流过了上万年，但它一点也没让人觉得它太古老。相反，它是那样新鲜，河水长长地流淌，细沙绵绵地闪光，树木旺盛地生长。

我就像喜欢母腹里的羊水一样喜欢司息河。只要走进司息河茂密的岸林，我就常常忘记了回家。夏日还有哪里比司息河的岸林更好？蹲在司息河的岸林里，我学青蛙的叫声已经到了以假乱真的程度。

我自己对此很得意，但这也恰恰是我被视作傻子的重要依据。正常人哪有无事在树林子里蹲上大半天的？哪有无事学青蛙叫声的？

一场大雨不明不白地就要来了。司息河里一片昏暗。我跑出树林时，头顶上的雷声一波撵着一波地滚。我一路小跑，想在大雨倾泻下来之前跑到老槐树下。老槐树就在木匠家的门前，不能到木匠家避雨，也可在槐树底下待上一阵。

我跑到了，站在老槐树下。我甚至想仰起头看看老槐树茂密伸展的枝杈，但我听到后面有异样的响动。我回头一看，只见一个大大的火球正从河边往这边急急滚来。我收住身子，急忙往一边躲闪，只见火球冲着大槐树就来了。随着炸雷一声巨响，火球把树身粗大的主干拦腰撕去了三分之一。说来也巧，我看到木匠正要开门，我急急扬起一只手，想提醒他。木匠显然也看到了火球，惊恐之余把刚拉开一条小缝的大门，迅速关上。我扬起的手还没放下，就看到火球挟着一截树身，正对木匠的家门而去。火球就像有手，一下就把门从门框上摘了下来，接着把门和门后面的木匠推出十几米远，嵌进了正房的墙中。

我耳朵轰轰地响，脑子一片空白，真成了一截木头，湿的，滴着水，不透气，戳在那里。

雨停后，人们才走出来，发现了被炸雷击去小半边腰身的老槐树。我说，木匠没了。大家看看木匠家光溜溜的门框，问我，门呢？我朝墙一指。

木匠的老婆已经过世，只有一个闺女也早已远嫁他乡。木匠是一个人过。有人走进木匠家转了一圈，没见木匠，说，是不是外出做活了？我说，没有，在墙里。大家不信。于是几个人费了好大劲才把门从墙上抠下来。这一抠下来，就看着木匠了。木匠站在墙里边，像他惯常做的木工活的楔子，密合得严丝合缝。

这场雨下得很恶。如果是一场喜雨，雨后的青蛙都会争先恐后地鸣叫，甚至天空还会出现五彩的虹。而这场雨不是，所有的青蛙都哑了声。雨后，西洼的庄稼地里泥鳅泛滥。

雷击大槐树，挤死老木匠之后，我的脑子就不好使了。

大姐定亲后不久，大姐夫要到我家来。我问二姐，我怎么说？二姐说，你说大姐夫来了？一听挺简单，我就记下了。等大姐夫来的时候，我跑过去，说出来的话却走了板，我说，大姑夫来了？结果被我娘一把扯到了一边。

客人吃饭前，二姐说，不是告诉你喊大姐夫吗？怎么成了大姑夫！二姐让我负责上一个菜，顺便再喊一声，把称谓改过来。我按二姐说的做了，但话到嘴边，又变了形。我说，噢，你是大姨父啊？结果站在院子里仔细听我说话的大姐，脸红得跟猴子腚一样。

大姐夫走的时候，二姐说，这回可别再错了。我说，错不了。但说的时候，我自己都清楚我说的是什么。我说，大表哥你走啊！我知道自己又喊错了，不过大姐没怪我，说总算辈分没错，以后你就喊大表哥吧！

后来，大姐跟着大表哥走了。大姐走了后，我就想什么时候二表哥来啊。我问二姐，你说二表哥什么时候来？二姐叹口气说，来不了了。二姐好像挺遗憾，看见二姐的样子，我也挺替二姐遗憾的，具体遗憾什么我也说不清。有一次我问二姐，二表哥真不来了？二姐认真地看着我说，你要是会喊二姐夫，可能还能来。

喊二姐夫就来？好办，这应该不是难事。我想我一个人好好练练不就成了？去哪儿练？司息河啊！我能把青蛙的叫声都练得晴天下雨，还怕练不会"二姐夫"？

司息河的岸林，浓荫蔽日，不只我喜欢在里面游荡，好多野物也在里面穿梭。我说二姐夫呀！身边一只野鸭一扭头，摆啦摆啦下了水。我说二姐夫呀！远处一只野兔停留片刻，倏地蹿得没了踪影。看上去它们对二姐夫都没什么兴趣，看来只有二姐喜欢听二姐夫。

我跟二姐说，我练会了。二姐很惊喜，脸上飘着红晕。二姐问我怎么练的，我说对着野鸭野兔练的，不过它们都跑了。听我这么一说，二姐抚着我的头，叹了口气。二姐转过身去的时候，我看到二姐眼睛红红的，好像哭了。

后来，二姐还真有了二姐夫。二姐夫到我家来的时候，我喊的一点也没错。我说，二姐夫来了？清清楚楚是二姐夫。我以为我喊对了，二姐会很高兴，但二姐好像一点也不高兴。我仔细看看二姐夫，竟跟司息河里的野鸭差不多的模样，抻着个头，摆啦摆啦的，可能随便有汪水，也就下去了。

二姐跟我说，你以后不要喊他二姐夫，你还是喊他二表哥吧。

我不知道二姐为什么不让我喊他二姐夫，他分明就是二姐夫。再说，我都已经练会了。二姐说，你二姐夫在我心里，这个不是。

这个不是？我不明白。

二姐到底还是跟着二姐夫——不，是二表哥——走了。二姐走了，家里就来了个雪花。后来我才知道，噢，雪花是二表哥的妹妹呀，怎么这么巧！

因为这事，村里人也有不喊我见识的，特别是一些小孩子，喜欢喊我表哥。有一次一个外村的小孩到狗尾巴村来，上来就喊我表哥，被我打了一巴掌。结果人家说，那是你远门舅家的孩子，他就该喊你表哥。

2

君来拿着一沓子材料从镇上回来，一伙人拥到君来家里，七嘴八舌地打探究竟。什么事值得这么大惊小怪？我也跟着看热闹。

原来是要合并村，建社区。

有人问，怎么建？君来说，简单说就是几个村住到一起，不住平房了，住楼房。

有人说，那不跟城市一样吗？君来说，对了，就是要把农村建成城市。起码要跟镇里一样。

其实这些年，村里人很少再说村里的事了，一年四季大多光景都是在城里度过，村庄仿佛跟他们已没有多大关系，逢年过节大家聚起来，话题一打开就是城里怎么样怎么样。村里人的嘴成了把守城里的门，一张口，城就蹦出来了。我能看出来，村里人的目标就是往城里挤，像木匠楔进土墙里一样，严丝合缝地挤进去，成为一个地地道道或半生不熟的城里人。

像我这样一个被公认是傻子的人，住在村里与住在城里没有多少区别。也就是说，建社区与我关系并不大。它只意味着搬一次家，换一个睡觉的地方。

雪花意外地回来了。雪花问我，听说要建社区？我说是。听说要住楼房？我说是。雪花于是很高兴。我还从来没见她这么高兴过。雪花打量着我们的房子，说够破的，是该搬了。没想到我们也要住进楼房了。

本来我觉得建社区与我没关系，现在看来关系大了。如果不是要建社区，雪花能回来吗？能那么高兴吗？雪花说，没想到我们也要住进楼房了。我们是谁？我们就是她和我。我想雪花一定有了和我继续过下去的想法。

雪花在嫁到狗尾巴村最初的一段时间，应该说她心里别管有多少委屈和不甘，但还是有正儿八经跟我把日子过下去的意思。嫁鸡随鸡，嫁狗随狗，她也认了。这从她如何认真对待我上就完全看得出来。这本来是一个很好的开端，只是我的表现实在太差了。第一天晚上的表现更是糟糕。对一个傻子来说，也别希望他能表现得多么好。

第一天晚上，雪花在我面前脱光了衣服，当时我觉得她可真是不害羞，怎么一下就脱光了呢？雪花问我，好看吗？我没看过别的女人，也忘了娘的身体是怎么样。我打着眼瞧，应该说好看，可怎么个好看法，我也说不出。我倒是看上了她的两个奶子，这让我想起了娘的两个奶子。我说你过来！她就过来了，躺在我身边。我俯下身去，吮着她的奶头。她的奶子跟娘的奶子比显然小多了，好像还没完全蒸熟的馍馍。所以我吮着吮着，觉得枯燥无味，就伏在奶头上睡着了，像个没有吃足的婴儿。后来我想过，问题可能出在没奶上，如果有奶我就不会睡着了。当然也可能睡得更快。

雪花领着我下地干活，我跟在她后面。这场景我倒十分熟悉，因为过去我就是一直跟在二姐的腚后，走到田地里，走进庄稼里去。现在只是二姐变成了雪花，情况并没多少变化，但村里人的眼光好像变了，他们盯着雪花看个没完。我觉得这没什么好看的，雪花也并不比我二姐好看。有一天碰着毛蛋，毛蛋说，见识，你会不会用？我说，毛蛋，你问的啥？什么我会不会用？没等毛蛋回答，雪花回手就是一拳捣在了毛蛋的胸口上，说，见识比你强，起码他有老婆。

我在田地里比在床上能干得多，床上好像没有多少活可干，可一到田地里就不一样了，满眼都是活，我撅着屁股一干就是一上午，一干就是一下午。雪花对此很满意，希望我不跟在她的腚后也能独立地完成一些任务。我觉得没问题。没想到问题大了。我自己一个人天天去田里干活，我自己都觉得自己干得很出色。不过等雪花去检查和验收我的劳动成果时，却发现我自家的地全部荒了。原来我干的都是人家的活。其实每天到地头，我都是认真瞅半天，确认准了后才下手的。看来并没有确认准，怎能指望一个傻子的眼光会有准星！我出手的时候，就注定已经错了。

雪花的伤心还没有完，最让她失望的莫过于那次走亲戚。雪花的娘家人有喜事，雪花置了笾子，让我背着笾子先走，说蝴蝶村我反正带你去过的，你知道。她呢，想处理完家务事后走。可雪花到了娘家后，发现我还没有到，从时间上说这是不对的，又等了半天我还是没有到。于是雪花往回找，结果在猪腰子村里找到了我。猪腰子村处在狗尾巴村和蝴蝶村之间，那天这个村里也有一户人家办喜事，帮忙的人比我还傻，他们见我背着笾子，就上来问候，热情地把我迎了进去。有人说，快来喝水。是啊，我真的也有点渴了。于是我坐下来喝水，我想雪花的娘家还真不错，变化挺大的。我边喝着水边安心地等着雪花的到来。雪花倒是来了，不过来后，就把我从桌子上拽走了，把半杯喝剩的水留在了那里。这件事对她打击挺大。根据就是她从此不再让我跟在她腚后下地，更不让我单独下地了，我成了个闲人，一个热气腾腾的村庄里可有可无的人。我不跟着，但她后面仍然有人跟着，跟着她的人是毛蛋。过去雪花对毛蛋可是根本不理睬，只要有人欺负我，她当胸就给人家一拳，对毛蛋自然也不例外。看见毛蛋跟在她的腚后，我希望她再给毛蛋一拳，把他的鼻血给打出来才好。可是没有。她跟毛蛋有说有笑，一起下地，有时还一起在家里吃饭。后来毛蛋在我家吃饭的次数越来越多。从那次走亲戚回来后，雪花晚上就不跟我一起睡觉了，而是分开来，让我住东屋，她自己住西屋。有天早上起床后，我在那儿洗脸，一回头，看到毛蛋也在那儿洗脸。我想他来得可真早啊！

3

有一件事，我一直想跟雪花说，却一直没有机会。或者说，所有的机会都不是很合适。我一直在拿捏。也就是说，我自己也无法完全拿得准。

我想跟雪花说的是，我可能已经不傻了。村里人都知道我经历了第二次雷击。第二次雷击很奇怪，它把我的大脑完全震清醒了。但我不说，也没有人知道这个结果。

雪花进我家门后不久，我爹本来像一头老驴一样有的是力气，却说倒就倒了。不久我娘也没了。他们的年龄都不算大，但都早早地走了。又不久，一场大雨后，我家的房子也倒了。大姐和二姐来了，商量的结果是，我和雪花先去住木匠的房子。木匠被嵌进墙里后，房子一直空着，只是缺扇大门，这好办，把我们的门板摘下来，拿过去，安上，就成了。

　　木匠门前的那棵老槐树被炸雷撕去了小半个腰身后，承重力不够，已经从缺口处弯了。要说死的条件都有了，它却没死，树身不过是拐了个大弯后，继续往上长。这个大弯，可坐可躺，早被小孩子们上上下下蹭得锃光溜滑。若单看这个弯，依然就是一个根雕，但若往上看，树冠却仍是郁郁葱葱，生机勃勃。这得益于君来。当时君来说，赶紧修剪树头，把多余的枝蔓统统修理掉，要不树头压下来，腰身也就折断了。应该说是君来救了这棵树。能救下这棵树，意义很大。因为据君来说，狗尾巴村的先人是从山西洪桐县老槐树底迁来的，有这么一棵大树也算是个敬仰和纪念。有人说，有什么根据说我们的先人是从洪桐县迁来的？君来说，有，大家看看自己的小脚趾，如果小脚趾是分叉的，说明就是。于是好多人把鞋子一脱，现场就在那里拨弄脚丫子。

　　仲夏的一天夜里，天闷闷地在酝酿着一场大雨，我早早地上床睡了。半夜里电闪雷鸣大雨滂沱时，我猛然醒来，我想隔壁的雪花不会害怕吧？仔细听，隔壁却有说话声。雪花一个人倒说起话来了。雪花当初跟我有约定，她什么时候敲墙，我什么时候才能过去。我经常在夜里等着她敲墙，可经常是好几个月不见她敲一次。我怀疑是我脑子缺氧，睡得沉，没听见。有几次我似乎听到敲墙声，等我到了西屋门口，却又没有动静。有一次，我听到雪花说，别把腿碰着墙。说完还听到雪花哧哧地笑。我问，你刚才敲墙了吗？雪花说，没有。我说，那你说什么话？雪花说，一个人说说话还不行啊！雪花说得对，一个人说说话怎么不行？我不就经常一个人说话吗？

　　今天晚上雪花又是一个人说话？就在我两眼盯着房梁瞎琢磨的时候，天光一闪，轰然一个炸雷。一个火球打通了我窗下的墙，蹿到了我屋里来，转眼间又从我肚皮上方掠过，打开了通向隔壁的墙，我"啊"了一声，好像隔壁也有个男人"啊"了一声，然后我就什么都不记得了。醒来后，我已经在医院里，雪花陪在我的身边。雪花问我怎么样。听了雪花的问话，我认真仔细地感觉了一下。我觉得身体从来没有这么轻松过，过去身体好像都是死沉死沉的，真的像一截木桩，而且是一截不着火的湿木桩。现在明显感觉到木桩干了，很想有一把火烧起来。大脑清爽得很，一点也不混沌，感觉风就是风雨就是雨。过去不管看什么东西，都好像雾茫茫的，看不清楚，这回突然什么都清楚了。总之，大脑就像医院雪白的墙壁一样干净，没有了积水，却也不是十分干燥，跟春天新翻出的土地差不多，墒情很好。我甚至随手拿起床头上的一张报纸默默读起来。在作为傻子的那些年里，我的大脑虽然一盆糨糊，但仍然坚持读完了初中。当时读的时候好像也没记住多少东西，现在却突然什么都想起来了。我甚至想起了教我课的每一个老师，想起了他们的每一堂课、每一个眼神、每一个动作。这些年我苦恼的就是，感觉有好多东西它明明就保存在我大脑中的某个地方，我能感觉到它们的存在，甚至它们的涌动，但它们都像司息河里的兔子一样，眼看近在眼前，伸手一抓却蹿得精光。当年"大姐夫"几个字就是这么跑的。

我清醒了。我想我真的清醒了。

但面对雪花的问话，我没有马上回答。我仔细地看着她，直到这时，我才得出一个结论，原来雪花比我二姐好看，雪花是一个很好看的女人。

如果这时候她问我，好看吗？我一定会说，好看！

我盯着她，好像是第一次有意识地咧开嘴，龇着牙笑。我这时才明白，只有清醒的人才懂得深沉。我想让雪花看到我的深沉，从而想到我的清醒。然而雪花分明误解了我，我一句话不说，让她误以为我再次遭遇雷击后，比上一次更傻了。

我的沉默给我带来了一个严重的后果。出院后的第二天，雪花就随着秀儿她们走了，一同到外地打工去了，把我一个人撇在了家里。她显然不愿意再跟一个傻子在一起。

4

从医院出来后，好多人来看我，或者说来看现场。大家都觉得这次的雷击很奇怪，按雷的劲道，应该我伤势最重，或者直接被轰死，但我只是头皮上有一点烧伤。我自己也奇怪，雷是从我肚皮上方过的，烧伤却在头上。更让我奇怪的是，雪花安然无恙，毛蛋却死了。我大脑的第一反应是，雷打在我们家，毛蛋怎么会死？我马上意识到，这是做傻子做惯了，还有着傻子的惯性。这说明，当天晚上，毛蛋就在我们家，他是和雪花睡在一起的。这么看来，两人过去肯定也不止一次地睡在一起。也就是说，毛蛋不只与雪花一起下地干活，他和雪花也一起睡觉。或者说他与雪花一起下地干活的目的，就是与雪花一起睡觉。我这时才想起，他问过我的那句话，"你会不会用啊？"原来牵扯到雪花，要不雪花怎么会当胸给他一拳！

君来多次在我家里为前来看热闹的人还原现场，他说这次炸雷仍然是从高大的老槐树上爬下来的，见识的床顶着窗子，雷在钻过窗下的土墙时，对见识的头部给予了极大的震动，所以他的头皮有烧伤。随即雷就打到隔壁去了，现在看来，雷在隔壁的劲道比在这屋还大。有人说，这些你都说过多少遍了，不用再说了，你就说毛蛋是怎么死的。这一说，在场的人都笑了。我相信很多人其实是冲着毛蛋怎么死的来看现场的，他们的笑声也说明了这一点。君来是第一个到现场的，他确实最清楚当时的情况。他说，毛蛋在这儿！他指着屋中央的一小块地方，用手画着一个圈：这儿，就是这儿。毛蛋应该是被炸雷平推过来的，脸朝下，浑身光着，脊背烧得焦黑，活像一只火鸡。

通过他的讲解，我推测，炸雷打到隔壁房间的时候，毛蛋应该是俯在雪花身上的。要么是听到雷响，怕雪花害怕，他扑在身上保护她，要么就是两人正在做那种勾当。雷打过来后，一下就把雪花肚皮以上的所有东西削平了，毫不客气地就把毛蛋推了出去，并且在这个过程中，予以了高温烧烤。

我也仔细看了看火雷贯穿的墙壁，正是我和雪花敲墙的地方。多少回，我敲不开，火雷帮我敲开了。但火雷同时也把雪花给我敲到外地去了。

在火雷面前，雪花毫发无损，一点也没融化。她的命可真硬！因此村里有人说，傻子的爹娘也是她克死的。

君来讲解的时候，几次说到，看吧，这次雷击也不一定是坏事，说不定见识的大脑还被震好了呢！

君来的话，让我有些心惊，他是不是真的知道我的确被震清醒了？

君来说，有些事，说奇也奇，《达人秀》上有个家伙，出了次车祸，震伤的大脑突然对汉字笔画异常敏感，不管繁体简体，或不是字，只要写出来，他看一眼，立马就能说出它是几画或者几十画。

不管什么事，一般来说，君来都能给出一个在情在理的答案。唯有对这次雷击，他试图解释，但始终没解释清。对雷击本身当然很简单，他说这是阴阳电的结果，自然现象，没什么可奇怪的。如果村里的三婆在场，那又另当别论，她自然会给出另一种答案。而且，在三婆那里，没有解释不清的事。

这次雪花回来，既然那么高兴，我以为她不会走了，但她仍然拾掇着要走。我说，你还走啊？雪花说，不走怎么办？哪儿来的钱交！我说，交什么钱？雪花说，你傻啊，不交钱，怎么会平白无故地住楼!

雪花走了。

如果不要钱,可能雪花就不会走了。我去找君来,说,还要钱啊!君来说,咋个不要?我问怎么个要法,君来说按面积,一平多少钱,这样算下来平均每家大约得交六万元。

嗬,六万元,这可不是个小数目。

有人听着我和君来说话,也插进来,可能不想听一个傻子的探讨。他们说,按面积,我们不是也有面积吗?君来说,你以为是城市改造啊,一平换一平,甚至更多?咱是什么屋?咱是平房!

村民说,说到底还是跟城里不一样就是了。君来说,那你说呢?

按面积,村里人看出了道道。我说,怎么人家扩了房屋?这话指的是书记家、会计家、妇女主任家。有人质问君来,是不是改造的事你们早就知道啊?怪不得这两年就不放宅基了!那咱还等什么,咱也抓紧扩建啊!

君来说,不行。

怎么不行?

上面已经掐死了,一平也不能再建。

我们不能建,为什么他们能建?

他们建得早,有手续,是上面批了的。

那我们也找上面批去。

村里人于是成群结队地去镇上批扩建手续。结果一个也没批成,统统被赶了回来,说晚了,现在已经截止,掐死了。村上人回来后,一个个骂骂咧咧的,说管它呢,书记能建咱就能建,只要是书记的算,咱们的也得算。

狗尾巴村于是陷进一片空前的建房热潮之中。

在这热气腾腾的场面里,我一下迷惘了,我怎么办?捎信给雪花，雪花回话说，咱就不建了，那木匠的破房子也无法再建了，有多少算多少，就等着住新房子吧。

听口气，这几年雪花好像在外面挣了不少钱。

狗不嫌家贫，但这几年狗尾巴村的好多人都奔出去了，有的打工，有的从打工开始成了打工者的老板。

雪花一直打工。雪花还是雪花。

我曾去过一次雪花打工的地方，寿光。

我首先见到了秀儿，秀儿一边劳动一边唱歌，老远我就听到了她的歌声。我是夏天遭遇炸雷的，这时已是深秋，但寿光的大棚里仍然还像春天一样暖和。秀儿说，哥，你怎么来了？我说找你嫂子。见到雪花时，雪花很惊讶。她惊讶应该是有道理的，因为我走亲戚都能走错门，跑这么远路怎么可能不出一点差错！因此我找到她，值得惊讶。她如果借此醒悟一下，多点心思，考察考察我是不是不傻了，那事情或许会有另外一种结局。遗憾的是，雪花没有。她还凭借以往的感觉，认定我是一个傻子。雪花留我住了几天。我觉得这是个很好的机会，我这次去的目的，就是想告诉雪花我不傻了，我要让她相信，我头脑清醒着。我猜想她知道这种情况后，一定会十分高兴地跟我回到狗尾巴村来。不回来，也不要紧，我们可以一同在那里打工。这样不是还可以多挣些钱！

在我留下来的几天里，一个蛮有些帅气的年轻人一直陪护在雪花的左右。劳动过程中，我仔细观察，这个小帅跟雪花还真的很相配。我即使不傻，也仍然无法跟这个小帅相比。要说雪花跟着我，确实有些可惜。不过，现在我也知道了，雪花也并不是自愿进我家门的，还不是我二姐把她换进来的？这么说，我二姐也可惜。我二姐为了我，把自己心目中真正的二姐夫给忘掉了，嫁给了我所说的二表哥。所以她不让我叫他二姐夫，不让叫就对了。

　　雪花并不避讳，一直和那个小帅住在一起，有些话我竟说不出口了。这时，我跟她说我不傻了，她也不信。我没有必要再多待了。走的时候，雪花对我很不放心，怕我找不着家，执意让秀儿送我。我不想再跟她解释，解释她也以为都是些傻话。

　　回来的路上，秀儿没多少话。她只是尽职责把一个傻子送回家。其实，我很喜欢秀儿，头发长长的，扑散开后很好看，不过她好像喜欢把它扎起来，编成辫子。我说你那头发扑散开好看。秀儿说是干活呀还是好看。秀儿是笑着说的，那笑我也喜欢，像司息河的水一样，很甜润，也很撩人。再说她歌唱得好。我听别人夸，人家秀儿出来打工就是打工，舍得出力，不像村里有些女孩一会儿洗浴一会儿按摩的。跑到城里去不好好打工，洗什么浴？人有什么好按摩的？谁按摩谁啊？也传出，在外面挣了些钱的女孩说，原来以为女人那东西主要是生孩子用的，到了城里后才知道主要是用来娱乐，女人只要肯把裤带解开，撒尿也能尿出钱来。

　　转车的时候，我和秀儿走了一截土路，路两旁的庄稼差不多都收了。我闻了闻，不傻了之后，我的鼻子也好使了，一闻就闻到了土地纯正的清香。

　　庄稼收了，田野很坦荡，这对想解手的秀儿来说成了一个难题。秀儿说，怎么办？我说好办。我把外衣脱了，罩在她身上，说，你顶着我的衣服蹲下就解决了，近处无人，远处看到的也分不清堆着一堆什么。

　　秀儿轻松解决了，我们继续上路。傻子有傻子的好处，除了想调侃你的时候可能会记得你的存在外，其他时候你可能就跟没有一个样，连女孩也不想去设防。

　　秀儿喜欢唱歌，一边走一边轻声地哼唱，她显然不是唱给我听的，她知道我傻，她是唱给自己听的。我听到她唱："因为爱情，不会轻易悲伤，所以一切都是幸福的模样。因为爱情，简单的生长，依然随时可以为你疯狂。因为爱情，怎么会有沧桑，所以我们还是年轻的模样。因为爱情，在那个地方，依然还有人在那里游荡人来人往。"我知道，秀儿唱的是与男人有关的事情。现在的女孩好像说起与男人有关的事，不再有过去的脸红。可我怎么觉得会脸红的女孩才美？

秀儿好听的歌声，让我产生了某些错觉，在深秋空旷的田野上，我仿佛看到漫山遍野都是绿油油的庄稼。

<h2 style="text-align:center">5</h2>

从寿光回来后，雪花的事一直还萦来绕去的，不过想到最后，我还是把它放下了。我是这么想，如果雪花有福气，真与那个小帅走到一起，应该也是个不错的结果。

对于我来说，迫切的问题是下一步该怎么办。一个傻了多年的傻子突然不傻了，好多问题一下变得十分棘手。

自从雪花认为我找不到自己家的地，把我闲置起来开始，我就没再干过一天农活。我身材短小，干农活本来也不是我的强项，何况一切都生疏了，或者说压根我就没会过。真正要干农活，打理好一片土地，怎么耕种，怎么育苗，怎么护理，怎么收获，哪有那么容易！过去我没体会到这些，这些事好像与我也没多大关系，我先是跟在二姐的腚后，后来是跟在雪花的腚后，不管跟在谁的腚后都无忧无虑。现在没有别人，我如果不傻，就必须一个人去独自面对。

我这清醒了，就跟刚睁开眼一样。这睁开眼一看，不得了了。原来书记的近门占用了一大片好地建了厂子。村会计的儿子在离村不远处建起了焦油厂，整个村庄的上空一片乌烟瘴气。我再到司息河里一转，茂密的岸林早已被杀得不成样子。金黄的细沙因为周围村庄大规模地扩建房屋，被掘得千疮百孔。再看那河水，全被上游的铁厂染上了锈。

这还是过去的狗尾巴村吗？我怀疑我根本就没有醒来，我这是在做梦。

此时的狗尾巴村正是一派鸡鸣狗跳的景象。今后的村庄到底要到哪里去？到底是君来知道还是三婆知道？反正我不知道。我害怕了。

我盯着木匠老旧的房梁连着看了几个晚上，我决定，我不能清醒，我必须再睡过去。也就是说，我必须继续当一个傻子。我不能让人看出来我不傻了。如果不做傻子，最现实的问题很可能就是无法继续生活下去。

我两次遭遇雷击的时间跨度在十七八年以上。君来说是十七年零几天，应该是他说得准。结束了这十七年零几天的混沌生活和零乱时光，该是一件多么值得庆幸的事！但从另一方面说，这也是一个傻子痛苦的开始。我必须装模作样地东游西荡，附着在一辆无规运行的列车上，任由它把我带到远处。

狗尾巴村是个很大的村，我只能做挂在村腔上的一截小小的尾巴，摆几摆还可以，但可有可无。真正当我无事可干的时候，其实也就有了好多事要干。我自己什么事都没有的时候，不管哪家的事也都成了我的事。我在村里一年到头不断线的红白喜事上，在很多村户扩建房屋上，频频露面，成了全村出头露面最多的人，出场机会不亚于君来。书记更不用说，他的威信不行，没多少人真正想请他。我十分勤快地帮他们烧水，打杂，做些零活。我不多言语，习惯了倾听，大家也都接纳了我。其实，这些人家的地我过去极有可能都给他们干过，我毕竟有过那么一段种了人家地荒了自家田的大好时光。

我借此解决了吃饭问题。我吃得很好。

雪花因为有那个朝夕相处的小帅，我想她一时半会儿不会回来。但以雪花对新建社区的向往，我相信只要社区真的建起来，雪花就一定会回来。

为此，我搞得比其他人都急，见了君来就问，社区的事定了吗？

后来社区的选址真的定了。新建的社区就定在狗尾巴村。

秀儿突然回来了。我以为她是回来帮她哥建房的，秀儿说不是，说她哥不扩建。我说，还是你哥听话，不让建就不建。秀儿说，哪是什么听话，是因为我嫂子怀孕了。我哥说早不怀晚不怀，偏这时候怀。我哥眼看着人家扩建，自己其实急得不行。

这次秀儿给我带回来一个不好不坏的消息，雪花的白脸小帅哥不久前在运输蔬菜时，翻了车，被压在了车底。

我说我得去看看雪花。秀儿说，你想让她回来？我说是啊，还是回来好。秀儿说，你去也没用，她不会回来。

她不会回来！我正琢磨着秀儿话里的意思，秀儿突然说，给你商量个事行不？

什么事？

你陪我去趟真正的城市。

去真正的城市干呀？

陪我去比赛。

原来秀儿要出去参加唱歌比赛。我说，可以啊，我陪你去！

到了后才知道，秀儿让我当她弟弟。我说，我是你哥，怎么成了弟弟？导演组竟然也有人说，没关系，当一回也不要紧。他们在跟秀儿沟通的时候，我听出来了，好像有我这个傻弟弟，煽煽情，打打苦难牌，胜算会更大一些，节目也更有意思。

我跟秀儿说，你唱得很好，好好唱就是。

我不想陪秀儿继续走下来。我在真正的城市里转悠了一圈之后，独自一个人回来了，回到了我熟悉的狗尾巴村。

这一行，也有收获，那就是我知道了真正的城市是个什么样子。我还跟秀儿学会了，因为爱情，不会轻易悲伤，一切都是幸福的模样。

6

回到狗尾巴村，正碰上狗尾巴村发生了大事。

过去的房子大都是尖顶，很多户选择把尖顶削成平顶，然后又往上起。也有的是在院子里垒鸡窝式地垒得到处是房。由于目的性强，仅仅是为了兑换面积，多讨补贴，所以在具体建设上就不像正式建房那么认真，偷工减料的现象十分严重。三婆的丈夫一定是工偷得多了料也减得多了，结果房子刚建出个模样来就塌了。

三婆的丈夫被砸中的是头部，加盖的房屋塌下来的时候，三婆正站在院子里看得清楚，她眼睁睁地看着房子塌下来，把丈夫埋在了里面。我们去的第一批人，迅即把她的丈夫扒了出来。三婆一看到血肉模糊的丈夫，好像倒下来的房屋是砸在了她的头上，无风无雨的她却昏迷了。大家七手八脚地把她的丈夫抬上车，拉着往医院跑。君来说，见识，你留在这里照看三婆。

第五天的时候，三婆的丈夫在医院里死了，奇怪的是在这期间三婆一直昏迷着。当天下午，君来操持着把三婆丈夫的骨灰埋了。第六天也就是埋了骨灰的第二天，三婆醒了。醒来后的三婆，脸红润润的，根本不像一个五天汤水未进的人。

这事发生在三婆身上，大家也不觉得奇怪。听"三婆"这叫法，就知道三婆就不是一般人，一般村里不是叫婶就是叫嫂，独独喊她是婆，原因就是三婆一直神神道道的。

在乡村这地界，谁能神神道道的，别人虽然眼里看着有些另类，但很多时候心里却又是认的。

最初，也不是多少人都信她，倒是觉得三婆那一套不过是骗人的把戏。她又没长三头六臂，能神道出什么来！但因着村里"请家堂"，大家就觉得这世上奇事还是有的，奇人也应该是有的。

狗尾巴村一带一直保持着大年夜"请家堂"的习俗，这习俗恐怕少说也有一千年了。"家堂"有"小家堂"和"大家堂"之分，哪家人老了，要先在自己家里小范围地请，请三年后便可以移至"大家堂"。

"大家堂"是整个宗族的"家堂"，那阵势可就壮观了。在三间大屋中搭建起来，北墙正中悬挂一幅先祖画像，那画像慈祥中透着智慧和威严。画像之下是搭起的一条顶到东西墙两端的宽台。在宽台的最里面摆放着牌位，大公、二公、三公之类，往外便是各家各户呈上的供菜。先人们来后，牌位一目了然，一一对号入座。不过这牌位是有数的，只能够资格的才能坐上去。这几年我脑子好使了，在君来家看电视也看出了一些道道，好多人喜欢在电视里开会，一排人面前都是整齐地摆放着各自的名号，这和"家堂"的习俗大致无二。

年三十那天，暮色一起，君来便指挥着行动起来。他在秫秸秆上系上一拖纸挂，然后用袄角一兜，领一帮人走出村头，朝着村里的墓地光明顶方向，摆下香炉，燃上三炷香，三叩九拜，口中念念有词：今天是年三十，请各路神仙祖宗先人回家过年。

君来用纸挂绕着一地明明灭灭的烧纸拖一圈，意即把所有请到的先人圈在里面，然后兜起纸挂，一行人皆轻声念说着老爷爷老奶奶回家过年喽，老爷爷老奶奶回家过年喽，一路回到"家堂"。君来把怀里的纸挂沿牌位拉拖一遍，引导先人们各就各位。然后把纸挂放于画像之下。

这仪式很神圣，也好像很神秘。但大家在做的同时，也不免在心里犯嘀咕：先人们能来吗？如果先人们能来，那我们请的时候，一路领着他们，那该是一支多么庞大的队伍！

如果一请即到，先人们就可以回到他们曾经生活和享用过的地方，与后世子孙们一起谈笑风生，欢度新春，那阴阳之间的通道也太便捷了吧！故去者与存活者之间还不成了嘉年华聚会，随时随地都可以举办？果真如此，那生死之间还有什么悲伤可言，一切都变得格外温馨！

这也许正是"请家堂"的意义所在，它已超越了生者对逝者单纯的尊重、怀想。

倒是三婆给出的答案吓了众人一跳。三婆说她能看得见那支长长的队伍，为此她很详尽地描述了每一个先人的衣着、相貌，并变幻着不同的声音复述着他们赴宴途中的一些言语。谁的脸黑，谁的脸白，谁的身高，谁的身矮，谁穿着光鲜，谁穿着邋遢，谁喜欢开玩笑，谁郁闷纠结。

三婆虽然说得很详尽，但越是详尽，人们越觉得不可信。因为别人都没看见，她的话谁能佐证呢？

其实我能佐证。我在傻着的那些年里，似乎也看到过好几次。有一次，我甚至看到了我爹，一部络腮胡子，黑乎乎的脸，眼睛特别大，说话的嗓门还像原来那样高。一件大棉袄，习惯性地扎着外腰。但那些年里我的眼睛混混沌沌的，看什么都似乎罩着一层雾，因此我也不能确认自己是真正看到了，还是自己的臆想和错觉。再说，一个傻子连自己都不能证明，我怎么可能证明别人？一个傻子的话，谁会去信呢！

三婆试图自己证明自己。

有一年请完先人回来，想象中先人们已经各就各位，一行人即将散去准备供品时，发现三婆站在院子里正往"家堂"里瞧。有人说，你瞧什么？

三婆说，打起来了！

谁打起来了？

先人！

人们说，你净瞎说，这大过年的，打什么！

三婆说，不信是因为你看不见，反正几个老汉在那里争得脸红脖子粗的。

听了三婆的话，君来从画像到牌位到筷子到杯盅到香炉挨个看了一遍，一切井然，并无不妥。仔细查看牌位时，才发现牌位的次序全乱了，为尊的几个都到了下首。君来于是拿出族谱，对照着一一重新摆过。三婆说，好了，大家都坐下了。

三婆的这件事很神，不由得不传遍全村。

三婆的话别管是真是假，有一点是确定的，就是对"请家堂"这一习俗的保留和传承起到了重要的作用。本来大家觉得"请家堂"不过就是活人做给活人看的仪式，哪会真请到先人，所以仪式的隆重程度日趋降低，各家提交的供品数量年年减少，在"家堂"里守夜的人变得稀稀落落。三婆的话让这一切都有了改变。

即便如此，仍有人对三婆的话犹信犹疑，便找到三婆门上再加试探。那时君来的爹刚过世不久，坟头上还插着一截柳枝。三婆说，你敢不敢把那截柳枝拔下来？来人说，怎么不敢！三婆说，那你拔了后，明天上午到我这儿来。第二天上午，来人坐下不久，君来便来了。三婆问，有事？君来说，昨晚做了个梦，我爹说房子漏雨。这怎么可能？坟修得很好。来人早已心里惊奇，三婆沉吟了半天说，你去看看坟上的柳枝还在不，如果不在，找截新的重新栽上。

那天三婆醒来，家里有左邻右舍送来的食品，我简单吃了点，就偎在墙角睡着了。三婆醒了，我却一睡睡了一天一夜。

醒来后，我发现自己躺在三婆的被窝里，三婆正襟危坐在供桌前，香炉上燃着三炷香。三婆背对着我，微低着头，口中似念着经言，浑身蒸腾着一股雾气。三婆说，我见到他了。三婆看也没看一眼，就知道我醒了。我明白她说的"他"是指的谁，肯定是她的丈夫。但我故意问她，他是谁？

君来无论怎么劝阻也没能劝阻住那些扩房户，倒是三婆丈夫一死，让好多扩建户停了工。

三婆说是她害死了丈夫。她丈夫分明是被倒房砸死的，与她有什么关系？三婆说这是她去"家堂"惹下的孽障，"家堂"哪是女人去的地方？何况为了让大家相信我，是我故意把祖先的牌位弄乱了。

每年年三十的下午，一干人把"家堂"收拾停当后，操持"家堂"的一班人都会跟着君来去村头烧香叩头延请，三婆的话说明她正是在这段时间里，悄悄溜进"家堂"，弄乱了君来提前摆好的牌位，然后自己再去指正。按三婆的说法，"家堂"一不能乱动，二不能由女人多嘴。她的行为惹怒了祖宗。

不管什么事，三婆自有三婆的解释。

我说，你丈夫是因为你，那当年老木匠碍着谁了？

三婆说，他呀，自然碍着那棵树了。那棵树挡在他家门前，他完全可以把门口改向南，树就成了他家的庇佑。他却一直把门口开向西，对着树，并且时不时扬言，要把它杀掉。要不是大家对这棵树认了祖，早被他杀了。但后来有一次他喝醉了酒，真的用锯锯上了条口子。不会看的人看到锯出的是树末，会看的人能看得见那是树流出的血。他一辈子做木匠，司息河里的槐树他也没少杀。把他打进墙里不冤枉他。

就算木匠对槐树不恭,动了锯,可跟我没关系啊!

三婆说,怎么没关系?老木匠是喝醉了酒,是扬言要杀树,但他没有真杀。当年,是你父亲看他喝醉了,跟他打赌,激他,结果把他激出来了。类似的事情你父亲做过不少,这也是你父亲早早过世的原因。

那毛蛋呢?

毛蛋的事还用我说吗?人在做,天在看。他不能那么肆无忌惮地欺负到一个傻子媳妇的头上,或者说傻子的头上。他如果心不歪,真的帮着干活,他应该会有很大的福报。

三婆的话把我说得心里毛骨悚然,她说的理由和依据都是看不见摸不着的,似乎是,又难说是。谁能确定她说得正确呢!

三婆说,你信不?

还没等我回答,三婆就说,你肯定不信。其实,我这么跟你说吧,这世上就没有一件无缘无故的事,所有发生的事都有因有果。我问你,秀儿的嫂子为什么怀孕了?

是啊,你说秀儿的嫂子为什么怀孕了。

这两年咱们狗尾巴村有几个怀孕的?不多吧。但秀儿的嫂子怀孕了。她曾到我这儿来,让我求仙拜佛指点她如何怀孕。我就给了她一桶这样的水。我说,你要一直喝这样的水,喝完了我就告诉你到什么地方再去取。最好是蔬菜和粮食也从我这儿拿。她开始不信,以为我糊弄她。但后来她按我说的做了,用了两年多的时间就怀上了。她为什么怀上了?主要是因为咱们的水已经变质了。西河渗过来的全是铁锈,东岭渗下来的全是焦油。蔬菜和粮食基本也污染了。你说这是神道吗?不是吧。可它解决了问题。

狗尾巴村原是一方多么好的水土,女人们一个个喜气洋洋地嫁进来,那胸怀就像敞亮的大街一样,截都截不住,一生就是一窝。现在倒好,怀孕的概率比遭遇强奸的概率还小。

我说，听说会计的儿媳妇也怀孕了。

三婆说，那不一样。

怎么不一样？

我把话撂在这儿，你等着看，十有八九她生出来的是傻子。他们两口子都已被焦油厂污染了。他们现在挣下的钱，将来会多半用在给孩子看病上。

三婆的这句话，让我有些伤心，我多么希望我能是狗尾巴村最后一个傻子，看来不是。傻子的历史还要续写下去。

但三婆的话可信吗？

那天，三婆最后跟我说的是关于我爹的事。她说，我知道你把你爹放在哪儿了。

这让我又是一惊。三婆到底还是神秘的。

我爹是狗尾巴村实行火化以来唯一一个没有被烧成灰的。每家有人去世，都会请阴阳先生指点一些禁忌。比如什么属相的人该避讳、入殓时棺椁停放的方位、入土的时间等等。我们家当然也请了。那天阴阳先生到我家时，村里一伙人正在我家忙着，阴阳先生第一句话就说，哟，还没"出阳"呢！这一说，立马炸了营。一伙人扔下活计，全跑光了。

按阴阳先生的说法，大多数人在还没死之前，或者一天，或者两天，长则三天，肉体虽在，但"阳"已走了。肉体死去，"阳"还在的情况不多，一旦出现这种情况，生者与之近处，便容易被死者的"阳"附身，惹来晦气或者病灾。所以大家都跑了。家里人也都很怕，没人敢靠前，唯独我不怕。夜里，娘、大姐、二姐、雪花象征性地哭了一阵就离开了，只剩下了我一个人。我是儿子，由我守着，也属正常。但我突然想起爹在活着时对火化一事多有顾忌，说等我死了要不火化就好了。我说，没事，我不让他们火化。我那时是傻子，什么话都敢说，当然什么话也没人当真。我一个人守着爹的时候，我把这些话想起来了。我不知从哪里来的力气，我把爹背了起来。整个村庄死一般沉静，月明星稀，我背着爹，往东崮方向一路飞奔。在天亮之前，我奔到了东崮之下。我记得进了一个山洞，里面好似早就掘好了墓穴，我把爹安然地放了进去。等我回来的时候，太阳才刚出山。按阴阳先生的说法，天亮前爹就"出阳"了。所以，我回来的时候，昨天操持事的那些人早就来了，但他们怎么也找不到我爹。大活人不见了好解释，一个死人不声不响就不见了无法解释。他们问我，见识，你爹呢？我说我爹飞了。昨晚上我看到他飞了。经我一说，一干人又都跑光了。

虽然狗尾巴村百分之九十以上的人都姓罗，但我觉得我们家跟他们未必同宗同祖，因为我闲着没事，也经常拨弄脚丫子，我发现我的小脚趾就不开叉，这说明我不是山西洪桐县的后裔，当然我爹也不是。在陪三婆的那几天里，闲着无事，我也曾偷偷地拨弄过三婆的脚丫子，我发现她的小脚趾竟然也是不开叉的。

那天晚上我怎么会出了村就往东奔呢？我到底要去哪里？其实当时我自己也不知道。但我知道东崮上天高地阔，一直住着几十户人家，政府这些年一直动员他们搬下来，他们却始终不肯，宁愿在上面受穷。前两年爆出消息，有人挖出了古墓，是两千多年前一个大王的，姓纪，国家战乱衰微时隐到了山崮，构建了一个独立小王国。山上的人都是纪王的后裔，那我是不是呢？或许也是。说不定若干年前，有人搬到过山下来，比方说狗尾巴村，搬下来后，慢慢就融入了，成了真正的狗尾巴村人。而且听说，后来纪国灭亡的起因就是一个傻子。东崮岩高崖陡，易守难攻，只有一个傻子骑着一头牛进去了，后来纪国就灭亡了。我或许就是那个傻子，但我不是去灭纪国，而是把我爹送到了纪国曾经的领地。

后来，我曾经想去看看我爹，可是我走了一天也没有走到。路上倒是碰到了三婆，她背着一个水桶。如果是我背着那个水桶，肯定又被村里人认为傻得不行。我想起来了，三婆就是从东崮上下来的，东崮上的村叫牛背村。这说明，很早开始，三婆已经不厌其烦地从东崮顶上背水喝。

我背着爹的那天晚上，并没觉得多累就到了崮下，天亮不长时间就赶回来了。第二次遭遇雷击之后，我头脑清醒了，清醒了的我，却怎么也记不起那天晚上的事，是否曾经发生过都值得怀疑。我甚至猜想我爹的丢失或许与我并无关系，而是娘、大姐、二姐所为，她们把一切做完后，却转嫁于我。不火化是要罚款的，可能还不单单是罚款。而一个傻子做的事却不需要负什么责任，做了就做了，无法追究。

后来曾经有人私下里找过我，要给我多少钱，要我承认我把他家刚过世的老人也背走了。他们想偷偷埋掉，然后让我承担罪名。我说，我从来没干过这事。

三婆如果真有神力，我倒相信她应该比我更清楚我爹不翼而飞的来龙去脉。

7

社区的推进一直与上访调解拌和在一起。

新建的狗尾巴社区计划合并七个村。鸡冠子村在社区的定址上意见很大。鸡冠子村与狗尾巴村相比是个小而又小的村，但它比狗尾巴村富裕。人呢，也符合村名，个个像红冠子公鸡一样好斗，经常与邻村发生摩擦，其中与狗尾巴村的过节最深，历史上因边边界界特别是司息河流域的资源，发生过数次械斗，两村女孩子找婆家都尽量回避。这突然间成了一村，好比绿豆与玉米掺到一起，鸡冠子村觉得亏了。

这次要合的七个村，不包括蝴蝶村，蝴蝶村却有意要合进来。

这想法很符合我二姐的意思。我二姐很积极地领着一帮人到镇上上访，最后的结果也是不了了之。

我二姐对社区本身或许并不多么向往，她希望蝴蝶村合过来的目的，只不过是想借此可以照顾我，让我不至于孤孤单单生活无着而丢人现眼。我当然没告诉她我已经不傻了，我继续傻着，大姐和二姐有的只是心理负担，可我如果真不傻了，那她们的负担可就要大多了，我可能什么都需要照顾。

村庄合并的事，在年轻人中间更畅通一些。他们认为合就是了，合得越多越好，再合上几个村子巧不巧还合成县城了呢！这都什么年代了，什么你们村我们村，地球都是一个村！

反应最强烈的是牛背村。如果狗尾巴村真如君来所说，是明朝洪武年间从山西洪桐老槐树底下移民而来，那历史最长也不过九百四十多年，这跟牛背村就没法比了。牛背村出土的古墓证明，它的历史可上溯到两千多年前的商朝末期。君来对这事有研究，能说得头头是道。我说，你懂得可真多呀！君来说，这要跟咱镇中心中学的荀老师相比，还差得远哩！

听君来说，古纪国是比齐、鲁还要早还要强大的国家。以现在的行政区划，纪国的疆域北临渤海，西到淄博市区东部，东到潍坊市昌邑，南到安丘、临朐、临沂，直达江苏北部边界，总面积有上万平方公里，一度在寿光建国。

一听寿光，我熟啊，雪花就在那里打工呢！

有一年，在"家堂屋"守年夜的时候，君来曾经详细讲解过牛背村的历史。年夜这种氛围，安放着祖宗的牌位，燃烧着红红的火炉，很适合谈些古往今来的事。在周初，此地被分封为齐、纪两国，同赐姜姓。我才知道，原来从牛背村嫁过来的三婆姓姜。

有人问，纪国既然那么强大，怎么就亡了呢？

君来说，纪国后来是被齐国亡的。纪国是商朝遗国，齐国是周朝新封，本身就存在很多矛盾。当时周边还有鲁、莒、郑、黄等一批小国，在合纵连横中，纪国便逐渐式微。在纪国强大之时，它曾调解莒、鲁两国矛盾，促成了鲁隐公与莒子的会盟。会盟的地点就在现今的浮来山古银杏树下。清朝顺治年间，莒州太守陈全国专门就会盟一事赋诗一首，刻在一块石碑上，立在了银杏树下。君来说，这诗我记不住。于是翻出一本旧书，找到某一段。君来说，诗是这么写的，我给大家念念："大树龙盘会鲁侯，烟云如盖笼浮丘。形分瓣瓣莲花座，质比层层螺髻头。史载皇王已廿代，人经仙释几多流。看来古今皆成幻，独子长生伴客游。"

我不懂诗，我只对牛背村好奇。君来说，可别小看了牛背村，那崮上全是宝贝。我想起在三婆家，曾见到一件铜器，非常精致。三婆说，这是她娘家的陪妆。我说，怎么陪妆这个？三婆说，就这一件铜器，能把狗尾巴村全买下来。三婆的话让我有点咋舌。

所以牛背村的人认为，不管镇上是何种考虑，都不应该把牛背村合进去。牛背村的人不向往城市，愿意守着这座大崮过下去。镇上人说，这是为牛背村好，大崮远远看去，就跟牛背一样，一不小心就滑下来了，村庄的立地条件那么差，应该搬下来。再说，镇上准备要在崮上搞开发旅游，资金都已经引进来了。

牛背村的人说，全镇就还剩下这一块青山绿水了，你们倒惦记着，自己破坏不了，请外人来破坏，不把这块风水破坏完不算。要搞旅游，为什么非得镇上搞，镇上搞与我们有什么关系，要搞我们自己可以搞。

如果单是牛背村的人发飙并不打紧，镇里多得是办法摆平它。但镇中学的苟老师一掺和，镇上就不好掌控了。

据说，苟老师是学历史的，对古纪国和牛背村历史很有研究。苟老师先是给县上写信，其后又给省党报投了稿。按苟老师的意思，牛背村不仅不能合，还应该把村名改为纪村，或纪子崮村。牛背村不管大或小，都应当单独把它保留下来，这也是保留一段久远的历史。蝴蝶村距狗尾巴村比牛背村还近，蝴蝶村也有要合的意，却不让它合，倒让比蝴蝶村还要远的牛背村合，镇上不就是看中了牛背村的旅游资源吗？那新建社区到底是从农民利益出发还是从镇上利益出发？

苟老师是让镇上头疼的一个人物，凡镇上要办的事，他认为不合适的，就出面极力阻挠，阻挠不了就向上写信。群众上访，也常常找他出谋划策。苟老师这一搅和，镇上的齐书记也没办法了。

省报一报，县上又过问，最后镇里忍痛确定牛背村暂时不再合。牛背村的人感谢苟老师。苟老师说，历史上纪国已经被齐国灭了一次了，我不能让这个齐书记再灭一次。

私下里苟老师倒是说，农村城镇化从长远看，是个趋势，也是好事，但得根据情况。对经济发达村来说，没什么不好，对有些村来说，则另当别论。改革开放最初的那几年，镇上曾把三不通四不透的八间茅屋村从山顶上搬下来，成为当时的典型，被宣传好一阵子。现在是什么时候了？现在是城里人纷纷跑到乡下度假的时候了，这时候再说牛背村立地条件差，怎么说得过去？

君来借着苟老师的话，跟大家闲聊，说乡下人跟城里人没得比，你永远赶不上。你看吧，乡下人吃粗粮的时候，城里人吃细粮。等咱也顿顿吃上馒头了，城里的煎饼比馒头还贵。等咱吃上肉时，城里人开始吃素减肥，降血脂降血压。咱扇蒲扇的时候，城里用上了电风扇。咱用上电风扇的时候，城里改用了空调。等咱们也在考虑安空调的时候，人家城里人已经进桑拿房健身房出汗去了。咱们马上城镇化，也差不多成了城里人了，大家兴奋得不得了，可人家城里人却拥着挤着开车乡下游了。

君来的话一时无人去接。"家堂"屋里的烛光晃来晃去。

8

两次雷击让我对夏天有些恐惧，尤其那些雷雨天气。

过去我跟三婆走得并不近，因为一个是傻子，一个是神婆子，我们是两条道上的人。但自从陪护她几天，又意外有了不少交流之后，我从内心里与三婆走得近了。其实在陪护她的那五天里，我除了偷着拨弄过她的脚丫子，几乎什么都没干。我常常躺在她的身边，听着她轻轻的呼吸声，闻着她淡淡的气息，两眼盯着房梁。有时我会想到雪花，想到雪花时，也会想到那个小帅。

我还要说的是，自从我在她被窝里睡过一天一夜之后，我对三婆的被窝充满了好感和迷恋。

当又一个雷雨天在沉沉的夜色中来临的时候，我不自觉地来到了三婆家。我站在三婆的房外，看着里面的灯光，这时雨已经开始往下落。看着雨，我突然想起了蛙声。我在外面"呱呱呱"地叫，三婆打开门，说别装神弄鬼了，进来吧。她竟然说我装神弄鬼。

桌上盛着一碗面，热气还在冒着。三婆说，给你留的，吃吧。难道她知道我这会儿会来？

这天晚上的雨出奇地大，雷出奇地响。我和三婆互相搂抱着，好像三婆比我还惧怕雷声一样，把我靠得紧紧的。三婆的年龄不过三十多一点，比我大不了几岁。她把我的手牵到她的胸口，捂在她的奶子上。我的大脑一时有些恍惚，借着一个咔嚓的雷响，似乎是怦然一声我进入了她的身体。这是一个少有的雷雨天，仿佛我这一生所有的重大改变都发生在雷雨之中。

单就做爱来说，这是我有意识的主动进行的酣畅淋漓的记忆特别深刻的一次。但在这个雷雨交加的夜晚，我内心其实充满了恐惧和担心。我说，雷怎么这么响？是不是还要炸我？三婆说不会。我问为什么，三婆说上辈子我们是夫妻。

上辈子是夫妻这辈子才做爱，那我跟雪花呢？我又想起了雪花。

我说，我是个傻子。三婆说，你第二次遭遇雷击后，我就知道你已经不傻了。如果用三婆的这句话去证明她前边说的所有话，那三婆说的就都对了。

我的确已经不傻。我没告诉大姐，没告诉二姐，也瞒过了君来。但三婆说，你第二次遭遇雷击后，你就已经不傻了。

在狗尾巴村一个不算太古老的村庄里，一个傻子和一个神婆子走到了一起。

或许三婆的种种神秘已让全村的男人忘记了她是一个女人，一个仍然有着情欲的女人。或许一个傻子也让全村人以为他不该有从女人身上得到快乐的资格。然而，他们都错了。

偷人就偷神婆，养汉就养傻汉。在爱情荒芜了的时候，连傻子和神婆都能出轨。不过话又说回来，如果连傻子和神婆子都出轨了，这天下还能有真事吗？

我和三婆都过着一段难得的快乐时光。三婆说，搬社区的时候，咱们住对门怎么样？

我说，好啊！

我想幸亏蝴蝶村没合进来。蝴蝶村合进来有什么好？我不需要二姐，我需要三婆。能跟三婆在一起，神神道道地走完一辈子，应该也是一件不错的事。

9

吵吵闹闹终归要停下来。我和三婆顺理成章地搬进了社区。

雪花专程从她打工的寿光回来，忙活着搬家。可雪花不是一个人回来的，她还带回来一个黑脸男人。秀儿说雪花不会回来，我知道她为什么这样说了。没有白脸的，自然还有黑脸的。也就是说，雪花无论怎么换，永远轮不到我上岗的时候。

黑脸男人长得并不好看，年龄好像也已经不小，但看上去，很有劲。雪花指挥着，黑脸男人很卖力地干。搬完后，雪花置办了酒菜，要温锅。黑脸男人要跟我喝酒，我说那喝吧。我不能喝酒，若在过去，雪花是不让我喝的，可现在她不会再管我。雪花一次比一次过分了，她竟把外面的男人带到家里来。雪花给他倒酒，还给他夹菜，黑脸男人也给我夹菜。我用筷子夹起来正要往嘴里放，才发现是一块鸡屁股。他们还是把我当傻子待！

雪花这次回来，让我很是伤心。雪花的行为说明，她除了不跟我离婚之外，其他一概与我没有关系。其实，村里理解她的人比同情我的人可能还要多。她完全可以提出离婚，她如果提出来，大姐二姐肯定不会同意，但我会同意，即使没有三婆的事我也会同意。可雪花始终没有提。可能她也知道，不能提。一提，他哥怎么办？或者说，我二姐会怎么办？

绿帽子也是帽子，一个傻子戴什么颜色的帽子不是戴！

我曾经期待着，新的社区像一座崭新的城市一样建起来，我和雪花重新开始我们应该有的生活。我的这个愿望彻底破灭了。

搬完家的当天，雪花就和黑脸男人走了。我发自内心地诅咒，和你的黑男人过黑日子去吧！

我和三婆的温锅才是真正的温锅。三婆也喝了酒，我们把自己喝醉了，直到第二天早上太阳老高时才醒来。如果不是楼下的吵闹声，可能还醒不来。

下楼后，看到是另一个楼洞的两户在打架，两家人都动了手，一边动手还一边数落着事情的起因和过程。一听就明白，是上户锅碗瓢盆一夜没停地响，影响了下户。而上户觉得，不管什么动静都是在自己家里闹的，与下户没有关系。君来正在那里调解。君来说，大家刚搬进来，肯定一时还不适应，慢慢就好了。这不是过去，现在是楼上楼下了，那么住上楼的，就要顾及下楼，不要闹出大动静。以后两口子的事也要注意点，悄无声息地下个春雨就行，别整得跟大海波涛似的。

君来这个小学校长出身的村委主任，的确有些道道。当官也还是有学问的好，你看他处理起事来就别有风格，说出来的话也跟别人不一样，打架这么严肃的事，他几句话就给说散了，好多人都在笑，好像打架的人也笑了场。一笑场，这仗还怎么打下去？

我想首先应该仔细熟悉一下社区的环境。但我看到，一栋一栋的楼都是一个样子，稍有点不一样的是学校、医务室、图书室和社区活动中心。刚搬进来的时候，各处都挺整洁的，这会儿却到处堆满了垃圾。

原来很多户对房内建筑进行了改造。比如卫生间，过去大家习惯了蹲坑，现在变成了坐便，相当一部分人感觉不是那么回事，一大早坐在上面，扯张社区小报看半天，小报看完了，大便也没解下来。于是把坐便拆掉，重新改为蹲坑。还有的认为卫生间就跟在客厅里一样，离着厨房也不过几步远，离着餐厅就更近，这不是过日子的样，干脆把厕所填了，改成了杂物间，解手时跑到社区的公共厕所里去完成。

我碰见了秀儿的哥，他正忙着砌墙。秀儿的哥住的是一层，当初要房时，大家不像真正的城里人那样往上里要，都争着要一层。要一层的目的，就是想多个小院子。住进来后，才发现，一楼并没小院子，所以秀儿的哥要重新砌起一个。同时在砌的还有好几家。君来赶过来制止。君来说，这怎么行！这前面是要铺草皮建花园的。秀儿的哥说，绿地和花园在哪儿？君来说，这要等明年春天才能铺排。秀儿的哥说，这么敞亮着也不是个事，没个院子它就不像个家样。君来说，慢慢习惯就好了，抓紧拆了吧，听我的没错。搬之前听说兑换面积，我不让大家胡搭乱建，大家不听，可怎么样？有人命都搭上了，还不是只折了个材料钱？现在再胡乱建，不但不能给你折材料钱，还要罚款。

搬家是秋收后进行的。搬进后不久，我就一直期待着一个崭新的社区春节，因为这一定是一个与村庄春节不一样的春节。我甚至不知道，在社区里怎么过春节。

盼望春节应该是小孩子们的事，不过在村人们眼里，我的智商可能与小孩子无异。在我的盼望中，春节慢慢到了。往年，进腊月不久，在外的人，便陆续往回赶年，大包小包地往家拎。周围村庄的几个集市显得格外繁华和热闹，从早上赶到下午，熙熙攘攘，人声鼎沸。年三十这天，从早上起来，年的味道就浓浓地裹着村子。偏晌后，几乎家家户户门前都贴上对联，门楣上飘摇着花花绿绿的过门钱。当然也有不贴的，也有贴紫色春联的。这不贴的和贴紫色的，一看就知道这家里老了人，还没出三年。没出三年，要贴就只能贴紫的，也可以不贴，三年后再见红。这春联一贴，氛围就出来了。站在大街上，不管是东望西望，还是南望北望，都是一派喜庆。各家的春联还可以比一比字体，比一比内容。君来的爹过去曾给村里最长寿的老头写过一副著名的春联。老头有三个儿子，一个在部队当兵，成了大官；一个在县上当工人，是戴过大红花的劳模；小儿子在家，当过生产队的小队长。春联写的是：一军一工一队长，百年百屋百岁人。横批是：十全十美。这副春联村人们传了多年，过去我傻，不知道其中的妙处，后来我脑子多少有些清醒后，突然想起这副对联，觉得它是那样简洁，又是那么绝妙。

年三十这天，我一直在社区里转悠，各家各户倒是把春联都贴上了，但春联大多不再是手写的，都变成印刷品了，内容也与各户的情况没有任何关联，全是上等的好话。一下觉得少了很多趣味。而且如果站在楼下，一副春联也看不到。我多少觉得有些失望。这时，正好碰见君来。我说，这年怎么过？君来说，跟原来一样过！我说，不一样，那春联都不是手写的了。君来正忙着，没再搭理我，不过我看到他手里拿着几个字：罗家祠堂。君来把这几个字贴到了社区活动中心多功能厅的门楣上，这时我又有点高兴，我知道这是要继续"请家堂"。

今年的"家堂"场地特别宽大，供案架得又高又长，祖宗的牌位比过去多摆了一倍不止。一排十几个香炉香火缭绕，我想起三婆经常念叨的话，有两句我能记得：海会悉遥闻，随处结祥云。用在这儿应当合适。供菜上来了，今年的供菜上得出奇的多，品种也全。过去的供菜那真叫菜，全是鸡鱼肉蛋，一碗一碟，黑乎乎地摆一片。现在除了菜，还供上了四季水果，桃红杏黄，色泽鲜艳。

正在三叩九拜之时，原先鸡冠村的人领头，其他也有几个村的人参与，呼啦啦拥进了"家堂"。进门就质问君来，这活动中心是大家的，凭什么你们狗尾巴村独独把它占了！你们"请家堂"，这地方好啊！可我们去哪里请，敢不成只有你罗家有祖宗吧？

一来二去，吵闹了起来。吵闹中不知谁把宽大的供案给掀翻了，碟碟碗碗一阵碎响，水果滚了一地。有几根倒伏的蜡烛，点着了祖宗的牌位。双方于是大打出手，不一会儿就有几个人头破血流。

正月初一一大早，镇上就来了人，我跟在镇上人的后面看热闹。镇上的人训斥君来，搬进新社区了，就别再整那些迷信的事。这多功能厅是干这个用的吗？修建这么好的地方，是为了让社区组织一些健康文明的娱乐活动。"请家堂"的事，以后不要再搞了。

我把这事跟三婆说了，三婆没说什么。其实三婆从搬进来的那天起，我就觉得她心里有些微妙的变化。她说城里人跟我们不一样，我们现在还不是城里人，可我们终究会是。城里人不信什么神神道道，他们忙忙乱乱也顾不上信，什么畏惧也没有，什么事也做得出来。

没有人信邪毛鬼祟，也就没有人再信她！的确，我见过真正的城市，一派灯火通明，哪儿来的邪？城里全是人，没有鬼。或者说，全是鬼，没有人。

三婆说，其实有些事单靠科学是不一定解释清的。她说，你等着看，今年春上一准有大事。

我把三婆的话很快丢到了一边。但是，二月二一过，春花就要开的时候，社区里同时有十几个人查出了癌症，而且这些得癌症的人年龄都不大，其中就有秀儿的哥。这事君来有解释，一是饮用水污染，二是吃用的粮食和蔬菜都用了过量的化肥，再是急着赶时间，各家的楼房还未干透，就急着装修，而且装修的材料劣质含毒，最初住进来的一段时间都有异味，有的这种异味至今还没跑完。所有这些都是造成恶果的源头。但三婆自有三婆自己的解释，狗尾巴村一下拥进这么多人，风水变了，跟过去不一样了。"请家堂"本来就没请到多少人，好多人找不到地方，找了半天四散开去。好不容易请到的几个，打架的时候他们拉仗，也被误伤。三婆言之凿凿，跟真的一样。难道她真的看到了？我不信。不过，有一点是真实的，这些得癌症的人，无一例外，全部参与了年夜的打斗。

三婆说得对也罢，错也罢，我其实喜欢三婆这样说。这样说，就多了层神秘。什么事有了神秘，就变得更有意味。爱情不也是这样吗？越朦胧感觉越美好，越叫卖就越不值钱。都说这世上没有鬼没有怪，可过去一拉场子讲故事，不是鬼就是怪，听着却让人喜欢。它让我们知道，这世界上不只有人，还有万种生物，天上还有神，地下还有鬼，逝去的祖先会时刻在我们身边。这样既觉得有依靠，也觉得有顾忌。

一场春雨下来，社区的晦气应该大半被淋走了。松软的土地，清香弥漫开来，正是春耕春种的好时节。一部分外出打工的人又赶回来帮春。我不喜欢清静，我喜欢热闹和忙碌。看着别人忙碌我心里也踏实。

过去是小村散落，地块就在周边，春种秋收十分方便。七村合并后，对狗尾巴村来说影响不大，但别的村就不同了。因为地块还没调过来，有的村可能要跑出二十几里去种地。一伙人拥到社区，找负责的君来，要求配发自行车或三轮车。为这点事，社区里闹了，又到镇上去闹，一直闹到春种快结束还没闹完。

七村合并后，平房改成楼房，原先的宅基地空出了七大片。被合进社区的农民都指望着能进行二次分配，但后来一直没分下来。有人到镇上直接问齐书记，齐书记说这些土地指标早调到县经济开发区，用于招商引资了。秋天的时候，为这事社区又闹了一番。

清明时节，君来组织一伙人专门去移那棵被两次雷击过的老槐树。原本枝叶茂盛的老槐树，竟在悄然之间，完全枯死。

君来回来后，皱着眉头说，还真是奇了！

对我来说，我不想很多，我没有这样那样的烦恼，我只想守着我的三婆，悠悠然地过属于我的日子。

不用说，现在的社区比过去的村庄要漂亮得多，高楼一排一排的，虽然绿地还没完全起来，花草也还没植上，但漂亮的中央广场已经建好，这注定是一片花园。

我在社区里意外地遇见了老苟。原来镇上不让老苟教学了，让他到社区来管理图书室。我很喜欢跟老苟拉呱，他比君来知道的事更多。

我在图书阅览室里看到了记录当年东崮纪王国的一些资料，我很想找到关于那个傻子的详细记载。有一次差一点被君来看破了我。我看得很认真，没注意到君来已在我身后站了很久。君来说，你能看书！你在研究这个？我差一点说出我所知道的古纪国更多的事，我甚至真想跟他探讨探讨山西洪桐县的历史和风俗，更清晰地将一将我们狗尾巴村的来历。但我没说，我只是把书反转过来，让一个个铅字倒头对着我。我说，看书谁还不会，不就这样看吗？

我在图书室待的时间越来越长，三婆好几次找我吃饭找到图书阅览室来，这样三婆和老苟也就熟悉了起来。

10

秀儿哥死的时候，秀儿回来了一次。现在的秀儿很有些名气。有人说，她和大衣哥、草帽姐齐名，她叫辫子妹。我如果哪一天也出名了，我的江湖名号会是什么？会是傻子哥吗？

君来说，过年的时候你可要回来噢，咱在多功能厅搞联欢会。我知道明年狗尾巴村或狗尾巴社区不再有"请家堂"的事了。"请家堂"这传承了千年的祭祖仪式，可能就此打住。取而代之的，是那种普天之下都一样的联欢晚会。

我说，你还唱那首不悲伤不沧桑幸福的模样吗？秀儿说，可以啊！

我不知道，这样的联欢活动先人们会不会来，愿不愿来。

三婆到图书室找我的次数越来越多。不过后来我发现我即使不在图书阅览室的时候，三婆也去图书阅览室找我。再后来，是我不得不经常到图书阅览室去找三婆。

有一天，三婆把她祖传的铜器拿了出来，那是一只精致的小铜盆。三婆盛上水，端坐在铜盆前，两眼微闭，一会儿工夫，三婆的身上又蒸腾起一股无名的热气。就在她的两手快要伸进铜盆里的时候，我一下捉住了它。三婆睁开眼，但她极力回避着我的眼光。我说，你要干什么？不干了，三婆说。我说，你说的我都信。你过去说的我信，你将来说的我也信。你这是为什么？三婆说，我怀孕了。

三婆竟然怀孕了。

是我的？

是你的！

我吃的是百家饭，喝的是司息河的水，我体内的造人物质竟然没有像村里有的男人那样被破坏。是我让三婆怀孕了。

我有些哽咽。我说，你说过，我们是夫妻。

我是说过，可我跟你说的是，上辈子我们曾是夫妻。

我还是第一次见三婆哭。三婆哭了。三婆不是大声地哭，我只看到两行眼泪，悄无声息地往下流。

三婆幽幽地说，我得嫁给他。

他！我知道是老苟。最早君来说时，我以为是狗尾巴村的"狗"，不是，是苟且的"苟"。

三婆抻着手，说，让我放进去。

不！我的手没有松开。

三婆说，谁和谁都是一辈子，谁和谁也不一定就得一辈子。一辈子的不一定好，不一辈子的也不一定不好。人和人迟早都是互为过客。在我的手放进去之前，我可以最后给你说一件事，雪花的那个黑脸男人很快还会出事，你等着，雪花用不了多久就会回来。

我抽了手，不是因为我听说雪花回来，而是三婆诅咒式的告白。实事求是说，三婆的话很多时候还是准的，虽然我说不出她的依据是什么，我也不相信这世上有什么鬼什么神。

三婆把手洗了。不是金盆洗手，是铜盆洗手。她为回归一个正常的女人，做好了相夫教子的准备。

可我怎么办？我原以为，狗尾巴社区这座美丽的城堡，它就是为我和三婆建的。在这座略显空旷的城堡里，好像只有一个东游西逛的傻子和一个略有姿色的神婆子，他们傻傻乎乎，他们神神道道，但他们相爱，他们幸福。我甚至想象，等城堡里的花草完全长起来的时候，花香四溢，三婆跩着性感的屁股在里面跩来跩去，那该是一番多好的场景！可现在，傻子和神婆子也要分开了。从此以后，城堡里再没有了神神秘秘的故事，三婆也会像一段并不存在的历史一样，离我远去。

我再次有了晚上夜游的习惯，我甚至走进了司息河稀疏的树林。过去，从村里往西看，下午的太阳仿佛就挂在树梢上，然后又落在树林里。早上从东崮上重新升起的太阳那么明净，是否太阳就落在司息河里，清洗了一夜的污垢之后，才从东边重新升起来呢！现在，树被杀得稀疏了，太阳也不往这儿落了，稀疏的树梢也挂不住它，它落进了更远的西山。我想再沿着狗尾巴村的街巷转一转，走一走，然而曾经的狗尾巴村早被夷为一片平地，一个曾经鲜活的村庄已经不存在了。我能找到的只有那棵枯死的老槐树，它孤零零地在风中发出唉鸣。我宁愿相信它没有死，它已飞去了远方，它以另外一种方式活着。至少，它会永远活在我的记忆里。

我一边游走，一边沉浸在巨大的悲伤和孤单之中。

回到城堡的时候，夜色依然笼罩，晨光即将出现，春天的一场雨无声地下着。我爬上顶楼，仰望雨蒙蒙的天空，我真希望能再来一个夏天的响雷，重新把我炸回到傻子时光。

隔着几座楼，就是三婆和老苟的住处。细细的雨，让我心里特别地忧伤。我应该想起青蛙的叫声，但这或许并不是一场好雨。此时的心情倒让我突然想起了跟着秀儿学来的那首半截烂块的歌，我用嘶哑的嗓音高声喊唱："因为爱情，不会轻易悲伤。因为爱情，在那个地方。我不沧桑，我依然随时可以为你疯狂。简单的生长，就是幸福的模样。我到底去哪里，人来人往。"

这是一首我自己的歌。我无法抒情，我只能摇滚。或者说，我滚。

人们都还在睡梦中。也许，三婆会听得见这野狼一般的嗥叫。

11

我只能静静等待着雪花的归来。

我是不是该提醒雪花，或直接提醒那个黑脸男人？此时我才觉得，无论三婆说得准与不准，我都无法提醒，那样他们会认为我是一个十足的傻子、疯子，没有人会信我。

其实对我来说，静等雪花的归来并没多大意义。重要的是我需要再次抉择，我是否该把傻子做到底，还是清醒地勇敢地去面对今后无法预知的生活。我虽然有理由继续做一个傻子，可是如果这样，那即使雪花回来，又怎么能保证她不会再走呢！

乳　殇

李香纨死了。这让全村的人唏嘘不已。

李香纨是狗尾巴村公认的最美媳妇。当年，二十一岁的她，从牛背山的天路上一路而下，帽头红掩映在山路两侧的葱茏之中，所有的花草树木都沾染了她的香气。她的到来，宛若一朵异域的鲜花移植进了狗尾巴村的田野，给漫山遍野盛开着狗尾巴花的村庄带来了一片新的生机。

李香纨的美，美在身材，高矮适中，窈窈窕窕；美在皮肤，长年风吹，洁白有弹性；美在脸蛋，一侧酒窝，嘴角含笑；美在纯朴，两目清新，长发半鬈。当然，肯定还有很多美一时不为外人所道。比如说罗光棍，他问村里的男人们，你们说李香纨哪儿最美？不等别人回答，他自个便说了，乳房！这一说，村里的男人们便闭了嘴。是啊，他们中还没有哪一个人有这种艳福，看到过李香纨的乳房。

狗尾巴村盛开着狗尾巴花，但这主要是说狗尾巴村的山岭部分。在狗尾巴村村西，横躺着一条大河，叫司息河。司息河显然已经有些年纪了，从堤岸开始，就植被茂密：湿地，杂草，灌木丛；杨树，槐树，柳树；蒲草，芦苇，沙条……这儿，地面上多得是油蚂蚱，空中飞舞的是花蝴蝶。

对于一条河流来说，愈是古老，便愈是年轻。

这片生机勃勃的水域归罗光棍管辖。他是司息河这片密林的看护人。

在李香纨刚嫁过来的那段日子里，司息河的河水轻轻地流动，晶亮的小虾、细微的小鱼、淡黄的秋蟹、黏滑的泥鳅等等一干水族，乐在其中。夏日午间，烈日当头，蝉鸣蛙躁，在两岸密林中间的僻静之处，常常传出女人们清脆的笑声。女人们花花绿绿的服装、大大小小的内衣，挂满了矮树丛。它们像骄傲的旗帜，昭示着这片水域临时的归属，由此可以让肆无忌惮的嬉闹声漫溢到密林之外。

女人们没谁愿意让外面那些野男人们看见她们的裸体，但这一戒律似乎不包括司息河密林的看护人罗光棍。正因为他是光棍，所以这些女人们以集体的方式，对他进行淘气般的骚扰和情色意味浓烈的调侃，且已成为乐此不疲的保留节目，这同时也让她们的洗澡变得更加有趣。在集体之中，每一个人的胆子似乎都变大了，以至于她们根本不避讳罗光棍的存在，就可以从容地褪去衣衫，展露胴体，跃入河中，由着罗光棍热火一样的目光去煮熟她们这一锅精白细面做成的饺子。罗光棍能够有眼福独享这份大餐，单调的护林生涯也算值了。

这游戏没有输家。一方因为得到了缱绻、香艳而明媚的勾引而愉悦；另一方也得到了身为女人可以无所顾忌地去袒露野性的快感。

司息河大部分河床的水位，都恰好没到女人的乳处，水中女人半浸半露的双乳增添了它们的诱惑和美感。最早，罗光棍看她们洗澡时，都是偷偷摸摸地躲在灌木丛中，直到有一次一个叫杨子眉的媳妇，用银铃般的声音把他喊了出来。第一次走出灌木丛的罗光棍脸还红着，但当他真正被推上前台的时候，脸已不再红，心也不再扑通地跳了。既然杨子眉喊他，那他也就不用把自己藏着掖着了，而是大摇大摆地站到岸上，嘿嘿一笑，然后把一干尤物一样的女人尽收眼底，而且平静中说出了一句定力十足的话，你看你们，就像一锅热水煮饺子！

有女人跟着接了一句，没见过吧？

罗光棍说，嘁！谁家过年还不吃顿饺子！

水中不知谁家媳妇又接了话，就只是饺子吗？难道就没看出还有什么别的面食？

罗光棍不屑，顺口而答，嗨！还能有什么面食！

那媳妇往岸上撩一起把清亮的河水，馒头呗。

水里的女人嘎嘎嘎全都笑了。罗光棍也嘿嘿地笑，然后说，女人的奶子吧，没结婚的时候那是金奶子，结过婚便成了银奶子，像你们这伙生过孩子的，早都成狗奶子了。罗光棍既然吃不到葡萄，干脆把葡萄全说成了酸的。只有说得轻松，心里才会更加舒服。

杨子眉说，那今天我们胸前挂的这些馒头权当喂狗呗！杨子眉的话头一向来得快，而且还能够夹讽带刺。女人们又占了上风，又一齐笑。

司息河的水花被女人们一波一波荡起，罗光棍感觉司息河仿佛跟自己一样，只要有女人闹腾，流淌得就特别欢快。

狗尾巴村的男人们虽然被罗光棍一句李香纳乳房最美的话语给噎住了，却勾起了他们无限的想象。说说糙话，编排出一些与性与女人有关的段子，本来就是男人们休闲放松的最常见的德行。这一次这个话题自然也跑不了。男人们的心里都流淌着葡萄汁，酸酸的，又坏坏的，于是有人就问了，你只说好看，那到底怎么个好看法呀？你倒说来听听。

有些事是只能体会而难以用语言表述的，罗光棍显然遇到了难题。关于女人的乳房，有人曾用不同的水果来形容，大致有七种，分别是西瓜、菠萝、柚子、橙子、梨、柠檬和樱桃。这些水果，各有各的妙。可惜罗光棍不懂这些，憋了半天才说，你没吃过馒头啊！

一阵荷尔蒙升腾，盖过了男人们暧昧而猥琐的笑。罗光棍的馒头说太过朴实，好在倒也贴切。但凡握过女人乳房的自然会有体会，温热，柔软，且富有弹性。握着这样的馒头，任谁心里的幸福感也会四溢。对村里的男人们来说，手里能握上两个细面馒头，粗鄙的生活自然会变得更加香甜和美妙，并不一定必须是性才能让他们胃口大开。

乳房怎么个好看法，这是个很有学问的问题，拿这问题问罗光棍不可能问出个名堂。对于这么有学问的一个问题，人们忽略了一个人，那就是罗小手。罗小手是村医，他看足了医学书，特别对乳房构造有着长期深入的研究。他能像说一块平常的布头一样，说出它的原料和质地，说出它的用途和效能。除此之外，他对文学书也多有涉猎，能从乳房的审美角度，准确解读古书上"隐约兰胸，菽发初匀，脂凝暗香""讶素影微笼，雪堆姑射"这类让人想入非非的描写。

有人真拿这个问题去请教了罗小手，但罗小手给出的答案出乎了所有人的意料。罗小手说，李香纨的乳房可能有点问题。

有点问题？有点问题那还能算美吗？一同前去请教的几个人以为罗小手忽悠他们，便说，我们是跟你开玩笑的。

罗小手皱了皱眉，然后抬头望着他们说，我可不想跟你们开玩笑。

　　很早以前，罗小手的爷爷就是狗尾巴村的村医，而且在这一带很有些名望。他极工中医，擅长妇科，对痛经、不孕等常见病症有百治百愈之效。罗小手小时患过小儿麻痹，一条胳膊一只手永远停留在了七八岁上，因此得到了爷爷格外的疼爱，出入带在身边，进而得到了爷爷的医术真传。他从十岁起，就比照着爷爷的处方用那只小手抓药，一抓就是十几年，直至爷爷去世，他把这所乡村医药铺接过来。待到罗小手行医时，他发现不只头疼感冒的人比过去多了，疑难杂症也比过去多了不少。罗小手的医术强项与他爷爷一样，自然也是妇科，但已不只传统妇科，因为新兴妇科病以新的名头接踵而至，这都需要他来应对。那天，李香纨到药房来，只是想拿几片安眠药。李香纨是嫂子辈，她的丈夫罗朝北比罗小手大一岁，罗小手就多说了句话，睡不着觉啊？是不是想朝北了？这远水不解近渴的，不行我给你摸摸？既是嫂子辈，李香纨也没客气，正是夏天，她把衬衫一撩，就现出了两道春光。于是罗小手象征性地触了一下，本就是开玩笑，哪里当得真？李香纨说，你还真摸啊！说着就多少有些羞怯地把衣服放了下来。

　　李香纨走后，罗小手的那只小手却久久收不回心里来。这倒不是因为它碰到了村里最美媳妇的乳房，长出了情色，而是那只敏感的小手告诉他，李香纨的乳房或许有点问题。但到底有没有问题呢，他一时不敢草率确定。因为他的小手仅仅与她的乳房做过极为短暂的碰触，作为打一打情骂一骂俏，意思已经足够了。但如果作为病理检查，仅有这点碰触却是远远不够的。他对自己的医术和临床经验，有着充分的自信。他敢说，如果李香纨能让他尽情地摸摸她的乳房，他一定会断定出她的乳房有没有问题和有何种问题。所以罗小手一直在琢磨，是不是应该想办法再摸摸她的乳房。

　　连日来，罗小手一直抱着一本厚厚的关于女人乳房的书在看，他想把李香纨的乳房忘掉，但看一段，就会不自觉地想起她的乳房。在他一个医者的眼里，乳房问题是一个很严峻的问题，它不单单承载着性启动功能、育儿哺乳功能、美化身材功能，甚至还要承载商业功能、文化功能、民俗历史功能，除此之外还承载着非常重要的一点，那就是女性健康功能。罗小手已经注意到，全社会都在竭尽全力地开发女人乳房的商业价值，裹紧压平的时代已经一去不返，丰隆膨胀已被社会和女人双重接纳。但不管什么时代，有一点没变，那就是从未让女人的乳房安生过。一会儿要压平，恨不得把鸡蛋擀成鸡蛋饼；一会儿又要挤出乳沟，拼着命也要往死面馒头里多加些引子。唯独把它的健康忽略了。这或许是女人最大的悲哀。因此他想他还是应该找机会接触一下李香纨，看有没有可能再摸摸她的乳房。

有天晚上出完诊，往回走，正好路过李香纨的三层小楼。罗小手见还亮着灯光，就敲了门。李香纨开门见是罗小手，说，你咋来了？

罗小手搓着两手，嘴上却说，没事，正好路过你这儿，想顺带过来看看你。

李香纨一时摸不着头脑，堵着门，笑说，只是过来看看我，我这一开门你也就看了。说完，笑一笑，就要关门。

罗小手说，就不能让进去坐一会儿？罗小手努力在寻找能摸她乳房的机会。

想坐那就进来坐吧。李香纨的丈夫罗朝北长年住在城里，很少回来一趟，李香纨也是难得给外人开一次夜门。

罗朝北长年很少回来，并不代表他不回来，巧的是今晚他就回来了。罗小手坐下没一会儿，李香纨给他倒的一杯茶水还热着，他还一口未喝，一切也还未进入正题，门口就响起了一声小车喇叭。

罗朝北一进门，见罗小手在这儿，已经表现出一些不悦。忙乎一通坐下后，闷闷地喝了几杯水，这才开始说话，你怎么有时间过来的？

　　罗小手怕他会有误会，干脆想实话实说，我想摸摸……后面的话到底还是没说出口。罗朝北一头雾水。

　　尴尬地坐了一阵，出来送罗小手的时候，罗朝北禁不住又补问了一句，小手，你刚才说摸摸……什么意思？

　　是这么回事，刚才没好意思说出来，我是想摸摸——她的——乳房。罗小手说得到底有些艰难。

　　罗朝北被罗小手的话惊得不轻，你说摸谁的乳房？

　　我是觉得……她的……可能有点问题。不过，你回来就好了，你正好替我……摸摸……

　　什么叫我替你摸摸！喝高了吧你！罗朝北咣的一声关上了门。

　　村夜很静，一辆 Q7 黑乎乎地卧在门口。罗小手感觉像怪物一般。

　　罗朝北曾是狗尾巴村打墙盖屋的一把好手，前些年村庄改造，他第一个成立了建筑公司，不想这公司很快就做大了，大到狗尾巴村根本盛不下它，也盛不下公司那么多的资金。他只能到城市去，到城市去他那公司才能得到更多的滋养。事实也的确如此，如今罗朝北的公司已经是市里小有名气的建筑企业，只农民工就吸纳了上千人，家里的平房先是换成了二起楼，后来又把二起楼全部推倒，重新长成了三层楼。

　　罗朝北可是一个从不吃亏的人，这冷不丁回来，就发现有人公开上门要摸老婆的奶，若是平常，那更该是什么景象！什么有问题！女人的奶还能有什么问题！分明就是揩油，偷色，作奸犯科，奸情好意。敢动他罗朝北的奶，也不看看他是谁！那简直就是死罪！罗朝北回屋后自然要进行训问，可李香纨根本说不出个所以然来，也确实无话可说。不说是吧？罗朝北一脚把李香纨踢到屋角，就甩手出了门。他都已经坐上 Q7 了，车也已经发动了，但又熄了火。汽车的火虽熄了，但他心里的火刺刺地冒了上来。要灭掉它，只能去找水源。于是，他直奔了罗小手的药房。这晚，罗小手回药房后本想把出诊的器具放下就回家，又想时间不早，干脆就在药房睡吧。这一来，正好把罗朝北等来了。罗朝北一来，便是水与火的关系。

这晚发生的事，直到李香纨死后，才被彻底公开。罗小手说，那晚罗朝北如果出手不是那么重，让我多少天爬不起来，说什么我也要好好摸摸她的乳房。

李香纨的死并没有看出罗朝北有什么痛苦。村里人觉得罗朝北是见过世面的人，可再见过世面，也不至于连死人的事也见怪不怪吧！何况死的是这样一个漂亮女人，就算不漂亮，她毕竟是自己的老婆。

村里人对李香纨的死无不唏嘘有加，惊痛不已，那震动简直就像是把狗尾巴村村东的光明顶，搬起来砸到了司息河里，那溅起的水花能把全村人都湿透。有人看见司息河岸林里的罗光棍曾为此哭得死去活来，这说法有点悬，人家的媳妇没了，与他有什么关系？但罗光棍悲痛还是真的。这么说吧，在河水清澈见底的时代，他和村里的女人们有过一段共同的荤素掺杂的暧昧时光，这时光后来让他想起来竟是那么美好。它其实一点也不腥臊，一点也不暧昧，而是与司息河的河水一样，透明而又清甜。后来，河流上游不断冒出铁厂、造纸厂、化工厂、焦油厂……总之是厂，是身份不明的这厂那厂，把一条美丽的河流彻底毁了。从那时起，司息河的河水开始变黄，变红，变黑，甚至变成了油，它赶走了那些美丽的女人，也让两岸的密林突然间落寞凋敝。李香纨是第一个在家中安装洗浴设备的，其他家也学着她的样子一一安装。这些当年在司息河里肆无忌惮洗浴的女人，统统缩回村里去了。她们可以在家里洗，比如李香纨的三层小楼洗浴起来可能也很舒服，但偶尔夜晚回村的罗光棍，听到里面的洗浴声，内心总是忍不住地感慨：不管怎么洗，它再也传不出笑声，更不可能有一群女人的嬉戏声。李香纨曾经那么鲜活，她是狗尾巴村靓丽的标志，最终却不明不白地被那双最美的乳房夺去了生命。罗光棍真的想不通，女人的奶到底怎么了？连着几天，罗光棍举着斧头，砍断了司息河岸边的数棵大树。

乳腺癌。这三个字字字千钧，重重地沉在了狗尾巴村女人们的心里。女人们害怕了。

癌！这个字原来认都不认得，这种病过去连听都没听到过，现在却有可能发生在她们身上。沾上它就等于沾上了死亡，它和美丽跑的是两股道。

罗小手的药房开始了从未有过的忙碌，最忙碌的莫过于那只七八岁的小手，它一次次伸进女人的怀里，按点，揉捏，仔细地体味和认真地把握。因为女人们相信了这只手，急切地希望这只手能帮助她们验明正身，给她们一个确切的答案。经这只小手确定，有几个疑似有问题，需要去大医院复诊。随后在不长的时间里，其中一个就被医院切去了半个乳房。

女人如果失去了乳房，还怎么做得女人！

女人们彼此之间的问话开始变得简单。

摸了吗？

摸了！

怎么样？

没事，我的很好。

你呢？

也摸了。

没事吧？

很好！

总有调皮的女人。调皮的女人不论什么时候都是调皮的。有女人说，你还别说，让那小只小手摸着，上上下下，左左右右，前前后后，一圈一圈地来回摸着，真是舒服！

有人接话说，那你没让他用大手摸摸？用那只大手摸，更舒服！

你咋知道更舒服？难不成你是被他用大手摸了？

你才被大手摸了呢！

女人们像当年在司息河里洗澡一样嬉笑打闹。

其中一个说，大家别闹了，罗小手提醒你们什么了没有？

提醒了，就是让每天晚上躺在床上的时候自己摸一摸。

罗小手说的可不是让自己摸，是让自己的男人摸。

谁不知道让男人摸舒服啊！别说咱们几个，就是全村的女人有几个有这福气的？

这一说，大家也都闭了嘴。因为她们几个，个个男人都跑到城里去了，一年回不来几趟。回来就使枪抢棒，捎带着摸奶还凑合，若让他们专门悠然地摸奶，好像既没那兴趣也没那时间。

这体会大家自然都有。

杨子眉已经让罗小手摸过多次奶了，但她仍然坚持每星期来让罗小手摸一次。罗小手说，你说你，我已经摸过多次了，你的的确没问题，我可以向你保证，你尽管放心便是，不用紧张。这病也是有来头的，哪能说得就得！

可我总是不放心。

为什么？

因为你还没用那只大手摸过。

我给别人也从不用大手。

但我要用。

罗小手犹犹豫豫地伸出那只大手，说，你确定？

罗小手使惯了小手，当年爷爷担心罗小手的小手会影响他抓挠生计，现在看来爷爷的担心纯属多余。罗小手用这只小手，抓来了正常的手根本抓不来的那么多钱。而且，虽然是主治妇科，但也从没设想这只小手会有那么多的艳遇，让它与女人有着解不开的缘。罗小手一度认为自己一定是大小两个人争相托生，撞到一起，小的没挤过大的，只挤进了一只胳膊一只手。这只小手或许是女人的，他应当把这只小手还给女人。尽管是医生，既然有这只小手，他觉得就应该让这只小手探进女人的怀里，让这种特殊的检查不至于过分尴尬，权当一个吃奶的孩子在用小手寻找奶袋，如果能让检查的器具与疑似患者之间多一点母子相依的温馨，也一定不是坏事。但杨子眉却想要他这只大手。杨子眉说，就用你这只大手。

罗小手的大手探进去。罗小手已经十分熟悉杨子眉的那片地域，不管大手还是小手都只不过是形式。但杨子眉却闭了眼睛，全身战栗不已。

罗小手想把手抽出来，杨子眉却用力握住了他的胳膊。杨子眉轻声地说，你……你慢慢地，一定要检查……仔细。杨子眉的症状有点像肺喘病人。

杨子眉摸奶都是选在没有外人的时候，这次自然也是，而且已经是晚上。杨子眉说，要不，我还是躺下来摸吧。不等罗小手响应，杨子眉就连人带手一并带到了罗小手的小床上。

罗小手有一只小手，但并不影响他是一个男人。很自然，一种莫可名状的关系发生了。这是一个医生与患者本不该有的关系。结束之后，罗小手长叹一声，似乎在感叹自己行医的失败。但杨子眉仍然逮着罗小手的那只大手放在自己的奶上，仿佛希望它永远长在上面一样。

杨子眉说，你说这病也是有来头的？

是。可我始终不明白，李香纨并不具备病因。

她怎么就不具备病因了呢？

起码忧虑焦躁这些她应该没有。

杨子眉说，错，其实她比谁都重。

为什么？她的家庭条件，村里根本无人可比。

这都是表象。这些年她跟我做邻居，也与我走动得最多，我知道她心里的苦。为什么他男人挣了那么多钱，她却不愿跟去？不是她不去，她去过，去过后，发现他男人在城里又下了一窝。

那是又找了个小的呗！

年龄是小，不过是个婊子。

没弄错吧？那么大一个老板竟找婊子？

那女人为了嫁给他，跪着哭诉，哭到伤心处，竟拿出了一本大学毕业证书。说自己如何如何苦读大学之后，始终没找到合适的工作，不得不沦落风尘，这上岗才第二天，老天有眼，碰到了他，希望他能救她于水火。他真就被那女人打动了。后来，李香纨发现的时候，他还把那本毕业证书甩给她，说你看看，一个大学生。李香纨上网查了，那毕业证书根本就是假的。

罗小手说，她多次到我儿来拿安眠药，看来真是睡不着觉啊！

罗小手又说，那你呢？你可是一直很活泼，好像无忧无虑的。

杨子眉说，也是假象。

难不成你老公也找了个大学生？

还真是。

那毕业证也是假的？

我查了，还别说，是真的。

两人便都无话。此时，罗小手倒真不忍心把放在奶上的那只大手抽回来了。

不知过了多久，杨子眉才说，有李香纨这一出，大家都惊了心。可你让我们每天晚上自己摸摸，这简直是让我们自己折磨自己，没病也会摸出病来。我们自己摸来摸去，不知道黑暗中的渴望会被摸得多大。你开的这方子定是个死方。可也只能是死方，又能怎样呢？我们到哪里去找一只男人的手！现在男人的手，除了摸钱、摸牌，就是去摸别的女人的奶。剩下的我们，只能自摸。所谓的幸福生活，不过成了光溜溜的麻将而已。是不是男人们一到城里自己也找不着北了？罗朝北还能知道自己叫朝北不？

面对杨子眉的这些质问，罗小手无法回答上来。

有几个女人路过司息河密林，遇见了罗光棍。罗光棍杀倒的几棵大树就斜躺在路边，罗光棍说，你们要吗？要的话就拿去。

女人们话里有话地说，我们要什么木棒？我们可不稀罕卖几个钱。你不要的我们也不要，你想要的我们也想要。要不，你帮我们摸摸吧？

喊！自己摸去。罗光棍的定力一如从前。

天气阴晴不定。罗光棍不断地往上游看，他寄希望于河流上面的厂，像当初一个个冒出来一样，再一个个倒下去，然后从上游流下来像从前一样清澈的河水，流下来能够让村里的女人们尽情尽意洗一次澡的河水。他可以不站在岸边，不去看她们优美的乳房，不跟她们打情骂俏，只让她们快快乐乐安心地洗一次，然后回家，晚上让她们自己的男人幸福地搂着，做梦的时候能够露出甜美的微笑。

但罗光棍始终没有盼来清澈的河水，倒是等来了司息河的断流。望着彻底干涸的河床，罗光棍知道那段清水一般的日子再也回不去了。

曾经的湿地成了干地，树木被一轮轮砍伐，那些成群结队的蝴蝶也不见了。

罗光棍不是环保人士，他甚至连环保是什么都不知道，但他痛恨那些破坏了司息河的厂子。他认定，那些厂子也是女人们的杀手！它们流出的毒液早晚会浸进女人最美的部位，让花朵一样美丽的女人日益丑陋，然后突然枯萎。

杨子眉仍然准时地每星期来"摸一次奶"。她跟罗小手说，有一点她始终搞不明白，难道一个最美的乡下女人也敌不过一个城里的婊子？你说李香纨是嫁给罗朝北幸福还是嫁给罗光棍更幸福？

这问题罗小手同样无法回答。

当罗小手不得不再一次把大手探进她衣襟的时候，罗小手郑重地告诉她说，这是最后一次。

杨子眉说，不行！

罗小手说，你没病。

杨子眉说，我有病。

罗小手想，她确实有病。她虽然没有李香纨那样的病，但她已得上了别的病。人啊，没有这病，可能就会有那病。可有的病，本不该由他这个做医生的来治，尽管他是个高级妇科医生。

因此，罗小手说，不过，以后说好了，我只能用小手摸你的奶。确切说，那不是摸奶，而是例行检查。

流　水

1

我一转身，看见小葱花已脱得只剩下一只小裤衩。小葱花的小身子直溜溜的，泛着光，一定比我的要好看很多。

她说，你咋不脱？

我于是一下把自己脱光了。

河边的岸林树木高大，灌丛茂密，有不少缀着野花的枝条，我伸手去折，想把它们编成花环。

我说，你蹲下。

小葱花的头大体跟我下面的小家伙平行，她顺手便捏弄起来。我说了声，你干吗？她说，挺好玩的。

我说，这有什么好玩的？我妈说了，都是脆骨。

小葱花说，那煮熟是不是更好吃？

我把花环给她戴上，弄周正，然后说，起来吧。

小葱花站起来，把河水当镜子，我也看到了河水中另一个更好看的小葱花。水中的小葱花随着流水荡漾，小小的腰身波波折折。

小葱花说，好看。

我说，好看吗？我还会编裙子呢！

她说，那你编啊。

我说，行，只是你别捣乱。

过了不一会儿，我就给她编好了。一串串绿叶上缀着一朵朵野花，有红的，有黄的，也有粉的，像极了一条超级迷你小裙。小葱花喜不自禁，转了两圈，腰肢绿叶婆娑，身上野香四溢，说，真好，比上学强。

我回她，比上学强你还天天叨叨要我也去上学呢？跟我妈一样。

小葱花说，想跟你做个伴。

我说，不是有小胖墩给你做伴吗？

小葱花说，小胖墩一点也不好玩。

小葱花来找我，打的旗号是要来跟我学游泳的。我带她穿越茂密的岸林，沿一条灌木丛掩映的湿软小路，来到了司息河这片流速相对静缓的水域。此时，头顶花环、腰着绿叶小裙的小葱花却不想学游泳了，她拉我坐下来，说，看看这水就挺好。

小葱花、小胖墩他们去年就入学了，而我仍然散养，整天在司息河一带转悠，随爷爷打鱼捞虾。我说，你咋不约上小胖墩一起来？小葱花说，可别再提他，丢死人了。

原来，他们刚刚学了一个生字：被。笔画挺多，不好写。老师板书完后，问大家知道不知道这个字怎么读、是个什么意思。大家都争相摇头，表示不知道。老师没有直接相告，而是想通过启发式教学以便加深学生们的印象。于是老师叫起了小胖墩，说这字与床有关，然后问他床上面是什么，小胖墩说是席。老师顿了顿，继续问，席上面呢？小胖墩说席上面是薄褥子。薄褥子上面呢？薄褥子上面是厚褥子。厚褥子上面呢？厚褥子上面是床单。老师有些无奈地摇摇头，说，看来你家里很富，床上用品挺全和呀！说完后有些没好气地问他，床单上面呢？按老师的想法这回无论如何床单上面也该是被子了，没想到小胖墩说，床单上面是他妈。你妈上面呢？老师的声音有些大，小胖墩弱弱地说，是我爸。老师几乎是吼起来，难道你们家没有被子吗？你们家的被子呢？小胖墩随之也提高了音量，大声地说，被子被我爸蹬了！

2

　　司息河是一条长长的河流，无论往上看还是往下看，都看不到头。水面宽阔，看不到水的流动。两岸密林，堵不住风的穿行。密林里很有趣，藏着一些小动物，不时闹出些响声。鸟儿们很多，扑棱一飞，叶片上的露珠就会被震掉一串，连同裹挟着的阳光一起砸到地上。水里面也很好玩，游走着一些鱼虾，有些高兴的还会蹦跳起来，还有些小螃蟹偶尔会在水里翻个跟头。这么壮阔的一条河，这么有趣的一座林子，而且跟村庄隔得又不远，却好像从来没有几个人真正关心它，只成了我和爷爷的领地。但我和爷爷，不过就是一个大黑点一个小黑点，这其实更加加剧了司息河的幽静和空旷。几乎是每天，只要爷爷不去跟老扎头会面，我们便都会去司息河捞鱼。我们大多是在日上半晌时出村，爷爷倒背手走在前面，像只老母猴一样晃来晃去，我斜挎小篓肩扛网瓢，像一截屎橛子跟在他腚后。走进岸林，走过一棵棵树，走过一簇簇灌木丛，到达河边。爷爷没有多少话，他从我肩上把网瓢抓过去，便直接探进水中，沿着水岸相接处，逐水而上。流水缩着身子——从网眼里逃走，那些沉醉在快乐中的鱼虾却猝不及防。网瓢一次次出水，一次次翻扣到岸上，出水一次，鱼和虾便在草地上蹦跳一阵。

　　收工回来，有时是我跟爷爷一起吃，更多的时候则是将鱼虾分开，我拿一份回家，爷爷则拿着另一份，去找老扎头喝酒。

老扎头叫周化，是个扎匠，家里有很多花花绿绿的纸，屋子里盛满了纸扎的高楼、汽车、电视、手机、家具等一应生活奢侈品，牌子也都是响当当的。另外，也还有一些纸扎的人，牵马的、坠镫的、看门的、扫街的，以及一些女服务员，等等。孩子们没地儿玩，有时就到老扎头家里去看景。小胖墩和小葱花都去过，我不想去，他们就给我描绘老扎头扎得有多么好。

小胖墩说，你爷爷为什么经常去？

我说因为他是喊丧的呀。

什么是喊丧？

小胖墩这一问，我也说不清。我只知道喊丧这一技艺是爷爷从远村一个喊丧人那里学来的，自打学成后，他就想一展身手，却苦于村里一直太平，死人的事难得发生。

但机会还是来了。夏天的时候，村里有个叫大春的青年独自在司息河里洗澡，这边是艳阳高照，但上游其实一直在下大雨，发了水，洪水涌下来，把他涌走了。

那段时间，爷爷和老扎头两人天天扎堆，先是唏嘘伤感，然后是分析大春的结局，一致的意见是"必死无疑了"。老扎头说，咱都做点准备吧。于是，一个准备扎货，一个准备喊丧。

那段时间，爷爷挺兴奋，捞鱼的时候格外有劲，嘴里哼着抑扬顿挫的曲。我问爷爷，你唱的什么？爷爷说，你不懂。因此我猜这很可能就是爷爷学来的喊丧用的号子，只是压低了几个音量而已。

爷爷和扎匠都在默默做准备。

但没想到，一个多月过去后，大春竟然奇迹般地回来了。

他说他被冲出了省界，冲到了很远的地方，然后怕走错路，一个人老老实实地顺着河岸走，硬是给走回来了。回来后讲述沿途见闻，让村里人都从未有过地大开眼界。只是越讲越神乎其神，因此，有人就不叫他大春了，而是说，你干脆叫大吹吧。

大春回来后，又过了一个多月，有一天，我和小胖墩正在河里洗澡，听到临岸的树丛里有响声，抬头看时，一张女人的脸从树叶中间露出来，我们都不认得。我和小胖墩光着屁股麻利地从水里爬出来，一身的水从头发上开始往下滑。她问，你叫什么？我说小青蛙。他呢？我说小胖墩。原来女人是跟我们打听大春的事，小胖墩说，我领你去。

后来，女人跟大春结了婚，成了大春的女人。

又过了半年多，女人生了孩子，起名叫小油饼。

<h1 style="text-align:center">3</h1>

小胖墩自然是专拣我跟爷爷不捞鱼的时候逃学，这样我们才能玩得痛快。有一次他说，你能把网瓢偷出来不？我说能。

我学着爷爷的样子，倒背手走在前面，跟个屎橛子似的一晃一晃。到了河边，我想学爷爷的样子，把网瓢探进水中，沿水岸相接处逐水而上，没想到水流冲击下的网瓢十分沉重，拉动起来十分费力，差点没把我拽到水里去。

小胖墩说，闪开，我来。

小胖墩明显比我有劲，屁股撅着，虽然是龇着牙、咧着嘴，但淙淙的流水能很顺利地从网眼里流过，截留下的鱼虾被他翻扣到临岸的草地上，不一会儿就攒了一小堆。

不捞了，小胖墩看来累了，说，歇歇。

我说，怎么弄？过会儿我们分开，分成两份？小胖墩说，分什么？咱就在这儿吃。我说，生吃啊？小胖墩摸出了一个打火机。我说，嗨，你从哪儿弄来的？小胖墩说，老扎头的。

小胖墩去湿地外的岸林边上，抱回一抱风干的树柴，我们架起一堆火，烤起来。鲜鱼和鲜虾都很好烤，一会儿工夫就布满了鱼香。虾很有意思，一见火，全身变红，很好看。

小胖墩一边吃一边说，你说那对面是什么？

小胖墩说的对面就是对岸，这个问题我答不上来，这段司息河上始终没有桥，没有人过去过，坐在这边看，只能看到对面同样也是密的林子。但我说，对面是山。山？我爸说的，他说对面是山，没有人家，多年前他摆渡过一个有钱人，那人不知从哪儿发了财，财富多了，就想找个安全地儿，他就跑到对面去了。又后来，有个尼姑，坚持要过河，不帮她过河她就跳河，也是我爸把她摆渡过去的。我爸说，他想把自己也摆渡过去，但是没成。小胖墩说，那就奇怪了，你爸能摆渡别人，为什么就不能摆渡自己呢？再说，什么时候你见过这河上跑过船！我说，反正我爸是这么说的。

与小胖墩吃完，我们把小褂脱下一铺，就势在草地上躺下。阳光从树叶中照下来，斑斑驳驳。

小胖墩突然没头没脑地说，大春的女人是我领她去的。

我不明白他要说什么，过了半天，他说，你信不信我把小葱花给娶了？

我说，你娶她干什么？咱们一起玩不挺好的吗？

她老是跟老师一伙欺负我，我得给她点颜色看看。

你说老师欺负你？

是啊，上课时间他却老安排我去他家里干活。

为什么呀？

他说，胖墩，今天你就别听课了，替我干点活去吧，反正你听跟不听都一个样。你看他这说的什么话！小胖墩有些生气地继续说，我其实就是因为不想干活才上学的。

我问他新学的课文背过没有，他说，没有。我说我背背你听听怎么样。他说，你会背？然后，我背了。小胖墩很诧异，一下翻起身，你怎么会背的？我说是小葱花教我的。唉！小胖墩叹口气，过了一阵说，其实你适合上学，我适合捞鱼。

4

爷爷刚跟老扎头喝了酒，爷爷喝过酒之后一般是不会再带我捞鱼的。爷爷的神态有些失常，网瓢的把被他抓得很牢，用的力道也很大，赌气一样，有些摔摔打打的意思。这天司息河里的水，似乎也格外大了些，发出一些响声。爷爷一边拉着水中的网瓢一边突然大声地连喊带唱地吼了起来，抑扬顿挫，声嘶力竭。我猜想爷爷这应该是在喊丧。他已学会了这门技艺，却一直派不上用场。那些年不缺木材，棺木板子都很厚，一帮壮汉抬棺，的确也需要有人在棺前喊喊号子，协调一下步调。我后来理解，喊丧的真正意义或许并不在此，它更大的意义是一种仪式，而且更像是一种行为艺术。喊一喊，喊者之声苍凉，悲伤者会更悲伤，那些哭声更有节奏，故去者也会更有尊严。

我跟在爷爷身后，在他停歇的间隙，我赶紧说，小葱花希望她妈死。听我这么说，爷爷停了手，转过身，望定我。我说小葱花说她妈是后妈，为什么她妈是后妈呢？爷爷罢了手，在草地上坐下来。

看爷爷这会儿仍然红着脸，我便弱弱地说，不过小葱花问我，人死了后还能回来不？爷爷说，你怎么跟她说？我说我也说不好，应该是不能再回来吧。

爷爷望着流水，水里不断有小鱼跳出水面，击出的星点浪花，闪烁着夕阳的光辉。爷爷说，能回来，只要不是喊过丧的。我很诧异爷爷会这么说。爷爷问我，小葱花为什么要这么问呢？我说，小葱花说她妈也不是啥都不好，她希望她死，但又怕她死了后又想起了她的好怎么办。爷爷问我，小葱花是不是经常找你？我说是，她动员我上学。爷爷说，你不喜欢捞鱼？我说喜欢，不过小葱花问我一件事，她说，司息河里根本就没有大鱼，捞来捞去都是手指肚大小的，干吗要费这些工夫？村后的水库里大鱼多的是，为什么不织一张大网，到那里去打上一网呢？

我看到爷爷的面色有些郁黑，爷爷问，小葱花上几年级了？我说二年级。你是不是也想去学校？我说那以后捞鱼就成你一个人了。爷爷摸摸我的头，既没说让我去，也没说让我不去。

小葱花跟小胖墩的口味不同，她不喜欢吃鱼也不喜欢吃虾，而是喜欢吃小螃蟹。我提前做了准备，也想去老扎头那儿偷个火机，但被老扎头抓了个正着。我说你那个火机可不是我偷的。老扎头笑了，我当然知道。你知道？对，是小胖墩偷的。他到我这儿来装神弄鬼，我什么事看不见。你看见他偷怎么也不说？老扎头说，偷就偷吧，他喜欢。我问老扎头，司息河上跑过船没有？老扎头说，没听说跑过。我说，那我爸怎么说，他在上面渡过人呢！那都是你爸小时候的事，他总那么说，可谁知道呢！老扎头又问我，你咋不去上学？是要跟爷爷打一辈子鱼吗？我说，司息河挺好的，我喜欢，鱼我也喜欢。觉得打鱼挺有意思，比上学强。再说，我也没书包啊。老扎头说，这还不简单，我给你扎一个。我知道他是在跟我开玩笑，他扎的东西活人怎么用！他说，好吧，我还是给你扎个老师吧。

我游到河水里去，费了很大劲，才好不容易捉到了几只小螃蟹。我学着小胖墩的做法，到岸林边拣回风干的树柴，开始架火烤。小螃蟹跟虾一个秉性，一见火，身子就红了。我问小葱花，你看好看不？小葱花说，它这是害羞呢！

小葱花吃得很开心，吃完，把书包拿过来，抽出书，说，来，现在上课，听我给你讲。地地道道的一个俊俏小老师。我说你先等等，说着我从衣兜里掏出一打折叠纸，重新展开，展成一个小纸人。小葱花问我，这是什么？我说这是老扎头给我扎的老师。小纸人因为被用红笔点过眉心，一看就有点小女人的模样。我比看一下小葱花后，笑着说，这个老扎头扎的是不是就是你呀？小葱花把小纸人拿起来，翻看了一遍，然后说，这哪是我？这是我妈。我把她烧掉。她把我的火机抓过去，砰一下，打着，小纸人便在火里燃烧。好了，我把她烧死了，咱们上课吧。

我是在小胖墩和小葱花三年级的下半学期进校的，进去后跟他们俩一个班。按小葱花要求，老师把我和小葱花安排了同桌。小胖墩就坐在小葱花的后面，不时地做些小动作，小葱花在课堂上向老师打得最多的报告就是"他又抓我小辫子了"。有一段时间，小葱花的妈老是发高烧，去了很多地方都治不好，小葱花很认真也很严肃地嘱咐过我几次，你可一定别说是我烧的。我说你放心，这我知道。不过我心里想说的是，她妈发烧跟她有什么关系？

尽管我发现上学也挺有意思，但我很多时候仍然会逃学跟着爷爷去捞鱼，也因此多次被老师批"你是三天打鱼两天晒网"。我跟爷爷说，司息河挺好的。爷爷背着手，像只老母猴一样在我前面晃，从前面扔过来一句话，你不是说学校也挺好吗？捞鱼的时候，我一直在想，这么大一条河，就爷爷一个人，也太空旷太孤寂了吧。我说以后咱不捞鱼了吧。爷爷问，为什么？我说，只你一个人。爷爷说，其实，我最喜欢的就是一个人。有时，坐在水岸边的草地上，爷爷也会说，一个人多好，这么大一条河，水是活的。爷爷对鱼其实并不像我那么喜爱，他完全可以不捞，我只能理解，爷爷不一定是喜欢鱼，或许是因为他喜欢这条河。

5

北京的大学跟北京大学是两个完全不同的概念，但对蝴蝶村的村民们来说，那就是一个概念，怎么纠正也纠正不过来。对我能考上大学，村里人都很惊诧，甚至百思不得其解。最后比较一致的看法是，不能小看了那条河啊，看来司息河里的鱼是好东西，这孩子一定是吃鱼吃多了，要不他怎么会那么聪明呢！尤其是六七年之后，村里第二个考入北京的大学生是小油饼，大家便进一步验证了司息河理论。有人说，可我们没见小油饼捞鱼而且吃很多鱼啊？有人便反驳说，那是因为你忘记了大春是怎么被水冲走的，他的媳妇又是怎么来的了。据说，司息河自这之后，一度火热起来，形同一座寺庙，不少地段都有一些香火。

去上大学之前，我和小胖墩专门在司息河浓密的岸林里转了大半天。其时正是夏日，浓密的司息河岸林，树是树花是花草是草，一切都是那么清清亮亮。不远处就是水，虽然听不见响声，却知道它一直在流动，在轻轻流过。你说——小胖墩望着我，你说当年大春被水冲走了，怎么就那么巧冲到了一个女人的怀里呢？他们那边的岸林是否也像我们这边一样浓密，也这般有趣？他们在树林里到底做了什么？这倒是一个很有意思的话题，但这些年我从未这么想过。是啊，浓密的岸林，一个湿漉漉的陌生男人，一个俊俏的绿叶一样鲜嫩的女人，这样的林子的确适合有爱，允许发生点意外和神奇。小胖墩感叹说，都说两小无猜，可这个让人怎么猜！

分手的时候，小胖墩问我，你以后还回来不？我想了想，为了显得有学问，我说，人怎么可能两次踏进同一条河流！小胖墩微笑着点了点头。我认为他根本没明白是什么意思，因为连我自己都觉得这话纯属驴唇不对马嘴。

在我从五六岁到十三四岁专职或兼职跟爷爷一起捞鱼的日子里，村庄始终很安静，将近十年的时间里没有去世过一个人，生活不管好与不好，但大家都活着。一出生就身体不好，爹妈给他取名小红的一个男人，本是被大家最看好会早死的人，同样也是活得旺盛，连生三胎闺女后，又生了一个儿子，虽因超生被罚得一塌糊涂，却经常唱过五关斩六将，唱得有板有眼。

爷爷的葬礼，我因事未能赶回，老扎头死时正好让我赶上了。之前，老扎头曾给我透露过一个秘密，你从没见过你奶奶对吧？因为还没你时你奶奶就走了，是被司息河里的水卷走的。你奶奶那是一等的人，你爷爷沿着司息河上上下下地找，找了多少天也没能找到。后来，他就绑了个网瓢，去司息河里捞，没把你奶奶捞上来，却把你爸给捞上来了，你爸是从司息河上游冲下来的。

听说爷爷走时，老扎头没给爷爷扎柜子橱子之类，而是扎了一条司息河，一边扎一边还说"真难扎"。不过，扎完后大家说，还行，是那么回事。老扎头给自己什么也没扎，走前轻松地说，我先到那面去看看什么情况，也可能很快又回来了。老扎头笑着走了。

老扎头走后，仿佛村里才想起还有死亡这回事，然后接二连三地有人故去。正常故去自然也没什么，基本上都是按着年龄来，关键是有些五大三粗的青壮年，常常不明不白地说倒下就倒下，死亡的条件似乎失去了标准。这到底怎么回事呢？村里人一直也没找到原因，日子就这么继续过下去。

6

多年后，小胖墩出事，从副镇长位子上被撸了下来，跑到我这儿来闲聊。据小胖墩讲，小葱花在我走后不久就失踪了，大家认为肯定又是被司息河里的水冲走了。后来才知道，冲走了不假，但并没冲出多远，而是冲到了对岸。对岸有个人就住在河边上，她就嫁给了那个人。说来也巧，那个人小名也叫小青蛙。那个小青蛙一开始也是一贫如洗，但后来突然沙子开始值钱，他因为近水楼台，办起了一个沙场，把大半个司息河差不多都搬到县城去了。现在在县城里住着别墅。我说，当年我爸一直说对面是山，他还渡过去两个人呢。小胖墩说，你现在还不知道啊？我说，知道什么？那个尼姑跳水前，把怀里的孩子塞给了你爸，你爸一路哭着把孩子抱了回来，后来就成了你妈。真的假的？我爸那时多大啊？可能也就六七岁吧。我在心里对对父母的年龄，似乎也对得上。小胖墩说，这事村里人都知道，可能只是没有一个人给你说。原来是这样！这倒让我一时陷入沉思。其实，在跟爷爷一起捞鱼的日子里，我也想过长大以后怎么办。至于媳妇的事，也想好了，实在不行就用大春那个法，让司息河的水冲下去，冲到外省，冲到远方一个女人的怀抱里，然后再把她领回来。看来，我与司息河真的有不解之缘。

过了一阵，我沉沉地说，司息河还好吧？小胖墩说，这怎么说呢？我说，不是有浓密的岸林吗？小胖墩说，嗨，早就杀光了。我说，河上该有桥了吧？小胖墩说，当然有。要不是因为建桥我怎么可能被撸下来呢？建桥的资金上面给得很厚，桥是建起来了，我撸了也就撸了，关键是司息河断流了，一座桥空荡荡地架在那里，底下没有水，看上去就跟个笑话一样。小胖墩摇着头。

难道司息河也死了？我突然想起爷爷说过的一句话，如果没有经过喊丧，也就是说没有举行过喊丧这个仪式，那就还有活过来的可能。既然人是这样，那河更应该这样。我跟小胖墩说，回去后，看到什么时候司息河活过来了，一定告诉我。

小胖墩睁着大眼睛望着我，你是说司息河还会活过来？

我点点头，说，是！

一只猞猁飞过

　　父亲一连六个晚上都到书记家里去，为一桩事去找书记磨嘴皮。磨了六天没有磨下来，我知道这事可能怪难。

　　书记，我喊他大爷，听父亲说上推六代我们是一家。我常常为书记是我的大爷感到自豪，尽管我每次喊他大爷的时候他根本不正眼看我一下，而总是倒背着手，嘴里哼一声就过去了。

　　第七天晚上我父亲没有再去，早早地上了床，和母亲拉呱一直拉到深夜。深夜中的小村格外寂静，忽然有一阵风从窗口涌进来，灯头一闪，随后就听到一阵奇怪的叫声。那声音听起来让人毛骨悚然。我又一次听到这叫声的时候，父亲已悄然下床，从门后摸起一把镢头，拉开了门。去书记家里六天仍然没有着落的事一直窝在他的心里，所以我能看到他拉门的姿势特别有劲。

　　第二天我才知道，到我们这条小胡同来的，不是书记，书记是轻易叫不来的，来的是一只不请自到的猞猁。猞猁的叫声惊醒了小胡同里的所有人，女人们害怕，小孩子们发出了哭声。但所有的男人们为此是激动不已，他们纷纷走出来搜寻叫声的踪影，而这时他们看到的场面是一只大个的猞猁从我父亲的头顶上飞过后，一直飞进了李二鬼家的菜园子里。一伙男人于是冲进菜园，开始围追堵截。猞猁别无去处，一下钻进了菜园子里的地窖。

男人们立时伸出七八只大手罩在了地窖口。这时天已经开始放亮，园子里那棵高大的榆树上已有片片霞光闪闪烁烁。男人们开始找东西堵洞口，有的已认定这将是一顿丰盛的大餐，李二鬼却站在远处说，肉你们可以吃，但皮我留下了。李二鬼总是这么鬼，他知道皮要比肉还要值钱得多。这些话或许都被那只猞猁听到了，在一片厚厚的篱笆正准备堵上洞口时，几个男人便听到地窖内一阵响动，随之一股旋风扑面而来，随着一声令人惊悚的呼啸，猞猁高扬着两只前爪冲出了几只大手的重围，并在李二鬼的肩和脸上做了又一次弹跳之后，从墙头攀越房顶，踩着腐烂的麦草，匆匆冲出了男人们的视线。

此后的很长时间，猞猁事件成了整个小胡同议论的话题，以至于"猞猁"二字成了我上小学之后首先会写会认的一批字中的两个。此事给予我父亲最大的收获，应该是他又一次以正当理由进入了李二鬼的园子。在父亲的全部心思中，猞猁这个大猫，早已经跑出去了，剩下的只是那个有地窖有榆树有柴垛有青菜的宽宽大大的园子。

李二鬼，我一直不知道他的真名叫什么，反正胡同里的人背地里都这么叫他。他心眼多，大的，小的，歪的，啥心眼都有。那天抓猞猁的时候，除了我父亲丢了镢头之外，还有人丢了锄头。其实也怨他们没有仔细找，因为两件农具就在园子的柴火垛里，是李二鬼趁人不注意的时候藏起来的。李二鬼个子并不高，却很壮实，在我眼里他的胸脯就是一堵墙，走路就是一堵墙平着向前推，挺胸抬头，一副傲慢的样子。说实话我很讨厌他那副傲慢的样子。不过，你得承认，他傲慢有傲慢的资本和理由。他的实力就是仗着家族大，手下又有八个儿子，这几乎就是一支整建制的快速反应部队，指到哪儿就能打到哪儿。用李二鬼的话说他随便喊一嗓子全村都得大震动，不亚于一次小级别的地震。这话他说得其实没错。在胡同里，他是第二家，我们是第三家，他家在我们屋后，但园子在我们房前。我家就这么被他家的家和园前后夹击着，挤成了扁状，这让我们家的大门不得不面西而开，不能迎日出，只能送夕阳。童年时的我常常会看到一轮红红的夕阳挂在门框上。我家的院子被挤压得很小很小，小得好像只能盛得下院子里的那棵枣树。

父亲去书记家谈的就是这事，父亲的希望，当然也是我们全家人的希望，是村里能给李二鬼另划一个园子，把现在这个园子划给我家。给李二鬼另划园子，村里不同意，但把现在的园子划给我们，村里当然同意，因为菜园子这片地当初就是划给我们的，但因为我们建房子时建得晚，李二鬼就在这片闲地上临时种起了菜，并在周边围起了篱笆，这样一下就把这片地给圈住了。村里的几个头头虽然很少走进这条小胡同，但对这件事都不陌生，对我家那个被挤扁的院子也表示非常同情，只是没有一个人愿意出面去说服全村霸道出名的李二鬼，说到底头头们都怵他。我父亲倒不怵他，只是话说不到一半，就被李二鬼给呛回来了。他说，大寨，你还知道自己姓什么不？

李二鬼菜园子里的蔬菜长得那叫一个旺盛，这足以说明那片土地的土质该有多么的好！如果长得不旺盛倒还好点，长得这么好、这么鲜、这么嫩、这么绿，这对我们是巨大的折磨。于是，我家院子里的那棵枣树也像赌了气一样地疯长。我常常坐在院子里看这棵枣树，因着年深月久，它已树身高挺，枝杈丛生，夏天叶绿如冠，遮阳蔽日。但我盼望的还是秋天。当秋风阵阵吹来的时候，满树的枣便由青青变成红红，一枝一枝，嘟嘟噜噜，随风而颤，泛着诱人的光。到了收获时节，父亲需要踩着条凳，用一根长长的竹竿，一枝一枝地敲打。不大的院子顿时像下起豆大的雨点，吧嗒吧嗒。我和大姐一人提着一只篮子，在地上跑过来跑过去地忙着捡拾。母亲则拿条布袋，撑住口，我们轮流往里倒。这是我们全家最激动最兴奋也是配合最默契的时候。

以父亲一米八高的个子，再踩上条凳，不用说李二鬼的园子便尽览无余。父亲看一眼园子，便朝着枣树用劲打一竿子。他已经不是在打枣，而是在揍那个园子。我知道，收枣的喜悦，根本无法抵挡得过父亲对那片园子的渴望。

父亲和母亲开始商量别的办法。

那时李二鬼的老婆满身是病，身体虚弱，经常外出治疗。从我记事起，她就已经说不出话来了。每次治疗回来，我父亲都是让母亲或大姐过去看望，我也便常常跟了过去。我不知她得的是一种什么病，只知道她总是昏睡失禁。不冷的天气，她躺在土炕上，下身裸露，两腿之间放着一只大碗。那是我第一次看到女人的下身，一堆充满褶皱的肉，一丛脏兮兮的毛发，它们与爱、与美根本毫不沾边。这是一个老女人，也是一个病女人，这时的我还是个孩子，怯怯地拽着母亲的衣角，还不懂得人生的生老病死，但她对我少年的心是一次沉重的打击，以至影响到了我成年后的生活。因为我对女人产生了本能的排斥，那些曾经的画面总是在眼前浮现，不堪回首。

但李二鬼并不缺力气，也不缺激情，他能一气生出八个儿子，就说明了这个问题。只是不等播种机损坏，地却不撑了。是啊，什么样的地能撑这样去耕去犁啊！我因此断定女人的身体就是这样被毁的。这让我想到了胡同里跟我要好的小荣。她是我们胡同里唯一的一户外姓人家，她不但跟我们姓的不一样，家庭结构跟我们的也不一样，她的父亲给她娶了一个后妈，家庭战争始终没有断过。小荣比我至少大七八岁，但这并不影响我们在一起要好地玩耍。有一次她惹恼了我，我说，好吧你，你可要知道女人是要生孩子的！

小荣愣了一下，疑惑地望着我，显然她被我没头没脑的话给弄糊涂了。什么叫女人是要生孩子的！这算骂人吗？或许对一个女人来说不生孩子、生不出孩子才是骂人呢！其实，我的意思是，你别逞能，你将来是要生孩子的，既然生孩子，那么生多了就要得病，得病就要死，就像李二鬼的老婆一样，躺在炕上起不来，直至死去。小荣说，我生不生孩子关你屁事！好长一段时间我不想见小荣，就因为她是女的，女的就要没完没了地为男人生孩子，虽然那是将来的事，但我现在就开始厌恶。

为了园子，母亲多次买东西去看望李二鬼的老婆，有时父亲甚至让大姐到县城的医院里去陪床。胡同里的人背地里会多次议论到这个园子，都认为李二鬼太鬼气，做人不厚道，大家都是邻里，远亲还不如近邻呢，谁家还没个头疼脑热缺葱少盐的时候？不能什么事都指望亲戚，其实邻里才是最好的帮手。就说那园子，上好的菜已经收过好几季了，已经赚了，人家建房就该把菜园还回去。而李二鬼倒好，直接加了层篱笆，指定这菜园就是他家的，扬言谁也别想打它的主意。我父亲说，这是村里划给我们的。李二鬼说，谁划的，你让他出来说句话。结果一个出来说话的也没有。其实开始的时候，有人出来过，可不等说，李二鬼就喊他那八个儿子，你们也出来给我听着，结果一站就是一排，差不多能塞满半个小胡同，谁还敢说！说了又有什么用！我父亲瞅着那一园子长势旺盛的蔬菜，心里一定很不是滋味。李二鬼说，大寨，你叫叫看，它们答应不？我亲眼见过李二鬼说这话时的表情，那表情让我一辈子都很难忘记。

这明显是欺负人。胡同里的人也说，有本事你欺负胡同外的人！但也只是私下说说，并没人说到明面上。其实舆论支持我家，既是出于对我家的同情，更是表达对李二鬼家的不满。因为我们小胡同一共住了七户人家，以园子为界，东面三家，西面四家，紧临着园子的是一条唯一通往胡同外的路。这条路本来还宽些，是李二鬼第二次扎篱笆时愣是又往外扩了，所以路已经很窄很窄，小胡同也几乎成了一条死胡同。父亲曾跟邻居们说过，只要园子给我家，就把园子西面的墙往里缩回两米来。这个设想激动着胡同里的人，他们盼望着有那么一天，能有一条宽宽的路进进出出。

李二鬼老婆的病情，让李二鬼脸上的凝重不断加剧。在县城医院里也治不了，便只能在家里熬着。熬着就只剩下了一个等待。听说李二鬼咨询过一个老中医，老中医说，平时多熬些枣汤喝会好些。母亲知道后，把一季的收成一个也没留，全搬去了李二鬼家。这一季的收成若拿到集上，能换不少钱。母亲说服大家，咱也不单是为园子，人命总比园子更要紧。往年卖完后，母亲都是留下一瓢，用篮子挂在北墙上，过年蒸大馒头时，满满地插在上面，摆在灶君位上，祭祀供奉。在我的印象里，它就像一簇花，红艳艳的，给人一种吉祥和幸福感。

李二鬼老婆的病让两家的关系有了不小的改善。父母的努力加上胡同里的舆论，一度曾使李二鬼有了把园子让给我们的想法。那段时间，我们家每个人心里都揣着喜悦，晚饭后围坐在一起，愉快地拉呱。父亲一直在盼望着这一天能早一点到来，甚至早已计划着园子划过来后怎么进行收拾和扩建。但不巧的是，随后发生的一件事，让本已大好的局面又出现了阴影。

那是一个雨天，母亲向父亲建议杀个鸡，父亲就同意了。父亲一刀下去，鸡就躺在了雨水里。我和大姐便忙乎起来。鸡毛刚脱了一半，李二鬼家的乡伟过来了，说雨天有一只鸡跑出来找不到了，问跑到我家里没有。当时我母亲的脸色就有些难看。乡伟回去后，我们听到盛伟实伟渠伟等都在那里说话。房前屋后，并不隔音，什么话都听得明白。乡伟显然把我家杀鸡的事说了。就听李二鬼说，那还找什么!

我父亲一米八高的个头,一身牛劲,像院子里那棵枣树一样挺拔和孔武有力,但骨子里带来的似乎全是憨厚和老实,没有半点血性。母亲呢,更是一生谨慎,与人为善,生怕生出过节。母亲决定帮他们找鸡,只有把他们的鸡找到才能证明我们杀的不是他家的鸡。唯一的一件蓑衣让父亲披走了,大姐便只穿了雨靴。结果都没有找到。我母亲决定,去给李二鬼说清楚。我母亲过去了,结果李二鬼说,回去给大寨说,就是把我的鸡杀光了,我也不会把园子给他。

我到小荣家悄悄地把小荣叫了出来,我知道她会愿意帮这个忙。她后妈管得严,经常打她,不给她吃好吃饱,只支使她干这干那。我曾经给过她那么多好吃的东西,她理应帮我这个忙。我和她一起找,直到第二天的下午,天已经晴了,我和小荣终于把李二鬼家的鸡给找到了,那是一只红冠子鸡,巧合的是我们杀的也是一只红冠子鸡。要说,家家养的鸡其实都差不多。我和大姐便把那个脱了一半毛的鸡又开始脱起来。那只鸡可能是我一生中吃过的最没味道的一只。我们为李二鬼找到了鸡,但李二鬼每次见了父亲表现出来的神情仍像是我们吃了他的鸡一样。杀我的鸡吃还能给你园子吗?自然是不能。我甚至怀疑他是听到我们杀鸡才把那只鸡故意放出去的。不过我又想,李二鬼坏也不至于坏到那个程度吧?

不久的一天夜里,李二鬼的老婆过世了。盛伟实伟渠伟乡伟等八个伟排成一排,一个个都哭得死去活来。毕竟同宗同族,除了园子,别无过节,又做了这么多年的邻居,母亲真诚地掉了很多眼泪,并且感慨着李二鬼老婆一生的不易。大姐也跟着母亲,忙不停地帮着赶做寿衣。

李二鬼的老婆去世之后,八个伟一个个树杆子一样长起来了。那时老大盛伟已经十八岁了,愁人的事一下堆到了跟前。母亲就和父亲商量，想给盛伟说个人口。我姨家的表姐每年都来我家几次，人长得很好看，就想说给盛伟。盛伟对我表姐自然很是同意。李二鬼见了父亲脸上也就多了些和气。我猜想在父母的潜意识里做这个媒一定也与那个园子有关。春秋时节园子里那些鲜嫩的蔬菜诱惑着我们，也折磨着我们。我常常在夜晚悄悄爬进园子里去，偷吃黄瓜。不幸的是有一次被李二鬼堵在了里面。我蹲在黄瓜架下一动也不敢动地紧盯着他。好在他没有发现我，只在园子里转了几个圈，转到黄瓜架边的时候，停下来，解开裤子，拿出一个黑乎乎的东西，对着黄瓜架滋起来。我第一次见李二鬼撒尿像个小孩子似的把那个东西摇来晃去。我盼着他尽快尿完，可没想到已经尿完了的他还在那里晃。他拿那个东西不停地在黄瓜叶上擦来擦去，弄得质地柔软的黄瓜叶在夜色里不停地摇动，生出些别样气味。我不知他为什么要这样一直地动作着，身体摇摆，头抬起又低下，低下又抬起，既像撒尿，又不像撒尿，嘴里还哼出了声。过了好一会儿，他才把那东西收起来，提上裤子，走出了园子。

那之后，我就见李二鬼隔一段时间就上一次园子，时间自然都是在晚上，而且每次都在里面待很长一段时间。我想他肯定又是在和黄瓜叶做游戏，李二鬼的行为让我很是不解。所以，当我又一次溜进去的时候，我也学着李二鬼的样子，对着黄瓜架撒尿，撒完后也拿那东西在黄瓜叶上磨蹭，但黄瓜叶毛毛糙糙的，一点也不好玩。

摸上了李二鬼的习惯，我就在他两次上园子之间的空当大胆地进去。好几次我叫上了小荣，但小荣不肯进，说是站在外面放风。当我把几根小小的黄瓜递到她手里的时候，她的眼睛亮亮的，样子十分好看。我和小荣躲在街角，偷偷分享李二鬼园子里新鲜的黄瓜。黄瓜清新的气味弥漫在夜色中，跟小荣身上的味道一样好闻。每次小荣都说，你可不能再偷了。我知道这是偷，但我跟小荣说，这怎么是偷？我是换的！你拿什么换的？我说枣。我们家的枣树有好几个大枝子已经伸到园子里去了，那棵枣树对园子的渴望好像比我父亲还强烈。但每次收枣，竹竿一敲，有一部分就落到了园子里。李二鬼却不允许我们进去捡拾，倒说枣树遮了他家园子的荫。于是小荣雪白的牙，清脆地咬下一口黄瓜，说，也是。

往往到最后一根黄瓜时，小荣就不舍得吃，但又不敢拿回家去，让我给她藏起来，第二天再悄悄给她。有一回我说，你就吃了吧，反正园子里有的是。但她仍舍不得吃。我说挺麻烦的，不吃你就自己藏着。她说，我藏哪里？我说，就藏这里。说着就把她的上衣掀了起来。她上衣就穿了一件，我一掀就看到了她那白白的皮肤，还隐隐看到了两个小拳头大的奶子。她一下子丢了，绯红了脸，一把把我推了出去。不过很快她又说你这个小坏蛋，刮了我一下鼻子，接着就抱住了我的头。我的头刚刚能够到她的胸，我听到她的胸口怦怦地跳，我心里很想让她多搂一会儿，但她很快就将我推开了，说，嗅什么？我说，什么味呀，这么好闻？小荣说，黄瓜味呗。小荣肯定在说谎，黄瓜是什么味我还能闻不出来！小荣说，臭男人。

这天夜里我睡得很香，好像是在做梦，好像是和小荣在一起。第一次贴得小荣这么近，觉得女人的身体是那么柔软和富有弹性，尤其对她胸口那两个小肉坨莫名其妙地向往和迷恋，我甚至有抓一把的冲动和想法，并且想自己身上为什么不长出这么两个好东西呢。它让我想起过年母亲蒸的馒头，上面插着一颗我熟悉的大枣。这是我小时最爱吃的一种食物。这么想着，我突然又觉得女人的身体长得挺有意思的，我好像又不那么讨厌小荣了。在我对女人的成见里，似乎已经不包括小荣了。

一个奇怪的叫声惊扰了我的好梦，那叫声听起来有些熟悉，我一下想起了那只误入小胡同的猞猁。对了，那叫声就和猞猁的叫声差不多，一下就划破了夜空。但那叫声只奇怪地叫了那么一下，接着就再没了动静。第二天我听到人们都在议论那个叫声，好像好多人都听到了，议论来议论去，最后得出一个结论：狷狸又一次光顾了我们的小胡同。这猜测应该说有一定的道理，声音像，而且绝对是从园子里发出的。有人问李二鬼是不是狷狸，李二鬼说可能是吧。胡同里的人就想进园子里察看，察看一下狷狸是不是又钻进过地窖。但李二鬼不同意，说我看你们谁也没那个口福。是啊，上次来了，却没能逮着，谁有那个口福呢！小荣的爹黑公说，不仅没有口福，上次我还丢了把锄头呢。说得好多人笑了起来。

看来那只狷狸已经熟悉了我们这个小胡同的路，说不定它也像我们全家一样，喜欢上了李二鬼家的菜园子。既然喜欢上了那它是不是就会经常来呢？吓得我轻易也不敢再进园子。狷狸第一次来时，曾在李二鬼的肩头上做过腾挪，把李二鬼的脸给抓出了一道血印子。我可不想让它在我脸上抓个疤。因此，夜里回来晚了，我就很害怕，都是疯也似的从园子边跑过，并砰的一声关紧大门。

姨家的表姐仍然每年都到我家来，但不知为什么她和盛伟的事最终没能成。当时我曾拉着表姐的手在大门外闲逛，我跟她说，你看他家有这么大一个园子呢。表姐却说，这有什么好？我说，怎么不好？我们这个胡同里可就只有他家有，又宽又大的，而且还有狷狸经常地跑进来呢。狷狸？是啊，是狷狸，尖耳朵，短尾巴，一身黄毛，你没见过噢，可凶啦。表姐问我，你见过了？我说我也没见过。没见过还在那里瞎吹！我说，谁瞎吹啦？他们都这样说，不信你等着，说不定今晚上还来。

表姐不知是因为狷狸的事还是因为别的，反正晚上住了下来。晚饭后，一家人围着表姐拉呱，鸡毛蒜皮，家长里短。我几次给她使眼色，她都微笑着，好像没有感觉。我假装咳嗽了几声，她却并不看我。直到过了好长时间，她才站起身，走出去。我也趁机跟了出去。

我拉着表姐的手，轻轻地走出院门。我对表姐说，要是猞猁来了你可别害怕。我盼望猞猁今晚能来，好让表姐看看，我并没说假话。我因此在表姐面前表现得非常胆大，其实我心里非常害怕，心想万一猞猁真的来了该怎么办呢？

我和表姐在园门外面停住，屏息静气。我看到农村人掌握时间的三颗星已升上了中天，拂云掠过，月亮忽明忽暗。园子里黑黢黢的，风一吹，黄瓜架沙沙作响。表姐把我的手抓得很紧，显然她也有点害怕。我说猞猁今晚可能不来了。表姐转过头来，示意我不要说话。我于是也像表姐那样把耳朵贴到墙上，这时我听到园子里有窸窸窣窣的声响，像是猞猁在轻轻地走动。想不到猞猁真的来了，我真想回去叫父亲带着家伙出来，那样有可能把猞猁给逮着，不仅能吃上一顿肉，而且还能卖张皮。可表姐不让我动，牵着我的手拐到了另一个墙角。她轻声说，老实点，待会儿猞猁就出来了。我一听吓得不行，表姐却出奇地镇静，原来女人也这么大胆啊！我把身体使劲地贴在墙上。表姐说，来了。我吓得大气不敢出，想象着猞猁狼一样的爪子，毛骨悚然的叫声，心里害怕极了。心口怦怦跳着，过了一会儿，我却只听到了一声咳嗽。那咳嗽声我很熟悉，一听就知道是李二鬼的。随后我听到园门吱呀的一声响，李二鬼踢踏踢踏的脚步声一直响到他家的门口，进去了。原来不是猞猁，是李二鬼，我松了一口气，同时也感到很失望，就想走。表姐仍不让我走，说，别急，还有一只猞猁。这怎么可能！我知道表姐一定是在骗我，李二鬼已经从园子里出来了，园子里肯定没有猞猁。但我还是愿意听她的指挥，这一次我不害怕了，我把头伸出墙角，盯着园门口。让我想不到的是，小荣竟然从里面走了出来，她在园门口左瞧右看之后，轻手轻脚地走回了自己的家。表姐问，这是谁？我知道这是小荣，但我看了表姐一眼，却不想告诉她。

第二天表姐就走了，她没有看到猞猁。临走时母亲说，那事你再考虑考虑，表姐只跟母亲笑了笑，什么也没说，和盛伟的事就这么散了。

盛伟的媳妇一直没有着落，但胡同另一头的小荣却有了婆家。小荣其实年龄还不大，但因为跟后妈搞不好关系，自己想早一点离开，黑公也想早点把她嫁出去，让她自己熬日子去，于是孬孬好好地就给她找了一户人家。

李二鬼的园子我是再也不想进了，小荣我也再不想理了。她要嫁人的消息传开了，我只要一想，心里竟有些发酸。好好的一个女孩，出了嫁，就要给男人生孩子，就要得病，就要死。这些我都告诉过她了，可她不听，还是要出嫁。我不想再见她。

但有一天，小荣忽然来找我，说，我想给你做一双鞋子，让我量量你的脚多大。因为那天晚上的事窝在我心里一直还没有完，所以我没头没脑地说，你去你的菜园吧！小荣定定地望着我，我说，你去偷李二鬼家的黄瓜为什么不叫上我？小荣并没有回答，阴郁着脸岔开了我的话，说，把脚伸出来。她俯下身，我又看到了她鼓鼓的胸，似乎比先前明显大出了一些。我想用脚去踢它。好在，脚正被她抓着，没能踢成。量完后，她站起身，眼睛红红的，要哭的样子。我一时又有些心软，便随手拾起地上的一朵黄瓜花，插到她头上。她抚摸了一下，脸上有了些尴尬的笑意，说，你看我像不像新娘子？我说，什么新娘子，你就是只猞猁。说着我就跑开了。我听着小荣在我身后真的哭了，哭出了声。

李二鬼的园子里，依然长满着既旺盛又新鲜的蔬菜。但李二鬼不声不响地刨去了两垄，园子西面的篱笆也推倒了。黑公见了，说，你这是干什么？多可惜呀！没想到李二鬼说，这路也太窄了，我往里缩缩。李二鬼把园子往里缩了一米多，并从司息河的河滩里推来了十几车鲜亮的沙子，把通往胡同外的那条路整个地铺了一遍。

拓宽了巷子，铺好了路，小荣也正好要出嫁了。出嫁的那天，电闪雷鸣，大雨如注，全村的街巷一片泥泞，唯独我们小胡同的路经雨一淋，一粒粒新鲜的沙子像金子一般地闪闪发光。喜庆的迎亲队伍熙熙攘攘，一队一队地走过去。小荣坐在小推车上，顶着头红，我曾看到她不经意地掀开过顶头红的一角，里面的小荣泪流满面。我穿着小荣给我做的新鞋，一路跟出胡同，直至小荣走远。剩下我一个人的时候，我却在想，如果小荣不是急着出嫁，我们一起踩踩那些沙子，该有多好！

小荣出嫁后，就再也没有回过我们的小胡同。那已经缩了的园子一直到村庄改造也还是李二鬼家的。那只飞过菜园子的猞猁也再未回来过。小荣走了，我仿佛独自在小胡同里长大。表姐连着生了几个孩子，已不再像年轻时那么漂亮，我曾跟她提起过猞猁的事，但她似乎早已忘记了那个我们曾一起试图捕捉猞猁的夜晚。我当时一直不明白，为什么把园子看得比命还重要的李二鬼，会自动把园子缩了。难道他仅仅是为了小荣出嫁？可小荣出嫁，跟他又有什么关系！

我的朋友金尚在

臂长，头小，面庞清瘦，略带忧郁。最早认识金尚在的时候，他在县地震局工作。我说，这单位好。他却讪讪地摇摇头，唉，怎么说呢，已经不知多少年没有地震了。这话听起来好像他在盼望一场大地震的到来一样，我说，你们这样的单位跟别的单位不一样，什么事也不发生，貌似你们什么活也没干，才是你们最大的政绩。金尚在说，问题是我们一直在提醒全县人民要预防地震。我问，那到底是有还是没有呢？他回答说，这个，没有人会给出确切答案。

显然，我的朋友金尚在纠结着自己的单位、自己的工作。这倒也恰恰证明他是一个认真的人、负责的人，并没有把单位和工作单单作为生存的依附，而是努力在发现其中的价值，寻找到方向。我安慰他，慢慢来，尽量让头脑少发烧，阳光些，如果时间有闲，不妨多看看书。他说，你说得是，我也是这么想的，这不，正看着呢。并顺手摸过一本，《周易》。

从事地震预防工作，看看《周易》倒确实没有什么坏处。

有一天，收到他的信，信中他说，我还是写点东西吧。我问他，你想写点什么呢？他说，我是省报、市报、县报三级报社发过聘书的通讯报道员。我说那好啊，你完全可以写写与地震有关的一些事。随后，他便寄来一些报纸，上面有他写的有关地震预防预测的一些基本常识，文章大都不长，一小篇一小篇的，简明扼要，归类的话，可以归到科普一类。我说，挺好的，完全结合和宣传了你们的工作，只要你有兴趣，就继续写。但过了一阵，在他寄到的报纸上，看到的却不是一小篇一小篇的科普文章，而是几首短诗。我说，你怎么又改写诗了？他说，是的呢，我突然觉得写诗挺有意思。我说，你只要觉得有意思就继续写。但不久之后在他又寄过来报纸上，我看到的却不是诗，而是大大的一个整版，内容虽然仍与地震有关，但体裁我以为已经可以归属为带点科普性质的散文。说实话，文章写得不错，有自己的思考，明显是往深处走了。我很高兴，回复他说，很好，一定要继续写。随后等他再寄过来作品时，我发现他又变了，这回不是诗，不是散文，而是像模像样的一篇小说，题目叫《地下十八层》，内容仍然与地震工作有着似有若无的联系。看来他这是又要转移阵地掉转枪口了。不过，他是研究地质的，又在地震局工作，所以这题材应该也算在他的控制范围之内，写得也很着道。我鼓励他说，我学习了，不错的，好好写。但其后好长时间却再没他的音信。直到突然的有一天，他打过电话来，说他已经从单位辞职了，我一惊，说，好好的，干吗突然要辞职呢？从事文学创作不一定必须是专职，专职只是在无聊的时间上有优势，在正面接触生活上没有优势，还是正确处理好工作和爱好的关系才好。对我的劝说他未置可否。其后不久，他又打来一个电话，说他已经离婚了。这让我更加惊讶，我有些慌乱地在电话里跟他说，从事文学创作确实需要有不食人间烟火的劲头，甚至可以说，心有多静品质就会有多高，心灵有多自由艺术就会有多挥洒，但并不是说作家要不食人间烟火，恰恰相反，真正的好作家应当主动投身于你所热爱或你所讨厌的生活中，并真刀实枪地摸爬滚打，像老油条一样被反复炸一炸才行，正常的日子终归还是要过的，创作并不是生活的唯一，更不应该是生活的全部。

我记得，当时我在电话里说了一大堆。可是说这话的时候，他工作已经辞了，婚已经离了，我说多和说少又管什么用呢！只能期望于对他的以后能有用了。我的心里不免有些悲凄。

又过了一段时间，等他再打过电话来时，我的心怦怦直跳，很是紧张，不知道在他身上又发生了什么，他又要怎么说。果然，一开口他便说，我，想自杀。这一惊更是非同小可，我说，人有时候会无端地生出幻灭感，甚至会感觉身心崩溃，这很正常。人过了四十，还一点崩溃感也没有，说明你并不成熟。但你这么年轻，离四十岁也还远着呢，怎么会生出这种想法……我一直慌张，一直在说，说了半天才发现他那边早已把电话扣了。

我长吁了一口气。

我必须得专程去趟五山县了！

五山县因境内有五座大山而得名，风景秀丽，交通并不闭塞。虽是山区县，但县城并没有山，建设在一片平坦的开阔地上。最早，五山县城只有东西向和南北向两条大街，形成一个十字花，被戏称为"十字绣"。后来，有了四条大街，形成了"井"字形，一段时间大家便常常以"井县"代指。慢慢地，"井"成了"田"，"田"又成了"曲"，"曲"又成了……总之，五山县已经渐渐露出了些许繁华的端倪。过去两条街时，街上的行人稀稀拉拉，现在多条大街了，行人却络绎不绝。这就跟后来大家都知道的一样，路越修越多，越修越宽，却是车流越大，堵得越狠。

回想那次到五山县城，还是1994年的事。那年，我给社里报了个选题——《吾山为县》，想以县域内的五座大山为切入点，认真为五山县做本书。因为当时，旅游作为一个产业已经开始萌动，并

且崭露头角，真正如火如荼也不过是 1996 年以后才开始的事。各
地对旅游这一块都开始有动作，五山县也着手酝酿和筹备成立旅游
业发展局。因此，我上报的这个选题还是很有些前瞻性的，县里需
要，市场行情也应该不会差。就策划的书名看，简洁明了，也富有
现代意味。再配上副题——你所不知道的五山县之美——一切便
齐全了！

　　去到五山县后，旅游局筹备工作组的同志便陪着我一座山一座
山地转，一道岭一道岭地跑。转到第二座山的时候，正好碰上地震
局地震地质勘探队的一行人马。其中有个年轻人，臂长，头小，面
庞清瘦，带些忧郁，在他们那群人中，显得有些扎眼。碰面时，我
跟他打招呼，他问我，你们也是专门来看山的？我说，是。然后他
面带忧郁地看着远处，没头没脑地说，你是不是认为大山就是最沉
稳的？还没等我回话，他便继续说，其实最不稳定的就是山，我如
果说这些山是专为引发地震而生长的，你信吗？不能不承认他的思
维有点特点，甚至说有点问题。我当然不会同意他"这些山是专为
引发地震而生长"的说法。但我并不想反驳他，只是笑了笑，说，
你很敬业。

　　离开五山县的头天晚上，我没想到金尚在会专门过来找我。因
为我们仅仅只有一面之识，彼此并没有太多的了解。但他说，我们
是朋友。他能迅速把我当成朋友的原因，竟是我表扬过他。我表扬
过你吗？我好像不记得了。他说，是的，在山上时，你说过，"你
很敬业"。他说，你知道吗？在单位我可是从未受到过这种表扬的。
如果你能说，你很专业，那就更好了。

　　那晚，我们还就大山是为什么而生长的这个话题进行了探讨。
因为我看到的山，是外在的，美的，静的，往深里说，可能还含有
一点哲学意味，而他眼里的大山，却是内在的，有"山性"的，动
的，充斥着宿命的意味。他是学地质的，讲地质构造是他的强项，

这回我也算见识了，我说，你的确很专业！

他说，听你说这次来是要为五山县做本书，其实书名叫《看山不是山》就挺好，然后加个副题：关于行将消失的五座山的故事。不一定非要让人看山，也可以让山看人。也许人才是永恒的，山才是可能随时消失的。

我不能不说他这会儿的特异思维又来了，要说他出的主意也不错，但显然那已经是另外一本书，而不再是与旅游相关的这本书。总之，主题已经跑偏。我说，将来你不妨按你的思路去写出来，那可能也是一本不错的书。

这次到五山县，事先我并未跟他联系，因为我想一个想自杀的人，估计不会跑远。没想到到了后却怎么也联系不上他，我只好把电话打给了县文联主席付荣风。上次来五山县时，付荣风陪过我，但那时他还不是县文联主席，而只是旅游局筹备成立领导小组中的一名成员。

一见面，付荣风说，嗨，你怎么突然出现了？

我说，金尚在！

他翻了翻眼，沉吟了一下。

我说，他跟我说，他想自杀！

付荣风轻描淡写地说，呃，你也知道了？

你们……后面的话我没说出来，我的意思是他们的态度怎么能这么无所谓呢？这么大的事，仿佛风一吹就过去了。

付荣风显然明白我的意思，说，放心，死不了。

怎么就死不了？

付荣风解释说，因为你不知道，他那自杀可是有条件的。

什么条件？

他要求必须得从五山县最高的建筑物上跳下去。

我说，五山县最高的建筑物？那这很好确定啊！

付荣风说，一开始我们也是高度紧张，在县城的最高处进行了布防。有一天，他真的去了，但很快又下来了。你猜怎么着，原来他发现附近正在起一座新的建筑，看那气魄似乎更加宏大，他于是去那边工地问人家，你们这座建筑要建多高？跟那座建筑比怎么样？人家说，肯定比那座要高。为了落实不会再有比在建的这座建筑更高的建筑，他特意跑到县规划局去找答案，没想到规划局给出的答案是一定有。我为规划局能有这样聪明的回答而感到欣慰，为此专门请过他们。不过规划局的同志说，这算什么聪明，我们只是陈述了个事实而已。想想也是，因为五山县是一座发展中的城市，历史欠账很多，形势一起来，需要建设大批的楼群，而且一座要比一座高。再说这金尚在呢，他为了确定自杀地点，不惜一趟趟跑规划局、建设局、工程局、建筑公司，以便了解五山县未来最高的建筑到底是哪一座，什么时候开建，什么时候建成，建成后的高度大致是多少。如此一来，他倒把五山县的规划和建筑这块，扒拉得比分管城建的副县长都要清楚得多。

我说，问题是他为什么要自杀。

这说来话长。

我说，这几年他又是辞职又是离婚现在又发展到了要自杀，这到底是怎么一回事啊？

付荣风说，其实自打他离开县委机关，他的命运就已经决定了。

怎么，他在县委机关还待过？你也知道我和他是怎么认识的，我怎么从未听他说起过还曾有这么一段？我以为他一入职就是在地震局呢！

待过，付荣风说，在那儿他就是一个小兵，一名普通得不能再普通的工作人员，但他不满个别领导的行为和做派，公开指责有关领导说，你们和封建社会的封官许愿卖官鬻爵有什么区别？！实事求是说，金尚在所指责的问题在县里个别领导身上是存在的，但他把话说得这么重，搁谁身上谁也担当不起。有时他又公开指责有关领导假公济私权力腐败。这事就更大了，放谁身上都是从政的污点，闹不好还得进去。这种事有没有，确实不能说没有，但你得拿出足够有说服力的证据，仅凭一些鸡毛蒜皮的事还很难上升到这个高度。后来组织上跟他谈话，说地震局这个单位和这项工作都很重要，事关全县的长治久安和人民群众生命财产的安全，这是一个更重要的岗位，他如果能去的话会得到更多的锻炼，并且说他是学地质的，那里更需要他，也更能发挥他的业务专长。话说到这个份上，他也只能去了。只是去之前他备足了功课，一去便跟局长探讨地震问题，言语间虽然尽显专业水准，但客观上基本否定了地震局此前的工作，这让局长很有些抓狂。所以从他去的那一天开始，地震局的同志就把他当作了另类看待。地震局本来就不像重要的业务局那么忙，他再被边缘和孤立，就更没有多少事可干，他于是喜欢上了写稿。等稿件见报，他自己自然觉得很有成就，一一分发样报，想在同事面前证明自己，但他的同事都跟商量好了似的，一律把嘴一撇，说就这么点小豆腐块，谁不会！并且说，什么地震知识，到处都有，还不是这里摘点那里抄点，这是你的原创吗？冲着同事们的这种态度，他便点灯熬油在原创上下功夫，写了几首短诗。比如一首叫《相遇》的，就两行，一行是"她来了"，一行是"他走了"。再比如有一首叫《认识》，也是两行，一行是"天空像棉花一样硬"，一行是"大地像石头一样软"。我插话说，呵，你都能背了！付荣风笑笑说，不是我能背，差不多全县人民都能背，他的诗早都成酒场上的段子了。付荣风接着说，当他很得意地把这些诗拿给同事们的时候，同事们说，呃，就两行啊，这都什么呀这是！然后当着他的面，就把报纸给扔了。那怎么办呢？他只好又改变路数，写了篇大文章，有家报纸的副刊给他发了一整版。他想这下总该行了，于是便买来一些报纸分发给同事们。不料他的同事们说了，你可真舍得！听同事这么说，他一头雾水，问，怎么了？同事很肯定地说，这明显是花多少钱买来的版面嘛！不然，会给你这么个发法！这一次的打击对他应当是巨大的，他一气之下，决定不再写了。同事们见他不再写了，便更有了口实，说，你看吧，说他没才他还不服，怎么样，这回可是江郎才尽写不出来了吧！没办法，要想证明自己，他只有拿起笔，继续写。这回他换路子，改写起了小说，并且很快写出了一个叫《地下十八层》的短篇，发在了一家刊物的显要位置。他再次挨个送样刊，意思是你们自己看，到底我有没有才，到底能不能写，看你们还有什么可说的！可他的同事们说，地下十八层总共写了还不到十八页，这也没什么呀，这算什么本事？要真有本事你写个长的呀，写个畅销的呀。好吧，从此他窝在了家里，不再出门。这中间有个同事有事去过他家一趟，出来后便到处说，没想到这个人野心会这么大！别人问，怎么了？这同事说，你说说这个金尚在，正经作品还没写出过几篇呢，就想得茅奖。这一下惹恼了全县城的文人，一时间成了全城文人们共同取笑的对象。

我说，我怎么从没听他说起过要得茅奖的事？再说，就是想得也没什么不对呀，难道对一个写作者来说，想想也有错吗？

说得是呢！问题是金尚在的思维跟常人不一样，他最大的问题是太在乎别人说什么了，不管什么事都太过于较真，他的一切在意和较真恰恰给了别人对他的恣意发挥的鼓舞，这等于是把别人随手玩耍的一段小绳，主动拴到了自己的鼻子上，别人往哪里牵他便顺着往哪里走，一个坑一个坑地跳起来没完。就为这事，他专门去跟那个散布他谣言的同事对质，我什么时候说过自己要得茅奖了？同事说，是没听你说过，可事情明摆着，这还用说吗？他问，怎么就明摆着了？同事说，如果不是，那你为什么要在家里养只猫呢？这理由也算绝了，很明显，同事们是在故意气他。金尚在自然很愤怒，说，那是只野猫好不好，是因为没人喂，看它可怜，我才把它收到家里来的。要按你这么说，我天天都需要走路，那我就是想得"挪步儿奖"了？这话一出，不过几天工夫，全县城的文人便都知道了，金尚在要得的哪里是茅奖，以他的心劲茅奖算什么，他怎么会看得上眼，他要得的是诺贝尔奖。这次还好，他没再去对质。但他的选项十分简单和过激，直接从单位辞了职。意思是，我不跟你们这些人玩了！

我说，他这些同事也太操蛋了，怎么能这样！

付荣风说，人家明显就是拿他玩，他却太较真。殊不知，较真一次，就是往深里再陷一次！可这个道理，他仿佛就是不懂。

我说，那好，就算他为这事辞职了，可也没有必要离婚呀！

付荣风没有马上回答我，看看表，说，也该到吃饭时间了。然后问我，叫上戴亦放行不？

戴亦放是谁啊？

付荣风说，公安上的，原来是治安警，后来改做刑警了，叫他来，是他能跟你说道得更清楚些。

怎么，金尚在还跟公安上的人有交集？

付荣风说，那交集可大了去了。

等戴亦放到后，付荣风做过介绍，然后彼此落座。一番简单的客套之后，我问戴亦放，我真搞不明白你跟金尚在怎么会有交集呢！

戴亦放一看就是豪爽之人，他说，这你就不懂了吧。然后哈哈一笑。

我能听出在戴亦放的笑声里已经蕴含着很多故事。

据戴亦放讲，他那时候还是治安警，有一段时间，他只要一出警，就必定会遇上金尚在。这也奇了！戴亦放说，你们也知道，前些年宾馆也好、发廊也好、洗浴中心也好、洗脚屋也好，这些地方都不太干净，挂着羊头卖狗肉的还真不在少数，我们的任务当然就是要扫一扫打一打，少一些颜色，还空气以清朗。这金尚在也算倒霉，总是一扫就扫着他，一打就打着他。这没得说，只能对他进行治安拘留。如此一而再再而三，他老婆受不了了，首先面子上也过不去，但又无法说服他，最后只能把婚离了。对于离婚，看上去他倒没有太大的悲伤。我审过他，我说，经我们了解，我知道你工作上可能一直不顺，心里有些郁闷。他说，你错了，我没有郁闷。我说，我知道你去那种地方干那种事，不过是想撒撒气。他说，你错了，我没有想撒气，而且我必须要郑重告诉你，我也没干那种事。我说，你看你这人，现行都抓了，干吗还不承认呢？他说，怎么就抓现行了？你抓的是什么现行？我已经跟你说过多少遍了，你们说的那种事我没干！我说，好，你没干那种事。那我就不明白了，不干那种事你为什么要去那种地方呢？跟你说你可能不信。这么说吧，我是为写作。我说，你这么说，我还真不信。真是笑话！难不成作家都得去那种地方才能写得出东西？他回答说，那也不一定。那你为什么要去呢？我是去采访。怎么讲？他说，你应该知道我那些同事，是他们说我写不出长的，那我就要写出个长的来让他们看看。写长的就必须去那种地方吗？这是什么道理？他说，也不是说写长的就一定得去那种地方，是因为他们不仅要看我写得长，还要看我写得畅销，这就有一定难度了。我琢磨什么题材才能畅销呢，后来想，写这种题材或许最有可能。你想啊，在这种地方从事这种职业的女人会是怎么样的，通过这些女人述说出来的男人又会是一种什么样的情形，这一定会勾起很多人探究的欲望，窥视欲一向是最粗阔的公共下水道。因此，我便想我必须走进去，实打实地去接触她们，一个一个地去跟她们交谈。事实上我也是在跟她们谈过后才知道，这世界上根本就不缺故事，她们每一个人的经历都是那么生动和精彩，在你们的不断干扰下，我仍然积累起了大量鲜活的素材，我相信我能写出一部大书，这部大书不仅好看，而且畅销。看他那个认真劲，确实不像假的，而且，为了证明自己的话不虚，他也真的抱来了一摞厚厚的稿纸，一看题目，《特殊工作者实录》，是够诱人。我问他，你预计能写多少字？他回答我说，至少一百万字没问题。说这话时，他的两眼明显放着光。治安队我的那些同事听说这事后，不用说都好奇得不得了，纷纷找我要稿子看，其中有个同事拿着他的一沓子稿纸跟他开玩笑说，你说你这人，与其弄这些费力劳神的事，还不如实打实地办一下呢。为这话，金尚在当场翻了脸，一纸诉状直接告到了局领导，认为现在的民警队伍有问题，如今这市面上为什么会出现这么大面积的"黄泛区"，显然民警的不作为和乱作为有很大责任。金尚在的观点当然不见得全对，但我那同事为此结结实实背上了一次处分。

我突然想起，金尚在的确曾在跟我通话中提起过，说有部大书能不能在我们社里出一下。当时我问，是你的吗？他说，是的。什么内容？现在还不便告诉你。因为后来一直没有下文，我也就没放在心上。看来就是这个题材了。

我问戴亦放，那他那些稿子呢？

戴亦放说，让我那个受处分的同事一把火给烧了。

我说，可惜，这很不合适。

戴亦放反问我说，你觉得可惜？

我说，是的。

那么你认为他写那些东西会有价值吗？

我说，当然有，甚至价值很大。至少是一段社会实录。

我继续说，我以为当下这种乱象不可能太长久，终会有彻底整治的那一天，道理很简单，大家可以设想，让这种乱象一直乱下去，那么我们的社会会成什么样子！既然如此，那么等将来回过头再看这一段时，他这些东西的价值就有了。

戴亦放瞪大眼睛望着我，说，看来他把你当成他的朋友没错。

我说，你想人家最起码是以个人声誉为代价，甚至是以家庭破碎为代价写出来的，怎么着也不能说烧就烧了吧？我又对着付荣风，你不是说他最善于跟人计较吗？怎么这么大的事他反倒不计较了，这好像也不是他金尚在的一贯风格呀？

戴亦放说，这也许与他后来突然转了兴趣有关。

我说，什么？他又转了兴趣？

接下来，戴亦放讲了金尚在的另一段故事。

戴亦放说，突然的某一天，金尚在领了个女孩来见我，那女孩很年轻，长得也挺漂亮，我以为是他新找的女朋友，领来让我见见。因为我跟金尚在一来二去的已经很熟，而且在他眼里，我也已经不单单是一名治安警，跟你一样，也成了他的朋友。所以，他如果真的是领着新女友来见我，我想也属正常。不想金尚在却说，老戴，今天来是求你件事，你得帮这个忙。我问，什么忙？他把我拉到一边，悄悄说，那女孩想做那事。我问，什么事？他说，还能什么事！我说，你怎么知道人家要干那事？他说，我当然知道，你就说你帮不帮吧。你想让我怎么帮？还能怎么帮？就是别动不动就扫她打她呗。我无法生他的气，我只能说，你可是知道我身份的。这小子竟然说，当然知道，正是知道你这身份这不才找你吗？我叹口气，说，金尚在呀金尚在，你这人到底什么脑子！你让我怎么说你好呢！我看到站在远处的女孩，身材修长，体形很好，脸上倒没多少表情，但金尚在哭了。那这到底怎么回事，把我搞得也很糊涂，后来听金尚在跟我讲，这女孩很苦，她其实是考上了大学的，正是因为考上了大学，她父亲才需要赶紧去城里打工挣钱，好供给她。她父亲去城里做的是建筑工，走前带上了同村的一个小伙子，但两人不在同一家公司，当然也就不在同一个工地。女孩的父亲好心呀，记挂着小伙子刚从学生身份转身，肯定还掌握不了必要的技术要领，于是专门抽时间去看他，想顺便给他一些指导。她父亲去的时候，人家工地上的民工刚吃完午饭，正在休息。她父亲便爬上了脚手架，跟小伙子说，你在下面，我干你看，好好学。她父亲一边忙乎活计，一边忙乎讲解，一不小心，脚下打了滑，人从架子上整个摔了下来。小伙子一看人往下掉，本能地上前去接，结果扑通一声被她父亲砸在身下，当场气亡。她父亲倒是有小伙子这么一垫，腰虽然彻底折了，成了废人，但命好歹是保住了。事发后，两家一起去找公司理赔。可人家公司说，你父亲并不是我们的雇工，他是私自闯入我们工地，属于违规作业。小伙子的父母向公司要人，公司说，小伙子哪怕是被我们公司的一小片瓦块一半截砖头砸到，然后出了事，我们也二话不说，承担责任，但现在的问题是，他是被一个跟我们公司毫无关系的人用身子给硬硬压死的，你让我们怎么办？这显然是一个车轱辘话题，跟个连环套一样，根本解不开。女孩不仅要给自己的父亲治病，而且小伙子还是人家那家里的独苗，小伙子的父母今后的生活恐怕也得要靠她来赡养。所以说，这女孩不仅需要钱，而且需要大钱。

听戴亦放这么讲，好长时间大家都没再说话。

过了一阵，我问，后来呢？

后来，戴亦放说，后来金尚在一看我根本不可能给他帮忙，便挨着门去找县里几个有名头的企业家。企业家听了这女孩的家庭变故后，都很同情，也都愿意给予力所能及的帮助，有的当场掏钱，有的表示可以酌情为其安排工作。按说这是个很好的结局，但你们也知道，金尚在就是金尚在，他那一根筋思维谁也拿他没办法，他说女孩需要的是大钱，你们这么做远远不够。那怎么做才够呢？金尚在便一一征求企业家们的意见，意思是你们如果想包人的话，反正包谁也是包，不如就包她，她的自身情况也不错，你们需要的是人，她需要的是钱，岂不两全其美！这么一来，企业家没有一个不被他说恼了的，你怎么知道我要包人！我为什么要包人！我包人不包人与你有什么关系！最后的结果不用说大家也能猜到，那就是被企业家们扫地出门，没挨顿揍已经算是好的了。事情办到了这种地步，他倒还来了理，嘴里一个劲地嘟囔，我是说你们要包的话，不包，就算了呗。戴亦放说，唉！你们说这样的人怎么说他才好呢？

我还是问，后来呢？

后来，戴亦放说，你问付主席好了。

付荣风说，他听人家说写电视剧剧本很挣钱，于是去北京了。

那女孩呢？

听说，是带着那女孩一起走的。

对于写电视剧剧本能挣钱，这说法或许并没有错，可事情哪有那么简单！从五山县回来后，我就给他打电话，北京的新电话号码，是我从付荣风那儿要来的。我问他，怎么样，顺利不？他说，勉强，也还行吧。我说，如果按正常，你的小说应该写出点名堂来了，就是按照那种大科普散文的路子走下来的话，应该也不会很差，但你这一转恐怕就不是那个事了，我担心会两下里落空。他说，也是没办法，我从来没想过要为了钱去写作，都是为了她。我说，你也算尽力了。我的意思其实是想让他放手那女孩，因为他不具备那个能力，既救不了别人，最后还可能把自己也搭进去。没想到这话又勾起了他对县里几个企业家的不满，他愤愤地说，他们可真虚伪。我说，人家怎么就虚伪了？他说，我知道他们有包人的，既然包怎么就不能包她！可我一跟他们说包，就跟揭了他们的老底一样恼怒不止。还有那个老戴，听人说他手下专门养着好几个做那事的女人，她们负责给他提供客人们的信息，然后由他出手去抓，抓来后罚款，单位有了创收，这些女人们也有了业务提成……我打住他，我说，你这都说了些啥！你怎么能说出这样的话！你怎么知道人家包人了？你又怎么知道人家手下专门养着这么些人？他说，我听说。听说就对吗？都这么说。都这么说就准吗？这一刻，说实话我对他失望至极。我说，你也不好好想想，你本身就是八卦和谣言的受害者，你怎么能跟八卦和谣言再一起同流合污呢！他声音很大地反问我，你是说这都是谣言？我说，当然，只要是道听途说的，都可以等同于谣言。我劝你一定记着一点，那就是不能把放在自己身上的就都看成是谣言，而安到别人身上的就全是实锤，事情永远不会像你想的那么简单，真真假假，假假真真，都需要认真判断。他好长时间没说话。我说，你这样不行，你这种思维也有很大问题，我正好要去北京出差，咱们还是当面谈谈吧。他说，我现在不在北京。那你在哪儿？五山县。有什么事吗？怎么又回了五山县？他没回答我，扣了电话。

我接着打，他没再接。

我心里不免犯嘀咕，难道他是要回到五山县去自杀？

因为我相信，他在北京的情况不会好了，以他的说话方式和处世行为很难立得住。如果这个时候他有崩溃的感觉，我一点也不会奇怪。

我赶紧拨打付荣风的电话，通了，上来我就一阵说，我说是不是五山县的最高建筑已经竣工了？是不是五山县这两年不再建更高的楼了？是不是……

付荣风说，你到底想说什么吧？

这时，我才静下来，我说，听说金尚在又回五山县了。

付荣风说，我知道，不过不是回，是有事回来处理。

我说，他还处理什么事？

付荣风给我说了一件奇葩事。

事情其实很简单，甚至说小得不能再小。就是在金尚在离开五山县城去北京之后，县城里的某个场合上人们又说起了他，有人说金尚在这人是个透明人，人家确实就是想写一部大书的，只是有太多的俗人戴着有色眼镜看他，把他给看歪了而已。一句话自然扯到了他所写的《特殊职业者实录》。有人便说了，他可真行，能想出这法，光明正大地去那种场合晃荡。有人立马接话说，那么长时间泡在黄汤里，能淤泥而不染，我是坚决不信。有人说，我可是听说，他跟县里的某个女作者关系绝对不清白。这一说，气氛就更热闹了，甚至有人模模糊糊地点出了是谁，有人马上补充起了不知真有还是假无的细节，总之是越说越真了。其实类似的八卦，五山县城一天就有可能生产出好几吨，因此没有多少人会拿这当真，就是说过这话的人说过后自己也会很快忘记，不会太当回事。但话都是有腿的，不知怎么就跑到了金尚在的耳朵里，不排除有人知道他那性格专门传话好看热闹的。这种话到了他这儿，不用说就成了大事。听说他撂下手头正写着的剧本，专程赶了回来。一回来就开始捋着言路，顺藤摸瓜，从那个场合的主办者开始摸起，先后摸到了报社记者、作协主席、后现代派诗人和一个非虚构作者，甚至一路追到了菜市场卖菜的大妈，对他们一一进行盘查和核对。主办者承认那个场合是他办的，但说那晚的主题与金尚在毫不相关。报社记者说，说了吗？我怎么记不得了？作协主席说，说与不说不重要，即便说也是玩笑话，别往恶意上去理解。找到诗人时，诗人说，是说了，不过，这算得了什么事！别人要这么说我，我根本不理，我还巴不得他们说呢。金尚在找到非虚构作者，说，你给我说说到底是怎么回事，你的话应该不假。非虚构作者说，我没得可说。金尚在不算完，继续往下追，有的被他逼急了，就说，你自己先说这事到底有还是没有呢？他说当然没有。人家便说，那这就不对了，既然没有，何必大老远地专门跑回来呢？这事不可能淘出真相，但金尚在就是金尚在，他有办法，他不再跟那些可恶的人去一一核对，而是直接找到了那个女作者当面求证。见了面，他跟人家说，你最有发言权,你是时候说句话了。女作者问,你让我说什么?就说咱们之间到底有那事还是没那事。女作者说,这还用说吗?他说,怎么不用?你不说清楚人家会继续说。女作者说,舌头长在人家嘴里,我怎么能说得清楚?我问你,你能堵得住他们的嘴吗?确实,她不能,他也不能。但让金尚在没想到的是,他这一回来问题非但没有解决,而且让谣言又有了新料,外界很快开始盛传,看到了吧,他哪是回来辟谣的,分明就是回来重续前缘的。最后,倒是那个女作者的丈夫实在看不下去了,专门安排在一个僻静的饭馆约请金尚在,让他到此打住,就此收手。并且表现出很大方地说,你是什么样的人我很清楚,我相信你!金尚在对女作者丈夫的亲自出面很是感激,是啊,女作者的丈夫这么说,那是最有力的证明啊!他激动得伸出手就要去握。但就在两手快要握上时,心里也憋着些气的女作者丈夫说,事情已经让你闹到这种地步了,就是有,我也不会再去追究了。他这一说不要紧,金尚在不愿意了,说,什么叫"就是有"!你要这么说,我无法收手,我只能继续排查下去。这个小场合最后两人到底是怎么结束的,无人得知,知道的只是女作者的丈夫给金尚在买上了当晚的车票,并且是亲自送到车站,把他送上车,亲眼看着他离开五山县,直至火车跑得没影没踪了,这才放心地回来。

我让付荣风说得有点头大,我问,五山县是不是加工业很发达?

付荣风很自豪地说,那当然。然后马上反应过来,说,你什么意思?

我说,你们加工八卦的能力的确很强。

我决计不再掰扯金尚在的事。因为他的事任谁掰扯也掰扯不清。而且,严格意义上讲,我们也算不得朋友。

但说归说,不想掰扯之后,心里却越来越多出了一些记挂。有一天，我还是忍不住拨通了付荣风的电话，问他金尚在在北京的情况。

付荣风说，不太好。

我问，怎么个不好法？

付荣风说，听说跟一个剧组闹翻了。

听付荣风的意思是，有个剧组，正在拍一个长剧，前五集女主角昏迷，一直躺着，女主角的片酬每集可能不少于二十万，这样算下来这五集就不少于一百万。为此金尚在就去闯剧组，对导演、制片、主演等来回找，意思就是一个，反正是躺着，也没什么台词，也不需要什么演技，就把这五集让给那女孩。

我问，事情最后成了吗？

付荣风说，你想想，怎么可能成！

我说，我们一起去趟怎么样？

付荣风说，我所知道的几个电话号码早都打不通了。我刚才说的这事，还是已经过去很长时间的事了。

这……

付荣风说，你说我们该怎么办呢？

我长久地陷入了沉思，一时说不出话来。

靠山夜话

储物间

　　小顾是我与靠山胜景楼盘接触后认识的第一个人。每次见面，我都会问一次她的名字，可惜总记不住，我于是喊她小顾。既然是置业顾问，喊小顾便错不了。小顾并不在乎我怎么喊她，她的心思全在推介楼盘上。反正不管我怎么喊她，她都是微笑，而且尽可能往微笑里加进适量的糖，甜甜的，招人喜爱。要推介楼盘，必须先推介好自己。这一点看来她懂。当我站到沙盘前时，我其实已经喜欢上了：依山而建，一面漫坡，六个层级，形成六个台地。每个台地六七座、七八座楼不等。六个台地，各自相对独立，又上下相互连通，错落有致，别有格局。住进来之后我见过她几次，每次见她，她都在忙着接听电话。叫她小顾，她其实根本顾不上我。有一次，见她没接听电话，我赶紧搭讪：还没结盘？她说，基本结了，只剩一个储物间还没卖出去。

　　有一天，妻子高兴地说，我又买了个储物间。我问，为什么？

妻子说，一些杂物扔了可惜，有储物间，周转后，攒攒可以卖钱。妻子说，人家都夸我是个会过日子的女人。随后妻子将大小纸箱、旧报纸、破桌椅，攒了一个季度后卖出去，卖了将近三十块钱。第二个季度，卖出去了不到二十元。买这个储物间，共花去三万多块钱，我晚上睡不着觉时算了笔账，这么下去，单是要把本钱顶回来，差不多就得需要三百九十多年的时间。我便惊出一身汗！妻子见我一直郁郁寡欢，夜里常常睡不着觉，便追问我是不是有什么事，如果有什么事最好别瞒她。

我说，咱们两人未来的日子可能会很长，我怕扛不住。

妻子根本没明白我说的什么意思。好在她没有继续往下问。

纠　纷

有一部分业主已住进去了，有一部分业主正在装修。装修公司有很多家，有个家伙我叫不上名字，看上去五大三粗，老实巴交，我心里喊他老庄，装修的"装"谐音。当初他曾跟我联系，我也有意让他来做。但妻子反对，说看上去不太靠谱。我说，还能有比我更不靠谱的？妻子说，跟你可能真有得一拼。

有一天，妻子让我去物业中心缴车位管理费，看见老庄急匆匆从外面进来。他向物业反映，他刚装修完一家，但联系业主时怎么也联系不上了。物业人员帮他打电话，电话通了，却无人接。

这事惊动了驻地派出所，来了两位警员，敌奇户和展朱阁。老庄领着他们去房子里察看。其中一个警员打电话时，听到墙里面电话响。经过前后排查，原来是老庄装修时不小心把业主给装进一面非承重墙里面去了。

后来，我问老庄，干吗要这样？老庄说，没遇见有他这么抠的，一天到晚，把我指挥得晕头转向。他自己也没个设计，一会儿指挥砸，一会儿又要求补。我简直要崩溃了！那天我趁他睡午觉，干脆把他装修进去了。

据老庄讲，这业主有个口头禅：天塌下来有我顶着。老庄说，我应该把他装到承重墙里面的。

遇见熟人

熟人不是人，是一棵树，一棵老柳树，它具体叫什么名我不知道，我只喊它老柳。靠山胜景最拿手的就是绿化，楼房与楼房之间，台地与台地之间很开阔，全做成了景观。在这些景观中，树木占了很大一部分。

那天在小区散步，竟然意外遇上了它。它原本生长在司息河岸边，高大魁梧，我读小学时，在它树荫下上过体育课，读中学时每周从它身旁经过，彼此已经熟悉到可以对话的程度。我感到很奇怪，我说，你怎么来了？老柳说，说得是呢，我也没想到老家会把我卖了。我说，老家可能也是好意吧，想让你进城风光风光。老柳说，我老远就认出了是你。我说，是啊，我们老朋友了，我本来还计划着什么时候回去一趟，回去，肯定找你，再坐上你肩头，跟你说说春暖，话话秋凉。老柳说，你还敢往树杈上坐啊，忘记你的屁股了？老柳所说，是我小时候屁股曾被它划伤过，并留下了永久的疤痕。我自嘲道，是的，我现在的屁股是天下独一无二的，想在外面做个坏事都不敢，很怕被人记着。我看到老柳的情绪并不是多么高涨，老柳说，都说城里好，可我怎么总感觉在城里不如在乡下自在呢？并问我，你呢？我抬头看了看天，并没说出话来。老柳说，你还能想回去就回去，可我呢？我说，你是不是又想你身旁那棵树了？那棵大槐树，老槐！老柳说，不想。我问，怎么了？老柳说，老槐去年就被伐掉了，给村里过世的老陈头当了棺木。我说，看吧，你的命总归比它好些。我指指近处的一扇窗子，说，我就在那里面，你在外面，难得咱们这么近，没事互相看一眼，很方便。

后来有一天，我在五台地的一个景观区放风，物业上有几个负责绿化的人聚在那里闲聊。一个说，那棵新移植过来的大柳树，天天往下掉叶子，就跟流眼泪一样，这才几天工夫啊，朝向家乡方向扎出来的根，就已经长出去了几丈之长。

我一听，他们说的应该是老柳。我略感惊异又略带惊喜地问，有这事？

那人说，还好，被我锯断了。

当天晚上，我趁着夜色去悄悄看望老柳。在我细心给它包扎脚上伤口的同时，它也用树叶一遍又一遍地替我擦去脸上的泪水。

我们虽然仅仅一窗之隔，我经常看它在晚风中摇摆，但它可能并不知道我每每会在长夜中失眠。

我并不敢多拿眼光去看它。

它原本是一棵魁梧的树，可现在，在新地方，它必须得有好几根木棒搀扶着才勉强站得住。可能它还不明白，在城市它得借助外力才能站得住脚跟。

一个女孩找上门来

我叫不上她的名字。我注意到她，是因为她也是一只夜猫，晚上睡得很晚。早晚倒没关系，关键是她喜欢裸坐在阳台上。当然，可能她也知道，这种行为自然还是夜深一点为好。

除晚睡之外，她还有一样爱好跟我一样，吸烟。但她吸烟的姿势比她裸着的身体更具魅惑。跟她的魅惑效果比，我根本就不配吸烟。

她一手托腮，身子前倾，烟头偶尔明灭。她可能并不舍得把小区完整的夜晚，无端烧出一个黑洞。客厅的灯是关着的，深夜中靠山胜景的灯火已经暗淡，但月色透出的微光，仍然足以把她的剪影幻化为最美的构图。因为她习惯了身子前倾，那么垂下来的两个乳房就更为突出，更有味道。

蓝布牛仔，小白扣，黑小衫，露脐装，小蛮腰。肩上披着精心打理过的直发，两只胳膊像是瓷做的，其中一只的手腕上束着黑项圈。我打开门，不知道她要找谁。她说，我就找你。这更让我摸不着头脑。她说，我住你对面，你知道的。她这么一说，我就明白了个大概。我说，小罗啊。她一边进门，一边问我，你喊我什么？我说小罗。她想了一想，然后笑了，说，你喜欢这么叫，也行。我是想，她既然喜欢夜裸，这么叫应该也合适。再说，我从来都记不住陌生人的名字，问了也是白问。

我们在阳台上坐下。在坐下之前，她从多个角度向对面望去。她望向对面的每一个表情和每一种姿势都很美。我说，我晚上睡不着。她盯了我半天，然后反驳我说，谁说夜晚就一定是要用来睡觉的！单纯用来睡觉岂不可惜！我的意思其实是想表达，我并不是故意要去看她。她显然明白我的意思，说，我并不是怕你看，而是怕你拍。我马上申辩说，我没拍。她说，我看你有时两手举着，应该不是手机就是相机。我说，不瞒你说，我是假装手里握着一筒长焦望远镜，我已经习惯了想象，想象有什么就有什么。望远镜也是，我想象它是长焦的，可以看得很远，看得很清，而且我认真试过几次。这么说吧，我其实并不想看得太清楚，我认为还是不清楚会更美一些。我问她，你喜欢夜？她说，是的，你不是同样也喜欢吗？我说，我是因为晚上睡不着，我妻子说我是个病人。你今天来得倒是时候，她不在家。她说，你们的行动规律我很清楚，就是因为知道她不在我才过来的。我看着她，问，那么你来我这儿是……我在心里想她应该是来斥责我、揭发我，甚至是起诉我的，如果是这样，那么应该瞅我妻子在，她达到的效果才可能会更好一些。她反倒岔开话题，问我对她的行为怎么看，有什么感觉。我便实话实说，太媚惑。她说，你有烟吗？我说，有。我替她点上。她一边吐烟圈一边说，因为生活中感觉不到一丝一点的媚惑，所以我不得不把自己做成标本。我说，所以你便裸？她说，是的，尤其在夜里，只有脱得一丝不挂，我才觉得轻松。她并且拿月亮说事，说，你见月亮什么时候穿过衣服，哪晚不是光溜溜的？我说，其实月亮有时也穿。啊？她望定我。我说，有时它会穿上几片云彩。她笑，说，看来月亮还不如我。我说，那肯定不如。我继续说，我其实也很想裸，只是苦于没有你这样的身材和姿色，我怕自己一裸，会倒掉整个小区人的胃口。这些年来，我甚至一直想做一个坏人，可一直做不成，这也成了我苦恼的原因之一。既然你来了，你可否给我一些指点，我该向哪个方向更做些努力？她说，这可不是所有人随随便便说做就能做的，以你的智商我断定你很难做得了坏人。她说得很肯定，这让我心里不禁充满了些许的悲伤。我问她，那如果我想自由呢？她说，我比你还想。

临走，她再次落实我是否拍过。她说，那是些忧伤的底片，除了你不会有人认为美，我想还是由我自己来保管为好。我说，可我真的是没拍。在她临出门时，我又补了一句，我的心早已拍不出映像。

多出来的一个保安

我想跟老荆打听下这个女孩的情况，老荆竟不知道小区里还住着这么个女孩。我说，她吸烟，难道她房子里的烟火器就没报过警？我这么问，是因为此前我一吸烟老荆就扛着架梯子上来了，说，物业说你家烟火警报器又响了。每次，老荆把梯子从这间屋挪到那间屋，看一圈，说，并没什么问题。这么反复检查过多次后，烟火器无端报警问题并未得到解决，但我跟老荆熟了。他显然并不姓荆，姓什么我问过，叫什么我也问过，可惜总是记不住，我就喊他老荆了，报警的"警"谐音。老荆也吸烟，他说，把客厅的推拉门关上，咱们到阳台上吸，不然又得报警。我问，咱们物业中心现在有多少人？老荆一下瞪大了眼，这事你也知道？老荆的反应让我感到奇怪，因为我跟他没多少话题，不过是想找出个由头，好一起扯着淡闲聊。问物业有多少人，也是因为我觉得靠山胜景的物业做得还是不错的。我问他，怎么回事？老荆说，真是怪，我们的全体人员会常常是晚上开，每次开，总是多出一个人。开始大家都没注意，但有人嫌开会无聊，为了耗时间就在心里默点人数，这一点不打紧，点来点去，总会多出一个。有人悄悄把此事报告给了物业经理。经理不信，开会时他趁副经理讲话的空，在那儿点，确实，怎么点也是多出一个。但多出的这一个到底是谁，却怎么也找不出。经理的脸当时就被吓得煞白。经理私下给每一个人谈了话，让大家守住这个秘密，暂不外传，待查个水落石出再说，免得引起业主不必要的惊慌。我说，你们肯定是数错了。老荆说，怎么会是数错了呢？这时，窗外小路上有个保安开着巡逻车驶过。我说，还是开巡逻车好，一看就是那么回事，开巡逻车才配得上靠山胜景的品质。老荆说，是，保安们都开巡逻车。我说，可我见过有个保安一直是骑自行车的，而且车子还很旧。老荆一下又瞪大了眼，这怎么可能？你什么时候见过？我说，我晚上睡不着，除了坐在阳台上在那儿假装思考之外，有时会在夜深人静的时候悄悄下楼，一个台地一个台地地胡乱转。每次都能碰见他骑辆破自行车，也在那儿一个台地一个台地地巡视。有一次，在五台地，我看到他连人带车一起翻到四台地去了，奇怪的是没有出现声响，也没听到他发出惊叫。我想这是怎么回事，赶紧下到四台地去察看。我并没能从树丛中找到那辆破车子，倒看到他已经走远了。我想追上去问问他受伤没有，但他走得很急，一直走到六台地，出了靠山胜景的后门，然后往后山上去了。老荆听我这么说，把手头的烟一下捻掉，扛起梯子就往楼下跑。

　　为这事，老荆后来专门过来了一次，跟我说，查清了，多出来的人就是你说的那个。我问，他不是你们的保安吗？老荆说，是，但不是现在，过去是。这事发生在楼盘交房前，他那时还是属于工地保安，听说他是个很尽职尽责的人，靠山胜景的地形结构决定了当初工程作业面的复杂，土建时台地与台地之间不是悬崖就是深沟，不可能加栏杆，有一天晚上他连人带车都翻下去了，等到早上施工时大家才发现了他。大家觉得后山风光很好，就把他抬到山上埋了。大家都知道他对靠山胜景有感情，因为他一直说等楼盘开盘，他会第一个选房。他对拥有一座房子看得比命还重要。事实上，小顾给你说的只剩一个储藏间没卖并不准确，而是到现在还空着一套房子。我问，为什么要空着一套房子？老荆说，这事现在能回答了，原来还真说不清。开盘后，有一天夜里，售楼处忙了一天，正要关门，这时进来了一个人，说要选房。选好后，置业顾问让他第二天到财务交定金，他说钱他已经带来了，想请她们代交。既然客户坚持，她们也没多想，就留下了。但等到第二天，她们想替他交给财务时，才发现哪里有钱，昨夜放钱的地方这时候只残留着一撮灰烬。

　　我说，原来是这样。那么现在开会他还来参加吗？

　　老荆说，不来了。

　　为什么不来了呢？

　　老荆说，前两天，经理找了个晚上，带着几个人，专门上了趟山，给他烧了些纸，跟他说，现在小区一切都很正常，让他不用挂念，好好休息。小区有活动时，会主动来请他。

　　他叫什么，你们知道不？

　　老荆说，大家都喊他小保。

　　楼下储藏间里有辆半新不旧的自行车，妻子一直没舍得卖，想起小保的遭遇，我心里很不是滋味。夜里再去楼下转时，我取出自行车，想体验一下小保的心情和感觉。骑着自行车，一个台地一个台地地转，感觉就是不一样。特别当两个台地之间坡度较大，上行时虽然有些费力，但下行时就很拉风，感觉自己跟飞起来了一样。我想跟巡逻车比比到底谁快，可是每次不等我靠近，巡逻车上的保安总是掉头就跑。

中药房

有个电话打进来，号码陌生，我接了。对方说，你预约的时间到了。我说，我没预约。对方说，是你妻子替你约的。

我问过后，终于弄清楚，对方是三台地的中药房。

之前，就听妻子多次说起，三台地的中药房很火爆。靠山胜景利用两个台地之间的落差，除六台地之外，每个台地都建起了一排商铺。这些商铺都成了旺铺，中药房进驻时，并不被人们看好，但很快经营得风生水起。

我不明白小罗来找我的事，为什么妻子会知道。如果我的猜测不错的话，应当是小跑给妻子提供的情报。小跑，是我喊他时的专用名，他的真名叫什么，我没问，问也记不着。喊他小跑，是因为他在业主群里的昵称叫"一路小跑"。小跑是个很勤快的人，跟他的昵称一样，经常见他一路小跑。我不知道为什么妻子一直认为我有病，而且病得很严重，并且认为我所有严重的病症都是由睡不着觉引起的，如果继续往偷窥和偷拍方向发展下去，情况肯定会变得更糟。特别是听妻子说，物业经理专门找过她，让她劝劝我，晚上没事下楼转转不是不可以，但尽量不要骑自行车，时间最好也不要太晚。再就是，他们物业有时候晚上会开会，是内部会议，内容主要是研究和部署业务工作，让我也不要随便去参加。如果有必要，物业会邀请业主代表参与。所以妻子认为我的确是病了，必得赶紧医治才好。其实此前，我看过西医，也去过街上的一家诊所。记得在街上的那家诊所，我跟大夫说，我病得很重，经常浑身麻木毫无知觉。大夫很认真，对我周遭进行了检查，最后确认我的问题主要出在嗓子上。大夫说，你先前肯定遇到过很多需要你大喊一声的事情，但你一句都没有喊，时间一长就把所有神经都给憋坏了，所以今后你必须尝试着去大声叫喊，甚至是大声骂人。我说，我现在喊不出来了，而且也不想喊，骂人可以，但我可以骂自己吗？大夫说，你骂自己肯定不行，骂自己解决不了问题。听大夫这么说，我俯在他耳朵上悄悄说，也许你说得对，因为我是个偷偷写小说的，这些年我从来都是小声地说，没敢惊扰过任何人，包括我的读者。当然，我可能连一个读者也没有。我说，你认为我该怎么办？大夫看看我，摊开处方签，板着脸，从身后找出了一部厚厚的文学评论著作，从中仔细往外挑拣出了一些合适的词，开成了处方，并嘱我一早一晚按时服下。有那么一段时间，我的脸色渐渐红润了起来，精神也比从前好了许多，有好几个夜晚我都没有再听见靠山胜景小区里的狗叫，包括赵家的狗。但妻子认为这是一次失败的就诊，我的病情并不是轻了，而是在不断加重。我的话越来越少，总是长时间坐在阳台上发呆。那辆半新不旧的自行车也被妻子当废品卖了，听说卖了四十多元，比积攒一个季度的废品卖得还多。我越来越重的病情让妻子的眉头越蹙越紧，这让她更加坚定了去看看中医的想法。妻子的解读是，西医主要是治硬伤，而中医可以治软伤。此前，她就向我推介过，中药房里有个老中医坐诊，水平挺高，自打他来之后，他的瘦身大法让小区里的中年妇女们全都瘦了一圈。妻子的意思应该是他医术高明，无所不能，所以我的病他不仅能治，甚至属于手到擒来。

　　我去了三台地，进了中药房，老中医像模像样地坐在那里。我不想问他的名字，问了我也记不着，我喊他老钟，中医的"中"谐音。老钟一见我，就黑了脸，很生气地跟我说，你呀，再来晚一点就麻烦了。我问，怎么了？老钟说，还怎么了？一看你就是已经六十多岁的人。我说，这怎么可能？我才刚刚四十多岁，离五十还有好几年呢！老钟问，你是不是至少半年多甚至一年没有那种生活了？我说，是。老钟说，你也根本不想，对不对？我说，对。老钟说，这不就得了？我说，那可不是，你不知道，现在街面上刚刚新流传着至少三起有关我的绯闻，每一起都足够生猛和香艳，说来让我自己也都十分艳羡，垂涎不已。老钟说，这很正常，绯闻和你的实际情况肯定不会一致，如果一致那就没有意思了。我瞪大眼，老钟说，这就是生活的精彩！我说，到现在我还一起也没摆平呢！老钟说，你为什么非要去摆平呢？让它们在外面绯着不是挺好吗！我说，老是绯也不是个办法，总得有法治吧，西医不行中医总该行吧？老钟沉默了一会儿说，咱不扯那么多。

飞天图

我提着一摞中药，从中药房里出来，感觉有些走不动，身子不由自主地晃了几下，好在有人把我扶住了。扶住我的人正是"一路小跑"。小跑说，怎么，你病了？我问他，我的年纪是不是很大了呀？小跑说，不大啊，怎么看你也是正年轻着呢。我说，你知道老钟刚才怎么说？他说我六十多岁了，各种器官严重老化，全身虚，再晚来一点他就是华佗再世，也恐怕调理不过来了。按他的说法，我只能精神矍铄地跟大家拜拜。小跑问，老钟？我说，嗯，就是里面的老中医。小跑说，他的话你听着就是，别当真，也别生气，遇见这院里的每一个人，他几乎都这么说。我说，我没生他的气。小跑问，那你是生谁的气？我说，我生中医的气。我担心好端端的中医，怎么会跑进了这样的医师，中医迟早会毁在这些人手里的。

小跑很热情，这是他一贯的作风，他一直搀扶着我进了家门。他对我家不陌生，妻子跟他走得近，他也挺愿意跟妻子说长道短的，诉说自己的痛苦。他的一路小跑，并未给他换来业主们的赞誉，倒是因为热情愿揽闲事，经常与业主们发生纠纷，甚至有时会被业主骂得狗血喷头。我曾亲眼看到他不厌其烦地摆动一台地那九个石球墩。这些石球墩是为阻止车辆进入楼前空地而设，本来有提示牌已经够了，但指示牌根本阻挡不了。于是象征性摆上了两个，但仍然不解决问题。于是从两个增加到了三个，后来又从三个增加到了六个，后来干脆一长溜摆出了九个。其实违反规定来回走车的就那么一两个人，同时经常投诉物业不作为的也是这一两个人。有一次，其中一个人又走车，这次是因为拉了东西。由于已找物业专门批了通行条子，所以是可以通过的。小跑正从此路过，本来没他的事，但他看业主不便，便停下来帮业主挪动石球墩。业主的小儿子凑在一边看热闹，石球墩一滚，正好把孩子的脚给砸着了，为此小跑不仅赔上了一个多月的工资，还失去了季度优秀员工的评选资格。

妻子对这些很看不惯，常常私下里安慰他，并帮他支些招数。妻子很无奈，因为她是业主，她也不便光明正大地站在物业一边。因为小区的主流舆论，物业永远是错的。

我让小跑进来坐，他也没客气。我们没在客厅，也没去阳台，而是直接去了书房。只要在书房里坐定，我才能以最快速度恢复正常。小跑不吸烟，我点上自己吸。

小跑打量着我并不大的书房，然后发现了我书房里挂着的画，他说，这画真好。

小跑所说真好的画是一幅《十二身飞天图》，这是敦煌第二百八十二窟里的一幅图案。十二个女子，个个曼妙，她们头束双髻，上体裸露，腰系长裙，肩披彩带，身材修长，逆风飞舞，身轻如燕，如天女散花。她们有的演奏腰鼓，有的演奏拍板，有的演奏长笛，有的演奏横箫，有的演奏芦笙，有的演奏琵琶，有的演奏阮弦，有的演奏箜篌。她们每一个都像是天地精灵，鲜美靓丽。每一个仿佛都身怀绝技，婀娜多姿。我曾三去敦煌，去那个看似荒凉我却感觉是生机无限的地方，这幅画便是我第三次去敦煌时买回来的。

我把它挂在了书房。

自从有了这幅图后，我的梦突然多了起来，一会儿梦见昆仑山，一会儿梦见祁连山，一会儿梦见天山。那可真是"风播楼柳空千里，月照流沙别一天"。梦里的我不断在嘉峪关和玉门关之间进进出出，看到很多使臣将士商贾僧侣等等人头攒动。那段时间我特别忙碌，最有意思的是有一次在阳关，我竟遇见李白正在那儿写诗，"素手把芙蓉，虚步蹑太清"。不错，写得好。只是在写出这两句之后明显发现他再没什么词了，我说，你让开，结果我没怎么费力就给他补上了"霓裳曳广带"和"飘浮升天行"这后两句。李白的脸红红的，跟刚喝过酒一样，在那儿拍手叫好。总之，不只我的病情好转，我的生活和事业也都明显出现了腾飞的迹象。我感觉我已经通过敦煌打通了西域，通过藏经洞打通了天地，通过飞天女找到了自由，通过跟李白过招提升了酒量。

小跑站在画前，看得很仔细，看得很激动，说，真好。我也不知道他是真懂画还是不懂画，但他说好自然有他说好的道理。

他像突然发现了什么似的说，哎，你快看这个！我说，怎么了？他说，你看，像不像小顾？他用手指了画中的一个人。

我凑过去，一看，还真像。我说，不瞒你说，我每天都要看一眼这《十二身飞天图》，却从来没发现里面还有个像小顾的。我问小跑，你跟她还有联系吗？

我这么问他，是因为热心的妻子曾用心用力地撮合过他们。在外人看来，他们的确很般配。据说，他们也曾热络过一阵，但后来分开了。

小跑说，我们已经很少联系了。

为什么？

这个楼盘结盘后，她又去了另外一个楼盘。

我问，你怎么不随她去？

小跑说，我喜欢做物业，给业主们服务。

那么你们不成的原因到底是什么呢？

卖楼卖的。

这怎么讲？

小跑说，卖楼让她开阔了眼界，见识了人，特别是见识了太多有钱的人。应该是这样吧，反正是她看不上我了。

我问，你是不是心里还有她？

小跑虽然没回答我，但我想他心里应该是有的，不然他也不会从十二个难分伯仲的女子中，一眼就能看出里面有个小顾。说实话，那女子跟小顾并不是很像。

有一天，我坐在书房里，无所事事，默默出神，突然想起似乎好久没见小跑了。我起身想看看那幅《十二身飞天图》。这一看不打紧，上面竟少了一位。少的不是别人，正是小跑说的那个小顾。我问剩下的这十一个人怎么回事，她们却都不说话。她们倒是停止了飞舞，有的在吃李广杏，有的在吃敦煌瓜，有的在吃西部酒枣，其中有一个正从樱桃小口中往画外吐着阳关葡萄皮。

我第一时间去了物业中心，但反映情况后没一个人理我，当然，我也看到他们确实都很忙，每人手里都有一摊子事。我给驻地派出所打电话，敌奇户和展朱阁两位警员很快就过来了。他们仔细看了一会儿画，然后说，你举报小跑偷了画中人缺少证据啊。我说他们谈过恋爱，警员说这不能证明。我说他心里一直还在记挂着小顾，警员说这也不能证明。我说小跑来过我的书房，专门评点过这幅画，警员说他是物业，去哪家都正常。我说但他认定画中那个人就是小顾，警员说这条线索倒值得参考。我说，更大的嫌疑是小跑辞职了，而且是突然辞的。他为什么要突然辞职，这里面一定有问题。警员说，这点我们已经了解过，他的确辞职了，但他辞职有别的原因，主要还是业主们不能理解他。比如说你吧，他好心好意把你搀扶回来，你不是照样举报他犯了案子吗？

看望老柳

天气已经到了深秋，我很喜欢这个季节，这个季节充满着金色阳光，风也绵墩墩的，充满着质感。但老柳是一棵树，它是否也喜欢，我拿不准。我想看看它，跟它拉个呱。

我们共同的话题自然是司息河，它在司息河边成长，我也在司息河边长大。司息河那可真是一条神奇的河流，从来没有人去过问过那些奔腾不息的河水到底从哪儿来，它们又将流向哪儿去。我所知道的是，有人用直钩在河水里钓鱼，有人用竹篮在河边打水，有人用河水织成了布匹，有人把细沙贩卖成了红糖，有人用布兜收集岸林中的晨露，有人用裸体储存树杈间的阳光，有人干脆搭起了爬满青藤的木屋，有人干脆捞起了河水中的月亮。甚至有个光棍汉，直接从河边背回来一大捆洗衣女们的笑声。村里，有人把河水弄到打麦场上，晒成了一方平地。有人把河水弄到鏊子上，烙成了煎饼。有人把河水弄到玉米地里，长成了红缨穗。有人干脆从地底下把河水引到自家院子里，长成了炊烟。司息河两岸的岸林那叫一个浓密，只是树木们只要发笑就会落光叶子，只要沉默就会发出绿芽。

我说，老柳你知道吗，村里人从来没想过有一天野猪会搬家，野鸡会去城里，野鸭会去别的地方下蛋，野兔偷了长管猎枪后逃走。剩下的蚂蚱们在隆重纪念最后一个秋天，凡是像点样的树都忙着去找斧头。我跟老柳说，为了我们这次见面，我专门回去过一趟。自打你走后，河水就跟犯了糊涂一样，一会儿正流，一会儿倒流；一会儿长流，一会儿短流；一会儿左流，一会儿右流。后来从上游下来个浪头，到这儿后停下来，气喘吁吁地招呼其他水说，歇歇，先不流了吧。你想，司息河多么美的一条河啊，就这么说断流就断流了，大家伙感觉心里一点准备也没有。村里劲最大的那个人，你也认识，叫什么来着，反正我记不着他的名字，我都是喊他大力。有一天他喝醉了酒，一生气，把司息河给折断了，结果躲藏在里面的最后一批水，把整村人的梦都给淹了。有人说那不是水，那哗哗的声音听上去，有的像老人们的古话，有的像古人们的老话。村里的老调，就是那个爱做恶作剧的调皮鬼，这家伙用折断的河制作成了两个鼓槌，把牛皮一样绷紧的河床，擂得咚咚直响，那响声传到了千里之外，听到者无不感到惊心，都想知道司息河到底发生了什么。据说有不少司息河的河水，从他们眼睛里咕嘟咕嘟地流了出来。

老柳一阵沉默，我也不知道该继续说点什么。过了一会儿，我问老柳，你喜欢秋天吗？老柳说，谈不上喜欢，也谈不上不喜欢。那么你感到孤独吗？老柳的树头在摇，枝条却一根根垂下，我不知道它是想表达自己孤独还是不孤独。我说，你如果觉得孤独，你就看看对面。

我知道，小罗这会儿是不会睡的。或许她也正在看着我们呢！我望向对面，看到她正一手托腮，身子前倾，烟头明明灭灭。这会儿，我倒很希望她能把靠山胜景貌似完整的夜晚，给烧出一个黑洞来，好让它向外流血或者冒烟。

小罗客厅的灯是关着的，屋里的灯全是关着的，静静的深夜中，靠山胜景的灯火也早已暗淡。但秋天夜晚的月色特别迷人，月亮撒下的银灰色微光，已经将她的影像制作成了剪影。她身子前倾，垂下来的乳房布满光晕，清晰而又模糊，模糊而又清晰，越清晰越好看，越模糊越动人。

老柳突然冒出一句，我好像听到有一条河正急急向这边奔来。

啊，是吗？我也学着老柳的样子，在仔细地听夜。

其实，有一句话，我一直没跟老柳说，这次回去，村里有不少人认为，那条河是我弄走的。

村人们能有这样的想法，我其实很理解。

阳台上那个人是谁

有天晚上，我起夜。从公卫出来时，突然看到阳台上坐着一个人，这让我很是一惊。我走过去，轻轻拉开通往阳台的推拉门，竟是老荆。他冲我一笑，坐！仿佛他是主人。我说，怎么是你？老荆说，我过来查看了一下烟火器，看你睡了，就没打扰你。我说，我家的烟火报警器不吸烟也报警吗？老荆说，也报。我问老荆，你是怎么进来的？老荆没回答我，却说，你都能在夜深人静的时候骑自行车转悠。我笑了笑，说，自行车已经让我妻子给卖了。老荆说，有两个深夜看见自行车无人也自行的保安已经得了夜游症，不是他们的班，也每天晚上出来转悠。我说，我还以为最近你们人手多了，加强夜晚巡逻了呢！并问老荆，小保最近还来吗？老荆说，不来了，但也有人说，发现小区里有好几只野猫的眼神有点像他。这事物业上很重视，已经着手实施善待野猫计划，听说靠山胜景的好多老太太都已经自觉行动起来了，家里养狗的也储备起了猫粮。我说，我从荣成小镇买过小鱼，可野猫不吃。老荆说，我知道你跟三台地荣成小镇海鲜馆很熟，我看你经常往那儿跑，那个卖海鲜的漂亮小姑娘也挺愿意跟你聊天。我说，是啊，她说我跟小区里的其他人不一样，说话做事挺有意思的。其实，她愿意跟我聊天是因为我正在教她一项绝密技术。老荆问，什么技术？我说，这个不能告诉你。我只对黄花一个人讲。老荆问，那女孩叫黄花？我说，是的。

第一次进店，我就问她黄花什么情况，她感到很惊讶，她说，你怎么知道我名字的？我说，是大海告诉我的。她说，这个大海！原来大海是她一个闺蜜的哥。我跟老荆说，我认为她在这里待不长时间，她终究还是要回大海那边去的。老荆说，也许是吧。我说，不信你走着瞧。临走时，老荆说，外面有棵树好像老往这边瞧。我说，这没什么，因为我经常给它浇水。老荆说，没见你给它浇水呀。我说，是啊，可跟它说说话，说说雨天，说说河流，比浇水管用得多。我浇的都是无源之水。

第二天碰见老荆时，我说，昨晚咱们谈得挺好，你什么时候再来啊？老荆说，昨晚？昨晚我去你那儿了吗？昨晚我早早就回家了。我说，哎，大半夜的，那我是跟谁谈的？老荆说，有没有可能是你自己跟自己在谈？

我仔细一想，老荆这话说得很有道理。

一场大雪纷纷下

冬天来了，一场多年不遇的大雪铺天盖地。靠山胜景紧靠着神龙山，我决计躲开行人，爬上山去，去看看雪，去看看冬天。

作为一个进入中年的人，我的时光早已经被一劈两半，一半还给过去，一半等待着未知的未来。

我说过，雨是液体的阳光，阳光是耀眼的雪，雪是心爱的女人，女人是风，风是少年，少年是我。我喜欢在雨中穿行，让一身湿漉漉的明媚，去把雪融化，任风将头发吹得凌乱。我认为只有这样，才能确保一颗心，自由自在地飞翔。心灵有多么自由，生命就会有多么长久。这也是我选择购买靠山胜景房子的原因。

这应该是今年的第一场雪吧，它比往年来得都早、都大。雪花一片一片落下来，像一个个美女，用手挡也挡不住，这个吻我，那个也吻我。按说这番情景最让人激动的人应该是我，我却发现她们在吻完我之后，一个个都选择了泪流满面。她们六角形的吻，晶莹洁白，透着冷冰冰的热气。我可以被融化，但她们不可以被冻僵。

我站在半山腰上，看到茫茫原野坦坦荡荡，确实没有理由，去阻止一场大雪纷纷而下。这本来就应该是一个被覆盖被收藏的季节。

我一直望向远处，等我向近处看时，我被吓了一跳，在距离我并不太远的地方，竟然站着一个人，一个雪人。我看她，她也看我。我仔细分辨，竟是小顾。确实是小顾。

我说，你……

她说，我……

我说，我没想到这会儿山上还会有其他人。

她仰起头，看着漫天的雪，像是自言自语地说，这样的雪天确实适合一个人。

我问她，你现在还是一个人？

她没有直接回答我这个问题，却说，你能把我再收到你那幅画里去吗？

我问，怎么了？

她说，我不想再在外面待了，没意思。

我说，你看这外面不是很纯洁吗？

她说，是很纯洁。但因为这是雪天。

我随口问，看来画的事小跑都给你说了？

她说，是的。

我说，有一件事很奇怪，我画上剩余的那十一个人后来也都飞走了。

她感到吃惊，怎么会这样？

我说，那天在书房，小跑一眼就从中发现了你。这说明他心里其实是有你的。我问他，今后你打算怎么办？他说他已经没有别的想法，只想等人工智能技术进一步成熟。我一下没反应过来，想了想，才知道他可能是想找个机器人。他很认真地跟我说，孟姜女把爱情垒进了长城，祝英台把爱情埋进了坟墓，白娘子把爱情罩进了雷峰塔，牛郎织女稍微接些地气，但最后还是被扯到天上去了，这人间所剩的爱情已经不多，而且也都上了年纪，已经千年万年，他不想再指望了。

等我说完这些，我发现小顾哭了。

我说，我曾提醒过小跑，与机器人的恋爱也许并没你想的那么简单，看上去用一个小小的遥控器，就能掌握她身体的所有开关，她不跟你谈工资、谈住房、谈身份、谈地位，是挺好，很省事。但你有没有想过，假如你们就这么过下去，有没有可能出现身份互换的那一天？你渐渐地变成了一架机器，没有了白天也没有了夜晚，而她慢慢换上了人间的笑颜，生儿育女，柴米油盐，这可能是将来让你感觉难以承受的代价和风险。当时小跑说，我不想考虑那么多。

我和小顾两人一起下山，来时的路早已经被大雪淹没。我们走的肯定是一条旧路，但也完全像是一条新路。

我说，只要有爱，冬天就不会冷。

小顾补充说，但必须是真爱！所有打着爱的旗号的，都不算。

我说，我其实一直希望这世上的女子，都能清纯如花，她们浴晨曦，披晚霞。

小顾望着远处，讷讷地说，女人没有你想象的那么好。

过了一会儿，小顾突然说，你快看那边，遍野桃花！

大雪时节，哪里还会有盛开的桃花？我顺着她手指的方向看去，一片雪野，苍苍茫茫，根本什么也看不见。但我说，对，是的，遍野桃花！

说这话时，我装得很激动。

凶 案

物业经理多次到家里来看望我，关心我的病情，同时也向我征求对小区物业管理还有哪些意见和要求。又一次来的时候，给我带来了一张《一百零八身飞天图》。我说，这是敦煌第四百二十七窟里面的图案。经理忙着点头，是，是。我相信，他其实并不清楚这是哪一窟的图案，对他来说，只要我高兴就行。因为我是业主。

确实，我有点高兴。

我仔细看了这《一百零八身飞天图》，她们戴宝冠，饰璎珞，佩环镯，系长裙，绕彩带，同样是漫天散花。这些女人们让人爱，她们所代表的那段历史也让人爱。

经理说，有了上一次的教训，希望你这回能好好保管，加强防范措施，别再让她们跑了。因为物业人手少，一切靠物业，并不能完全照应得过来。

然后经理又说，好在，这回是一百零八个，人多，倒也不怕她们跑丢一个两个。

我说，真没想到，你能送这幅画来。

经理说，没什么，就是去一趟敦煌不容易，我们也是多次线上联系，最后还是托人给买回来的。

我说，物业不错。

经理说，还是希望你多提意见。

我说，我就提一条吧。

经理并没想到我会真提，说，您说。

我说，你讲话时经常讲我靠怎么的，我靠怎么的，这样不好，不文明。毕竟你是有职务的，是领导。

经理说，我看县区领导讲话都是说我县怎么的，我区怎么的，所以对靠山胜景来说，我也只能讲我靠怎么的。

我说，我们靠山胜景能跟它们一样吗？我们是什么小区！

经理连说，是，是。

经理走后，我把《一百零八身飞天图》小心翼翼地挂到墙上，决心睡个好觉，做个好梦。但一想起与小顾一起看雪时的对话，便再也睡不着。我重新爬起身来，看画。一百零八个女孩，从头看起，一个一个认真地看过去，看一遍需要不短的时间。上次小跑从十二个女子中，一眼就看到了小顾。受他启发，我后来从十一个女子中终于发现了里面也有小罗，就是往画外吐阳关葡萄皮的那个。后来我发现，小区超市里的那个收银员女孩、荣成小镇中那个卖海鲜的女孩、中药房的女孩、理发室的女孩、幼儿园的女孩等等，她们全都集中在画里面。除小罗外，我对荣成小镇中那个卖海鲜的女孩自然更熟悉些，因为我终于教会了她如何让冰冻的鱼重新活过来，这一招可不得了，让她的生意很是受用。她曾问我，这复活大法是不是老钟发明的？我说，你错了，这是大海发明的。这回她倒没说大海是她闺蜜的哥。

我一直对着画在看，连续看了好几遍，仔细查对后，竟没发现画里有小罗。十二个女子时里面就有小罗，多到一百零八个了里面竟没有，这讲不通。我突然想起，已经有三四个晚上没有看到过小罗了，今晚她应该在。我匆匆走向阳台，向对面望去，对面却是一片黑黢黢的，仍然没有出现小罗媚惑的剪影。我越想越有问题，看看时间，已是凌晨两点，我犹豫再三，还是拨通了驻地派出所的电话。

值班人员问，什么事？

我说，报案。

什么案？

靠山胜景有个女孩失踪了。

她叫什么？住第几栋楼？

我说这我说不上来。

值班人员问，你怎么确定她失踪了？

我说，我认为是。

往常，敌奇户和展朱阁接到报案，用不了几分钟就会来到现场。但这次没有。

早上，我直接把电话打给了展朱阁，我说，小罗失踪了。展朱阁明白我说的小罗是谁，他问我具体什么情况，我说，我每天晚上都能看到小罗，但最近三四个晚上一直没再看到过她。我记得她跟我说起过，她想把房子重新装修一下。我说，你是租住何必要新装呢？她说租住也得搞得像点样，这样做起业务来，心情会好一点。重点是她联系的装修工是老庄，我担心是老庄把她装到墙里面去了，她出不来了，你们得赶紧救她。不过这次到底是装进了承重墙还是非承重墙，我一下说不准。展朱阁说，我知道了。

又过了三四天，前面楼里的业主们纷纷反映楼道里充斥着异味，物业经理派两个保安前去查看。最后打开了小罗的门，发现小罗倒在地上，人已经遇害，血迹干了，但尸体已开始腐烂。

连着几辆警车开进了靠山胜景。案子很快告破，凶手不是别人，的确是老庄。

打 架

弄清小罗死因的那天晚上，我书房里的书突然打起架来。弄出来的响声很大，把好不容易才睡着的我给吵醒了。

我走进书房，看到还没上架的书都在争先恐后地忙着上架，已经上架的书却都不愿意腾出位置。我的书房很小，但发生这样极不文明的骚乱还是第一次。

我狠狠敲了一下《喧哗与躁动》的头，说，一定又是你惹出来的事。《丰乳肥臀》说，本来，趁着夜深人静我们都在听《聊斋志异》，结果《老人与海》一不小心灌了进来。

这事怨不得海明威，我于是说了三个原则，一是鲁迅的，二是古典的，三是南美的，这三个不能动。

我的话音刚落，不在这三个范围的书，一跃而起，把整个书架全给砸烂了。

更为关键的是，等我回转身的时候，发现飞天图中的一百零八个美女，不知什么时候已经全部飞走了。

这时，我听到了敲门声。这么晚了，会是谁呢？难道是外出出差的妻子回来了？不会这么快吧！

打开门，是敌奇户和展朱阁。两人走了进来，说，知道你睡得晚，就过来了。

展朱阁说，过来也是想向你道个歉，说实话，你早好几天就给我说了，但我并未拿着当事。

敌奇户说，不管怎么说，我们还得感谢你。没有你，案子不会破得这么快。

两位警员见我一脸木讷，问我怎么了。

我拉开了书房的门。除书架被书砸烂了以外，《一百零八身飞天图》下，散落着一地花瓣。其中还有一条她们没能带走的彩带，开门带起的风，吹得那条彩带独自飘舞。

难道她们就那么喜欢那些木构崖岩，那些莲花柱石，那些铺地花砖，当然还有那片千年荒野？难道她们就不怕被敦煌咽喉锁钥？我自言自语。我相信两位警员并未听明白我在说什么，但他们都在同一时间说，是这样。

我问了一句，老庄为什么要这么做？

展朱阁并未接话，而是说，楼下的垃圾筒都已经分类了，这世界已经堆积了太多的垃圾，其实人也是其中的一种，区别仅在于，有的可以分类，有的不可分类。

我很想知道小罗算不算垃圾，我向他们提出质询。敌奇户说，这要看你怎么看。

妻子出差

妻子因公外出从来没有过这么长时间。去年清明节物业组织业主在小区内植树，我和妻子一同栽下的一棵海棠，前几天下楼时，发现它已经开花了。妻子是过完正月后走的，现在已经是满园春天了，妻子还没有回来。早年，我跟妻子都年轻气盛，经常争吵。如今随着年轮渐长，各种矛盾已经渐趋平和。我为此专门记过一篇日记，题目叫《夫妻》，是这么写的：从一天一次，到一周一次，到一月一次，到一季度一次，到一年一次的无休止分歧和争吵，旷日持久的战争与和平，到慢慢步入一年一次，一季度一次，一月一次，一周一次，一天一次的问候与呵护，难分与难离。这是一天，也是一生。它跟一天一样短，又跟一生一样长。

夜晚，没有了对面楼上小罗的剪影，日子仿佛更加难熬。有时候我为了节约时间，让时间过得更有价值，我会拿出大量的时间来确保让自己无所事事，甚至煞有介事地独自孤坐，假装自己很会思考，很能思考，很像思考。很多时候我其实是用睁着的双眼，去极力掩饰自己内心的沉睡。没有人可以凌驾于这个世界之上，我要的也是与这个世界的妥协与和解。

书房里的书我已经收拾停当，但画框里的飞天图一直空空荡荡，飞走的飞天女也可能还会再飞回来，但不飞回来的可能性更大。等我再次抬头的时候，我忽然发现画框里孤零零地新冒出了一个飞天女，胖胖的，对着我一直在笑。

　　这人怎么感觉这么面熟啊？定睛一看，我说，就你这体型也能飞！我把她一把扯了下来。落到地上后她还在笑，我嘟囔了一句，我终于知道那些曼妙女子为什么待不下去赶紧飞走的原因了。

罗曼　罗兰

罗曼和罗兰搬到我家对门那天，我和妻子苏枚刚办完离婚手续，苏枚提着一个皮箱往外走，我把她送到楼下。我正不知该与苏枚做怎样的道别，我想苏枚也肯定如我一样，这时就看到罗曼和罗兰来了，后面是搬家公司的车。

苏枚或许早已忘记这两个对她来说只有一面之识的女人，她一句话没说，提着皮箱，只留给我和两个年轻女人一个背影。从此，她将从我的生活中消失。

罗曼说，那不是你太太吗？我说，是啊。罗曼说，看上去像是要出远门。我说，她这一趟门出得一定够远。

苏枚走了，我能说什么呢？

搬家人员一趟一趟地往上搬。她们临时租住的是十七楼一号，我在十七楼二号，住对过。

我和她们一起上楼。我下楼的时候，门并没有关，上来一看，搬家公司的人竟把东西全部搬进了我的房子，散散乱乱堆了一客厅。罗兰打开对面的门，罗曼说，不好意思，你先到我们这边坐吧。

搬家公司的人又重新把物件往她们这边拾掇。罗曼给我上了水，陪我坐在沙发上，罗兰一个人一一收拾搬进来的东西。她们的东西可真多，只衣服、鞋子、挎包就好几箱。我看到在一堆物品里竟然还有一身仿制的女式警服。罗曼一看警服，立马起身，说还是我来吧，你歇息着。罗兰并未落座，她找出了一款最新出品的老式唱片机，放进了碟片，一条小胳膊一样的支架，压上去，碟片就开始旋转，音乐弥漫开来。

> 摇起了乌篷船
>
> 顺水又顺风
>
> 你十八岁的脸上
>
> 像映日荷花别样红
>
> 穿过了青石巷
>
> 点起了红灯笼
>
> 你十八年的等待
>
> 是纯真的笑容
>
> 斟满了女儿红
>
> 情总是那样浓
>
> 十八里的长亭
>
> 再不必长相送
>
> 掀起你的红盖头
>
> 看满堂烛影摇红
>
> 十八年的相思
>
> 尽在不言中
>
> 九九女儿红
>
> 埋藏了十八个冬

九九女儿红

酿一个十八年的梦

九九女儿红

洒向那南北西东

九九女儿红

永远醉在我心中

我记得这张专辑是 1994 年开始发行的，一首《九九女儿红》，曾为经典，一时传唱不已，如今已经十多年过去，已很少听人再唱起。我说，这是首老歌。罗兰转过头，看着我说，人有老旧，歌也有老旧吗？我心想，歌肯定也是有老旧的。但看她不太友好的表情，我说，这首歌我也挺喜欢。罗曼看看我，解围似的说，你先回去吧。

过了一会儿，听到敲门声，开门一看，罗曼和罗兰站在外面。我问，有事吗？

罗曼说，你太太出远门了，跟我们一起出去吃饭怎样？

两个女人显然刚洗过澡，长长的发梢上似乎还缀着细小的水珠。罗兰穿一件白内衬，红外罩，黑褶裙，黑小靴。罗曼与她不同的是黄外罩，外加一个银色小包。想起半年前，我和苏枚最后一次去医院，我们在医院走廊的长椅上很无奈地坐着，谁也不知道下一步该怎么办。这时一个女孩走过来，赌气一般呼哧坐下，便不说话。随后紧接着跟过来一个女孩，说，罗兰，你可不能耍小孩子脾气！

半天，那个叫罗兰的女孩说，罗曼，你什么意思？我都二十六岁了，还是小孩子吗？

两个女孩好像为一件说不清楚的事争执不下，但苏枚听明白了，她问，你怀了孩子？那个叫罗兰的，不说话，点了点头。苏枚说，你应该生下来。罗兰说，我也这么想。她的同伴说，你懂什么？说着拽起罗兰就走。我赶上去，说，请原谅，我老婆比较关心孩子。

我跟着她俩下楼，一直走到楼下。罗曼说，你要干什么？我说，我想留你个电话。罗曼说，你什么意思？我说，没什么意思，我想跟你联系。

我随后联系罗曼，说，咱们做笔交易。交易？我说，罗兰的孩子，看你的意思是不想让她生，我想如果她生下来的话，可不可以送给我？

罗曼说，这不太可能。后来某一天，我问，孩子什么情况了？罗曼说，做了。我一听便挂断电话，并立即删除了罗曼的所有存留。但前不久，罗曼突然打电话，让我帮助找套临时租住房，越快越好。恰好我对门一直空着，联系到房主后，双方签了租约。我现在住的这个小区是我岳父的房地产公司开发的，这倒让我联系起来多了些方便。

我想接受两个女人的晚饭邀请，于是跟在她们身后走进电梯，直接下到负一楼车库，罗曼一按遥控，一辆宝马车的指示灯就亮了。

回来的时候，我已有些醉意，没想到罗曼点的是XO。上到十七楼，一个女人看样子原本是坐着的，听到电梯门打开，匆忙站了起来。女人说，你是罗提？我说，嗯，你是？罗曼和罗兰看了我一眼，罗曼说，我们先回屋了。

原来这个我有点陌生的女人是从老家来的。我自从十一岁离开家乡，就再也没回去过，老家已仅仅是个概念。按辈分，我应该喊她小婶。她絮絮叨叨跟我说了一夜，说得最后我在沙发上睡着了，以至于她早上什么时候走的我根本不知道。直到看着茶几上放着的一沓钱，我才记起了她说过的一句话，这事你一定帮着跑跑腿。睡足觉后，我就去了律师事务所，因一件强行拆迁民事诉讼案，接连忙了三四天。

这一夜我本来睡得很香，一是工作累了，二是苏枚离开我后，我反倒觉得身心轻松了，没有任何记挂。其实，我一个人在家的时候，心里还是挺想苏枚的，想她炒菜做饭收拾卫生的样子。工作上她其实也是我最得力的助手，但她说，离婚后她必须离开事务所。那天在对门听到《九九女儿红》的时候，我心里想到的就是苏枚。因为我认识她那年，她刚好十八岁，考上了政法大学的法律专业，而这时我代理她父亲公司的法律事务整整一年。我比她刚好大五岁。十八岁的苏枚像春天里挂在枝头上的樱桃，成熟鲜嫩，无可比拟。

睡到半夜，突然有人砸门。我睡眼惺忪地开开门，罗曼站在外面说，你过来帮个忙。此时，我一身睡衣，我说，我换件衣服。罗曼说，不用。

我走进1701，进去后我就傻了眼，罗兰全身赤裸，拿着一把刀。罗曼说，警察来了，把刀放下。然后捅了我一把。她这一捅，显然我就是警察。我上去，罗兰惶惑地看着我，我顺势把刀夺下来，然后把她夹在胳肢窝下，放到了床上，拽起被角，覆在她身上。这空当，罗曼把几粒药片送到她嘴里，用水给她顺下去。很快，罗兰就睡着了。我说，怎么回事？罗曼说，没事，你先回吧。

苏枚已经离开我，这让我的日常生活变得很窘迫，几次半夜回来，我都是饿着肚子钻进了早上连叠也没叠的被窝。我因此特地去超市，买上了一箱方便面，以备不时之需。在超市一角，摆放着几柜碟片，我一一看去，从一堆该下架的过时品里，竟然发现了那张1994年出品的《九月九的酒》，里面有那首《九九女儿红》。我毫不犹豫，买了一张，带回来，一边煮方便面，一边听歌。其实如果认真听，即使十多年之后，这首歌也还是蛮好听的。

十七楼是顶楼，很少有人上来，除了对门的两个女人没有别人。我已习惯了虚掩着门，反正我即使关着门，也会不时地被罗曼敲开。不过，这次过来的不是罗曼，而是罗兰。罗兰比前几天气色好多了，穿戴很整齐，红裙，穗头圆领，两耳坠环，长发从两肩前搭过来，翻卷而下，黑色一步裙。她可能已不记得自己曾经在我面前全裸过，所以并无半点尴尬。她不像罗曼那样稳重中添着几分活泼，似乎有些讷言，淡雅的妆容中透着清秀，却又笼着几丝郁悒。我看到她的发梢上，仍然缀着细小的水珠，想来应是刚刚洗过澡。罗兰说，听你放这首歌，我就过来了。你也喜欢？

我说，那天听你放，我又想起了这首歌。

你猜你喜欢哪句？不等我猜，她又说，我喜欢"掀起你的红盖头，看满堂烛影摇红"这两句。我说，可能女孩子都喜欢这两句吧。罗兰说，可惜，"九九女儿红，洒向那南北西东"，就跟说我的一样。

罗曼喊罗兰吃饭，让我一起，我说我已经吃过方便面了。

晚上，我看卷宗看得头晕眼花，又想起刚才罗兰过来的事。对一般人来说，罗曼和罗兰或许是两个神秘的女人，但对我来说，基本算见怪不怪。这七八年来，事务所什么案子没接过，涉及感情的案件每月也有好几宗！凭感觉，我知道她们不可能是过正常生活的女人，但我并不想追究她们的身份。

罗曼没敲门便轻轻地进来了，她知道我虚掩着门就是还没睡。我看到罗曼手里提着一瓶酒，她说，别看了，喝杯。

我说，叫上罗兰。罗曼说，她睡下了。

罗曼穿着黑裙，黄袖上衣，胸前一沓碎碎的黄丝线，脖子上的挂件十分精巧。她的黑发上也缀满了细小的水珠，一看也是刚洗过澡的样子。喝着酒，我问，罗兰那天怎么回事？罗曼说，她平常好好的，但隔段时间就要犯一次，半夜里惊醒，自己把衣服脱得光光的，然后抓着一把刀，谁也不让靠近，除非给她说是警察。头几次我也傻了，后来终于找着了这个办法。她一犯，我就扮警察，跟她演一番。

可那天你却敲了我的门。

因为我一直没找到警服，不知拾掇到哪里去了。

我当时不是也没穿！我说。罗曼说，不要紧，你是男的，她犯的时候意识模糊。当时解救她的，就是一个跟你差不多的男人。

罗曼又问，你太太真的是出远门了吗？

我说，不是，我们离了。

那么说，你跟你太太离婚的原因，是孩子？

也不单单是因为孩子，但是我觉得如果有个孩子，可能会好一些。

是不是你太太不能生育啊？不过，已经离了，你可以再找啊！要不，你就和我们罗兰结婚吧。

跟她？

罗曼说，我给你说着玩的，这怎么可能！她这一辈子是不会再嫁人了。不过，你看她漂亮吗？

形象还可以，我说。

都是我给她拾掇打扮，她自己根本不知道怎么穿，我如果不管她，只怕她要光着。我倒真想有个男人能看上她，然后娶了去，那样我也就省心了。若不，这辈子也只有我们两个人一起过了，谁也别想回去。再说，我们也回不去了。

你们要回哪里？

我回我的东北，她回她的中原。

你们不是一个地方的？

我们怎么会是一个地方！

可你们就像姐妹一样，名字也是，罗曼，罗兰。

你以为我们真姓罗啊？对于我们，名字不过是一个符号，哪当得真！其实，我们什么都没有，包括名字。不过，我很少见你这样的男人，好像对女人没有非分之想。

我知道她说的是那天罗兰犯病的事。

罗曼说，其实说起来，男女之间不过那么回事，出来进去之间，有的成了千古绝唱的爱情，有的成了肮脏不堪的交易，仅此而已。

我说，我对女人也很有非分之想。罗曼说，没看出来。我说，这回算让你感觉对了。你说苏枚不能生育，是你冤枉她了，其实并不是她不行，而是我不行。

你不行？我知道有些男人喜欢这么说，那都不过是些骗人的把戏而已。一上床，战斗照样激烈。

我正待举杯，罗曼说别动，然后就把满含酒腥气的两片粉唇吻上了我。吻了半天，我只感觉心里动了一下，然后就像星点火头一样，噗一下又熄灭了。或者说，像流星，很好看，却瞬间划过，无声无息。罗曼往下抓了我一把，确实没有她需要的感觉。她说，你脱了我看看。

我说，喝酒吧，这酒挺好喝的。

罗曼说，没事，我见过的多了。虽然我们被男人伤坏了身子，也伤透了心，但我希望所有正经男人还是健康的好。凭我感觉，你应该不是器质性的，而是心理性的。

最后罗曼告诉我，她和罗兰在这儿住不长，很快她们就要搬去已经装修好的别墅了。

后来在我外出办案的一段时间里，罗曼和罗兰搬出了1701。回来时，我看到门上贴着一片纸条：已搬走，回头见。

十七楼楼道的廊灯一定是被她们搬家时搞坏了，黑洞洞的，透出一股阴森凄凉之感。我常常半夜爬起来，检查一下大门是否还虚掩着，是否忘了关。有好几次，还真是忘了关。过去，回到家，有苏枚在家里，虽然我们大多数时间都是在不断地探讨治疗方法，彼此的心情都有些郁闷和无奈，但它毕竟像个家。我和苏枚是有感情的，也是有共同语言的。她毕业后，我的律师事务所已经很像个样子了，当然这得益于她的父亲。在我为她父亲代理法律事务的最初阶段，我们便取得了彼此的信任。如果不是她父亲的支持，往最好处说，我可能还是一个在别人事务所里干下手活的打工者或合伙人。苏枚毕业后，她父亲说，就让她到你事务所当个助手吧。对此，我当然求之不得。我和苏枚的事，最后也是她父亲点开的。有一次，她父亲问我，你是不是在等什么人？我说，没有。你毕业几年了？五年了。那你是什么意思？

经她父亲这一问，我才想起，是啊，什么意思啊？其实我没意思。我这几年，好像根本就没想这回事。这或许已经说明我是有些问题的，但我自己并没有认识到。结婚后，才知道她父亲正是看中了我这一点，因为从最初应酬，我都是坚拒去娱乐场所的，唯有一次被客人生拉硬拽去了一次按摩院，一个年龄不大的小姑娘给我服务。我觉得小小年纪就从事这种暧昧的工作，实在可惜，就说，你正是读书学习的年龄，不能在这种地方浪费青春。一个人不能没有钱，但最不可缺少的是不能没有知识。女孩说，不用给我讲这个，这些我都知道，你就说你做不做吧。于是，我就出来了。后来我给她父亲讲了这件事，她父亲说，现实就是这样，不是哪一个人能轻易改变的。社会就如同人的身体，看着好好的，但巧不巧什么时候就有长脓长疮的地方，说起来无大碍，看上去却不雅观。你别看我经常去这些场所，有时也是没办法的事。有一次，我遇见一个从中原来的小老乡，我也给她说了这样的意思，她在我面前哭得真让人痛心，她说她刚出来，没想到在这种地方还能遇见好人。我想趁她还未受到风尘的浸淫，几次动员她到公司来，走一条自食其力的正路，她却始终没拿定主意。意思是她是不得不出来的，出来了就没有退路，必须挣钱，而且是大钱，不是小钱。我狠狠心，往她卡上划了十万元，可最终她还是消失了。看来十万元已买不回她毁灭青春的决心。等我再去动员她，房还是那间房，可人已不是她了。不过和是不是她又有什么区别呢？一样的年轻，一样的娃娃脸。我还能说什么呢？我还能再给她划十万元钱吗？即使我把地产公司这些年挣的钱全撒出去，是否就能改变一切，天下太平呢？我想，不能。

我当然没有钱，我无法做到她父亲那样的善举。但我如果能有她父亲那样的身体呢？我是否也能保证做到一尘不染？这真是一个检验女人劳动观、人生观、价值观、金钱观、爱情观的年代，当然，毫无疑问，也是一个验证男人道德、品行、素养和意志力的年代。

我的问题让苏枚措手不及。假如试婚，婚前就可以暴露出来，我会重新审视与苏枚的关系，不会走入僵局。可我们进入了婚姻，我没能力完成它应有的议题，这样一来我们连朋友也做不得了。苏枚的离去，让事务所的业务受到了一定程度的影响。曾经的夫妻店，现在需由我一个人撑下去。

我背后听苏枚的父亲说，我只觉得这孩子挺老实，人品不错，没那些花花肠子，没想到是这样！

苏枚其实是不愿意与我离婚的，就像我内心并不希望她离开我一样，但我们在尽了最大努力之后，都做了冷静的选择。

人的一生很短暂，但真正过起来，又很漫长，一桩无性的婚姻不太可能支持两个年轻人白头终老。我们都认识到了这个残酷的现实。尤其是我，如果硬缠着，就显得很不道德了。

这一夜，我失眠了。

第二天，罗曼联系我，要跟我商量个事情。我说我在家里，她就过来了。她是下午时间过来的，但我仍然看到她的发梢上缀着细密的水珠。我不明白她们是随时洗澡，还是喷用的化妆水雾。

罗曼穿着枣红裙，黑色宽皮装饰腰带，胸前搭着一串葡萄一样的紫色挂饰。我跟罗曼、罗兰不过萍水相逢，后来很偶然做了邻居，如今又分在两处，完全是两个不同的轨迹，可我们很容易就交会到了一起。随着她们俩的搬走，我想我们的交往基本告一段落，不会再有什么瓜葛了。但事实并不是这样。

罗曼说，我和罗兰都希望你能搬过去跟我们一起住。我没想到，罗曼会提出这样一个问题。苏枚离去后，我确实还未从往昔的生活习惯中适应过来，孤独和落寞常常袭扰着我。再平庸的生活，我也需要有个交流者或倾诉者。如果不是她们那么及时地在对过租住了一段时间，我还真不知道会不会这么快就能摆脱生活的阴影。罗曼和罗兰是身上缺少阳光的人，她们的内心也一定既潮湿又燥热，她们的人生之路不用问就知道一定走得歪歪扭扭，或许是不被看起的人，包括那些与她们有切肤之痛的人，一转身也会把她们视为邪恶和毒药，但在我的生活里，她们还算明媚，她们带着生活的创伤让笑脸盈面，即使郁悒和冷艳也难掩曾经的活泼和善良。她们本是正常的人，只不过与大多数人相比，走了不同的路。这路首先是她们自己选择的，但想想，也不全是。

罗曼说，我其实也是没办法，为了罗兰。那房子特别大，我们住进去后空荡荡的，一到夜晚，很有些吓人。搬进去后，罗兰又犯过一次，等她安静地睡去，我哭了，这次我是真的哭了，感觉从未有过的伤心。哭完后，我就想起了你。我在想，从某种角度说，你跟我们一样，也是个孤独无靠的人，也有着无以言说的内心痛苦。你甚至跟我们一样，也是用身体上的疲劳弥补精神上的欠缺。所以，有时候我想，我们也可以说是一路人。

我说，你们两个女人，何必要住那么大的房子，岂不是自讨苦吃！

　　罗曼说，是啊，其实我们自己也知道，我们没有必要住什么宽敞的别墅。可我们当初有个梦想，就是发誓要住上这样的房子。当第一次我和罗兰从一幢别墅出来后，我们就有了这样的计划。现在实现了，实现后，才发觉当初这个计划实在很幼稚，也很可笑，既没有成就感，也没有幸福感，甚至连慰藉和疗伤的作用都起不到。就像我们当初是奔着钱而来的，现在我们有钱了，却突然间搞不明白，我们为什么要挣这么多的钱，挣到钱后又该把这些钱花到哪里去。

　　我说，好好给罗兰治治病。

　　有些病，不是钱能治的。你的也是。罗曼说。我和罗兰是生死姐妹，她救过我，我也救过她，我如果像她那样，她也会一辈子照顾我的。

　　我问，罗兰怎么落下的这病？

　　罗曼说，我们吃过的苦都差不多，谁也不比谁好到哪里去。我想用"出外勤"三个字来表述我们的一种业务，对这种业务我们一般很谨慎，一个决定出去，就会给另一个招呼，留有照应。有一次对方点明必须是时鲜的，可时鲜的到哪里去找，罗兰只好硬着头皮想用动物血瞒天过海，结果却被打了个半死，一个多月没能上班。后来一次，就更严重了，被人绑了，受尽了侮辱和折磨。一开始我只身闯入匪窝，与他们交涉。匪头问，我们不放怎么说？我说你们不放就得进去。匪头哈哈大笑，说，笑话，就凭你能把我们送进监狱？我说我能。我花钱雇用了过去的一个常客，他很义气，假扮警察。我不过是赌一下，搏一搏，不成功也无所谓，罗兰如果被他们害了，我也没有再活着的意义。没想到这家伙，表现异常出色，不仅救出了罗兰，还敲诈了匪头一大笔钱。看他那气势和沉稳劲，是不是一个真警察也很难说。那几天罗兰遭的罪一定非常人所想，连在我面前她也压根不提，但从那时开始，就常常在半夜里犯病。这个事件促使我们下定决心，洗手不干，因为罗兰也无法再干了。

我说，那罗兰怎么怀上的孩子？罗曼说，我猜应该是那个匪头的。匪头因为吃了亏，后来一直追踪我们。知道罗兰怀孕后，指令让罗兰生下来。

他还想要那孩子？

他哪是要？到时他转手就卖了。听说，他原来就这么干过。所以我和罗兰急着搬了好几处房子。

我说，罗兰好像很喜欢那首《九九女儿红》。

罗曼说，哪个女孩不怀念自己的十八岁，尤其是我们这些人？听罗兰说，她们姐妹三个，她最小。她父亲一心想的是生个儿子，可一个一个全是女儿，结果因为超生家里被罚得一贫如洗，父亲从此染上了贪酒的恶习，平时待女儿也还说得过去，可一喝上酒，立马像变了个人，满腹的委屈就全撒到女儿身上。大女儿一次次被父亲打得遍体鳞伤。后来找了婆家，却因为彩礼僵持不下，一气之下，喝药死了。大女儿嘱咐两个姐妹，我今天的下场就是你们两个明天的下场，你们要么跑，跑得越远越好，要么在家被砸死，或跟我一样喝药死掉。

罗曼一边说着一边流下了眼泪。我也很心酸，但更觉惊悚和惊异。在罗曼叙说的过程中，我一遍遍站起来，又坐下，一个劲"啊啊"不止。罗曼问我怎么了，我说，你还记得你们刚搬到我对门时找我的那个女人吗？她是我老家人，我喊她小婶。她跟我诉说了一个晚上，完全就是罗兰故事的翻版。据她说，我那个小叔现在已经烂醉如泥，什么活也干不了了，但两个女儿头两年寄回家很多钱，村里人也知道这两个人在外面干什么，后来就再也没有音信了。小婶说，村里人嫌弃，但她不嫌弃，她想找到女儿，回去也好，不回去也好，总得知道在哪里，想见时见上一面。为此小婶找遍了所有从村里出来的人，我十一岁离开家已经多年了，村里人可能没几个记起我，但她仍然跑到了我这里来，央求我打听下落。可我一向是个不进娱乐场所的人，就是进了迎面碰到又能怎样，我能认出来吗？因为小婶给我的照片，是她们姐妹俩六七岁时的，女大十八变，现在是什么模样，光靠小婶描述我根本无法想象得出。

罗曼说，既然这样，你更得到我们那里去了，到时我会带你去一个地方。

我是三天后搬进罗曼和罗兰别墅的，我住一楼，她们俩住二楼。二楼有两间一样大小的朝阳卧室，我以为她们一人一间，想不到她们却是两人挤在一间。罗曼说，我们两个人其实就是一个人，不能分开。过后，罗曼单独对我说，你还不明白，不跟她住一间，犯病怎么办！

我还真忘了这茬，所以我说罗曼确实没必要住这么大的房子。

住在对过时，每次见她俩头发都是湿漉漉的，我不解，搬来后才知道，她们每天都洗四五遍。我说，用得着吗？罗曼说，我们习惯了。不洗一下就觉得难受，总觉得身上有好多脏东西。

我连一天一洗也坚持得不好，都是罗曼催着我，该洗澡了。我在一楼大卫生间洗，有时罗曼会推开门，倚在门口，看着我洗，一边看还一边露出浅浅的微笑，眼里荡漾着一份女人的柔情。记得有一次罗曼问我，你过去在家洗澡时你老婆也这样看过你吗？我说没有，看我洗澡，对她来说，是个折磨，她会很难过的。

罗曼的身份让我并不太避讳她，我一边说着一边还想给她做个鬼脸，却发现她的眼里挂着泪。罗曼"唉"一声，叹口气说，真是家家有本难念的经，各有各的难处。等我结婚了，我会看着老公洗澡，我发觉这是一件非常幸福的事。罗曼甚至说，或许我会帮他洗，或许不等洗完就会在淋浴头下做爱。

罗曼竟说得我心里热乎乎的，我突然都有点想拥抱她的感觉。

罗曼却在这时转身把门闭上了。接着听到罗兰在外面哧哧笑，说，这辈子你还没给男人洗够啊！想给他洗，别让我看见，以后你可以带他到那边去洗。

那边是哪里？罗兰却没说。

随后不久，有一次下午，我一回来，罗曼就让我洗澡。洗完澡出来，罗曼跟着我到了卧室。她给我准备了一身看上去很高级的衣服，说穿上看看。等我穿戴整齐，罗曼拽着我去二楼。我跟着罗曼走上二楼，罗曼把卧室门打开的一刹那，我觉得很搞笑，整个卧室是按新房安排的，里面烛光摇曳，张灯结彩，罗兰顶着帽头红，坐在床沿上。罗曼递给我一支小杆，意思让我揭开。我正犹豫，如何是好，罗兰自己一把把红盖头扯掉，笑得倒在了床上，我和罗曼也大笑不止，三个人在床上滚在一起。其实，一边滚在一起，我一边心酸，这都是小时候过家家的游戏，如今却在成人世界中上演。难道罗曼和罗兰的内心是真把它当作游戏看吗？我想不是，她们其实是真的盼望在她们的生命中有这么一场婚礼。她们也满心希望着某一天，与一个真正相爱的男人恋爱结婚，锅碗瓢盆，打情骂俏，做爱生子。这个梦不只罗兰在做，罗曼也一定在做，因为我想起了那天罗曼看我洗澡时，眼里流露出的神情。

这次，我们三个人在二楼卧室开了晚饭。我们没有喝XO，而是喝的女儿红，两大坛子。说到喝酒，她们两个不管谁，我都喝不过。在过多的寂寞时光里，她们已经练就了酒量，酒也麻木了她们的痛苦和忧伤。她们和酒是朋友，第一次跟她们出去吃饭，我就见识了她们与酒的亲密。我以为罗曼是为我点的酒，喝起来才知道，我的确不过陪衬而已。酒后的她们，红润、饱满、开朗，仿佛遍地阳光。似乎这时她们才更像正常人。

那天晚上，罗兰很开心，罗曼也很开心，我似乎也很开心。但房间的喜庆气象，让我还是不由自主地想起了我与苏枚的洞房花烛。望着端庄典雅、红润靓丽的苏枚，任谁也会想到，人生幸福的新篇章肯定就此揭开了。我肯定也这样想，但接下来竟是不分昼夜的折磨，彼此心灵的痛苦无以言说。我们在事务所天衣无缝的配合，怎么也无法复制到床上来。一张床，成了我们俩心中永远的痛。

但我今天，不能坏了两个女人的兴致，她们轮番跟我喝酒，我也主动跟她们喝，于是三个人说笑不止。我说罗兰，今天你应该放《九九女儿红》才对！罗兰说，对呀，我怎么把这事给忘了？

于是满屋子响起了歌声。

斟满了女儿红
情总是那样浓
十八里的长亭
再不必长相送
掀起你的红盖头
看满堂烛影摇红
十八年的相思
尽在不言中

罗兰说，来，喝酒，喝酒。我们在歌声中，又开始推杯换盏。这是我与罗兰在不长的交往中唯一见她有说有笑的一次。从心底里发出的笑，感染力绝不一样，就像酒的标度，一定优质、醇厚。今晚上的她，才可能是她的本性。

醉眼蒙眬之中，我觉得生活也挺有意思，上帝或许并不那么严肃，也喜欢幽默和调侃。比方，我娶了一个老婆，她却离我而去。走了一个，身边却一下冒出了两个。

不用说，这天晚上我醉得一塌糊涂，当晚就在二楼卧室的地板上睡着了，她们给我盖了细软的小被。在这柔软的被面下，我的梦一个个铺展开来。我在梦里似乎见到了苏枚，她在一个远远的地方看着我，我反复努力地在向她走近。这说明苏枚虽然早已经离我而去，再也不会回来，可我并没有忘记她。我只是想她，我也不知道想她还有什么意义。

罗曼和罗兰习惯于晚起，我挺着昏昏沉沉的头下到一楼，天已经亮了。我回到自己的床上，不知不觉又睡着了。直到听到二楼哗哗的水声，才再次醒来。我知道她们又在洗澡。

早餐后，我问罗曼，你不是说带我去个地方吗？当初你动员我搬来时可是这么说的。罗曼说，今天咱就去。

罗曼今天穿了一身墨色职业装，多了一些干练和果决。宝马车静静地划过街面，停在了一家"婪岸洗浴城"。一进门，服务生职业性毕恭毕敬地喊：经理好。大家都有些奇怪地看着我。罗曼说，你是开业后进来的第一个男人。我打眼一看，从领班到前台，清一色的女孩，客人中也未见有男人。罗曼领我上到二楼，在走廊里拐了两个弯，然后进了一间小浴室。罗曼说，这是我们职工的专用小池，昨天你醉了一夜，先洗洗吧。这是一间差不多有五十平方米的小浴室，周边一圈淋浴，中间一眼小池，水中有几个按摩躺椅，正对面是一个超薄大屏幕电视。我也没客气，守着罗曼就把衣服脱去，进了小池。我问罗曼，你和罗兰开的？是。怎么叫"婪岸"？听起来怪怪的。罗曼说，你应该是个聪明人。罗曼不再说什么。我也闭上眼睛，一个人独享这份安宁。我在想，"婪岸""婪岸"，咋叫这么个名字呢？想了半天没想出来。水温的侵袭，让我安逸和放松。我在水池中的按摩椅上再次睡去。

恍惚听到了《九九女儿红》的歌声，我醒了。我坐直身子后，差一点叫出声来，因为我看到有好几个女孩赤身裸体地在小池周边几个淋浴头上冲洗。因为热水升腾起来，多少还有点雾气，就跟置身仙境一般。因此我绝对怀疑自己看错了，是不是还在醉酒状态，甚至是做着荒唐的梦。可我仔细看，确实长长的头发，圆圆的乳房，婉约的曲线，白皙的皮肤。我没有看错，的确是几个青春女孩，她们在优哉游哉地冲澡。能抛开人间的烦躁，她们的确是仙女。听到我这边有动静，其中一个女孩扯着一块浴巾走过来，说，醒了？跟我来。我看看她，又看看自己水下的身子，她可能明白了我的意思，说没关系。

竟然没关系！我于是快速地穿上衣服跟着她，她打开了一扇浴室边上的小门，说进去吧。我走进去，原来是罗曼的办公室。罗曼正在看一沓子表格，想必是财务报表之类。罗曼说，你今天怎么这么能睡？我没接她的话，说，你让我洗澡，怎么又放进去了女人？罗曼一笑，说，你这待遇可是不低，过去的皇帝也不过如此。你觉得这些女孩怎么样？我说，没看清。可能都很漂亮吧。罗曼说，是的，她们都很漂亮。我这时忽然想起了"婪岸"这两个字，我说，我明白了，十八女，十八女，回头是岸。罗曼笑了，说，我说你很聪明嘛！

回头是岸，我在琢磨。想起几个冲淋浴的女孩，对我赤裸裸泡在浴池中见怪不怪。我说，原来这些女孩以前都曾……我刚开了个头，罗曼就给我打住了，她说，可能她们见识过的男人裸体比你还要多。我跟罗兰收手后，就盘下了这个场子，我们只招待女顾客，清一色的女服务生。服务生的招录条件，很特殊，必须是曾经从事过某一个行业，浪子回头，洗心革面，才可以进来。巧不巧你能在这里边找到你要找的人。不过，《九九女儿红》怎么唱的来着？九九女儿红，洒向那南北西东。她们遍布天下，又哪是一个婪岸可以盛得下的？你要找的人至今有没有收手，也未可知。

罗曼又说，昨晚我们都喝多了，我不放心罗兰，我先回去了。你可以在这里了解和查看一下，但除了这间办公室和这个小浴池你哪儿都不能去，我不想让任何一个女顾客遇见你。

帮我打开浴室侧门的女孩叫小桃，罗曼把她留给了我。

听小婶说，她的三个女儿，老大叫水晶，老二叫翡翠，老三叫珍珠。我拿出翡翠和珍珠的照片，仔细端详，仿佛要看出个究竟的样子。小桃说，你妹妹？我说，也算是吧。

我问小桃，咱们这儿有叫翡翠和珍珠的吗？小桃说，有啊！

我原以为这名如此别致，不过一问，竟然真有。小桃说，这有什么，比这别致的还多着呢！管什么宝贝都有。

一会儿翡翠进来了，也是发梢缀着细密的水珠，像一株出水芙蓉在我面前摇曳。您找我？她说。我指指沙发，坐吧。短裙，宽松的海蓝蝙蝠衫，知性地坐着，我在心里已经否定了她，她不太可能是我要找的人。我说，你的名字真好。

她走后，小桃说，大学生呢！

唔，看得出来。

听说大三的时候，有个老板让她代理业务，后来就被老板占有了。

她学什么的？小桃说，听说是法律，不过后来她没读完就退学了。可她退学后不久，老板就跳楼了。

跳楼了？

她也一直在怀疑，老板不太可能跳楼，因为他妻子儿子都在国外，好好的。老板是在外地跳的，随后就火化了。她怀疑是替身，而真正的老板可能整容后，已经外出。

珍珠进来时，进门就问我，找我做什么？我说，跟你拉呱。

拉呱行，不过我们能有什么好拉的？我们过去的身份想必你也知道，可我们现在已经洗刷刷了。

洗刷刷，洗刷刷，她们都在洗刷刷。

我说，你是从农村出来的吧？珍珠说，你这话说的，谁不是从农村出来的？你不是吗？

我说，我是，我是考学出来的。珍珠说，我也是。我说，你肯定不是。珍珠说，嘻嘻，让你看出来了。不过我可是有文凭的。说着，就从包里掏出一本证书，晃了晃。然后又说，假的，花钱买的。好多姐妹们都有。我买的是空乘的。

既然是假证书，何必还去选专业，跟真正的考生报考似的？

珍珠说，开始我是觉得挺有意思，因为在地上人家都把我们当作一种家禽来喊，肉体上受磨损，名分上还要再遭受侮辱。有这证书一拿，就可以上天，成为空姐。就算动物，也可归入白天鹅一类。

这个珍珠还真能自嘲，拿得起，放得下。

因为翡翠和珍珠出来后就没回过家，所以我故意说，你出来后，怎么再也不回家？珍珠说，没有啊，我每年都回去。去年，我父母还过来看我来着，我那时还在金土地大酒店。

那你怎么接代？

很简单，我买了套高级职业装，戴上了一副上好的眼镜，然后带父母去了一座三十七层高的写字楼，说是我们公司。我父母当时就一番唏嘘。在楼下正要拍合影的时候，一辆新款轿车突然停在了我们身边，车门一开，钻出一个男人，看见我后，先是一愣，然后又一笑，上楼了。我指着他的背影说，我们老总，是不是特有风度？父母走后，我还在想，那个臭男人，原来有这么大一座楼。

珍珠跟我要了一支烟，吸得很飒，吐出一个个圆圆的烟圈，连成一串。这让我想起了女人如烟的话题，是什么将她们点燃，让她们变成了你手中的烟？为什么只要扑向唇间，化成灰竟然也没有一丝遗憾？既然聚散离合都能随遇而安，却何苦要化作一支被人点燃的烟？漫不经心间生命燃烧，想的是去弥漫别人的眼，到头来却全是空缠绵？

　　我仔细地看着她，突然发现，好像只有她的发梢没有缀着细密的水珠。我说，你怎么不冲澡？她抓了一把头发，唉！洗就能洗去一切？白的洗不成黑的，黑的也断洗不成白的。这时小桃进来了，珍珠掐灭烟头，说冲个澡也好。小桃帮她打开了通往小浴室的门。

　　关上门，小桃问我，你跟我们经理什么关系，她能把你带进里边？

　　我说，朋友。小桃说，朋友？我们经理是不交男朋友的。我觉得在小桃面前没什么避讳的，就说，可能因为我是伪男吧！

　　你是伪男？这怎么可能？我以为她也要像罗曼那样，给我一个拥吻，然后做一番检查。小桃没有，她看了我半天，说那也太可怜了吧！

　　我岔开话题，问她，看你年龄不大。小桃说，不大，十八。

　　你进城后第一站是在哪里？

　　我能去哪里？这里就是我的第一站。

　　不可能吧？好像你们经理说，这里可都是有前科的。小桃说，按说是不可能，我本来是来投奔一个姐妹的。一见我，她就哭了，哭完后，就把我带到这儿来了。

　　我说，她是对的，她救了你。

　　她救了我？她把钱倒是挣足了，家里别墅都盖起来了，却不让我挣。

　　我说，你就这么想挣这个钱？小桃说，大不了牺牲几年就是，什么钱不是钱，你难道不愿挣钱吗？

　　在这儿不也一样挣？

　　当然不一样，在这儿和在老家没有什么区别，我在家里也能挣这么多钱。

　　说明你老家现在也不差。

　　是不差。过去是单纯种地打粮食，卖不了几个钱，现在不一样了。村里把所有土地转包给了一家蓝莓公司，春天漫山遍野全是花，什么农家乐呀，生态游呀，都开起来了。我们村有个外出捡破烂的，这些年都捡了几十万。我觉得人家怎么那么有钱啊，在家待着压力真是大。

所以就想出来挣钱，什么钱都挣？

是的。问题是干别的，我挣不到大钱。我说，知道为什么这个地方叫"婪岸洗浴"吗？小桃说，不知道，人家开洗浴主要是招揽男顾客，这里可好，全是女的。

因为她们都受过伤，当初都是抱着跟你一样的想法起步的，可到头来发现自己伤痕累累，不仅生活没有了方向，连继续生存下去的勇气都没有了。

受伤？什么伤？你看翡翠有伤吗？多漂亮啊！她可真有钱！

我说，我如果给你十万块钱，你能不能真正安下心来，不再有别的想法？说完我就后悔了，我是因为想起我岳父曾经这么干过，才突然冒出了口。

小桃说，那好啊！不过，我怎么报答你呢？你包我吧！

我赶紧说，你忘了，我是伪男。

中午我让小桃给我要了盒饭，吃完躺在罗曼办公室的沙发上又睡着了。这似乎是我有生以来最困乏的一天。

小桃把我送出洗浴城的时候，我问小桃，怎么没听到你们放《九九女儿红》？小桃回答，一般罗兰来我们才放，但她很少来。

外面灰蒙蒙的，弥漫着细细的雨丝。我漫无目的地在大街上转悠，最后走上了城市的中心广场。因为有雨，广场上已没几个人，一个环卫工在远处打扫。我低头看到脚下有一张纸片，我拾起来，这时城市的夜晚已来临，街灯骤然绽放，广场一片通明，亮得有些晃眼。我看清楚纸片上是治愈阳痿的广告，看来这座城市不只我有问题，我想假如这座城市的男人都有问题，是不是更好？我掏出打火机，将它燃掉。这时，罗曼的电话打进来，问我怎么还不回去吃饭。

罗曼的电话，让我又想起了苏枚。假如她这时发现我一个人孤独地蹲坐在空旷的广场上，她的心里可能也会很难受，因为不管怎么说她并不是真心想离开我。其实，我现在想的是，我有问题，好像也很好。我如果没有问题，一切也会变得很不正常。

生活就是这样有意思，我是一个孤独的男人，却有电话催我吃饭。两个原本素不相识的女人，跟我并没多大关系，但我们像居家过日子一样和谐，有时还彼此牵挂。这得需要多大的力量和多深的缘分，才能让三条线准确无误地交汇到一起？

等我回到别墅，三个人才一起开饭，今天晚上都没有用酒，我看到罗兰的气色还算不错。这些天我一直担心或者等待着罗兰犯病，可她一直没有犯。睡前，我跟罗曼说，是不是好了？罗曼说，不太可能，不过比原来见好。如果一直这么平稳下去，也说不定呢！

小婶的事，我已经放下了，这确实是一个我不可能完成的任务。事务所的事、苏枚离去后的不适也调整过来了，我连着顺利地完成了几宗诉讼。罗兰一直也没犯病，罗曼的饭菜做得也很拿手，偶尔用点酒，三个人有滋有味。我觉得心里很坦然，很轻松，感觉身体从未有过的舒适。后来回想起来，这竟是一段最为惬意的时光。

一个多月后，我又去了一趟娄岸。去娄岸不再是为小婶的事，而是想去看看小桃，甚至想能再见见翡翠也不错。

小桃问我，你还想找谁？我没说想见翡翠，我犹豫了半天，说先放曲《九九女儿红》吧。

九九女儿红

埋藏了十八个冬

九九女儿红

酿一个十八年的梦

九九女儿红

洒向那南北西东

我问小桃，你不喜欢这首歌？

小桃说，不太喜欢，我喜欢节奏快的，比方说，洗刷刷洗刷刷。我说，那你好好听听这首歌。我去洗刷刷洗刷刷。

小桃帮我打开通往浴室的侧门，我叮嘱小桃，今天不能让任何一个女孩进来。

为什么？她们都已经习惯了每天冲洗好几次。小桃说。

里面池水碧蓝，像一面明镜，我像有特异功能一样，用赤裸的身体穿过镜面，浸进水中。小桃跟进来，她看到的时候，镜面上已经起了一层皱纹。我说，不是不让你进来的吗？小桃说，我给你打开电视。

我在水下固定的按摩躺椅上放下身子，很舒适地看着电视。电视上正在播放一档综艺节目，一组相声，我的心情被相声撩拨得很不错，就像一缕阳光照过来又照过去，好几次笑出了声。看看周围，好在是我一个人，不用在乎莫名其妙的傻笑。我想起我在罗曼办公室睡着的那天下午，突然闯进来的那个女人。我从沙发上迷迷糊糊地爬起来，接待了她。她显然把我当成老板了，认真跟我探讨洗浴城的发展现状、经营模式和存在问题。她说，婪岸的经营理念给我了一个启发，我想写个东西，把这个问题提出来，或许有些意义。她递给我一份材料，我看清楚是一份提案。于是，她自我介绍，她是市政协委员，她说，其实我关注这个行业已经很久了。洗浴，从过去的大澡堂发展到现在的洗浴城本来是个很大的进步，澡堂子时代与我们今天所要求的生活质量的确相去甚远，但即使不说，大家也心知肚明，在这高档的洗浴城里，却天天发生和上演着不阳光、不道德和不文明的事，回过头来再看，你很难说是过去的大澡堂子脏还是现在的高级洗浴城脏。相当一批家庭主妇对这些不文明经营的洗浴城欲恨不能，它诱惑着一批女孩走向了歧路，也让一批男人在色欲中沉沦。我在大厅里的时候，就有一个女人，她显然不是客人。我问她来干什么的，她说来找自己的男人。结果一问，才知道这里不接男客。我想，如果所有的洗浴城都像嫠岸这样，男女洗浴专营，男用男服务员，女用女服务员，完全可以把这个行业净化，恢复它本来的面貌。

我认真听着她的陈述，说实话我并没像她那样想得这样深远，或者说我的心思并不在这上面。在她陈述观点的过程中，我甚至好几次想到了我手头的案子，偶尔也在想罗曼和罗兰的身份和处境，当然我也想到了老家小婶嘱托我的任务。这个女人说得有错吗？显然没错。她提出的是个笨法子，但肯定很实用。但她的改良思想难以符合市场经济法则，我明显感觉，我们是两个小人物在探讨一个大的社会问题。我们的能力和行动连罗曼和罗兰都不如。

现在电视上播出的是一档类似《动物世界》的节目，《动物世界》是个名专栏，但它因为经常要讲到各种动物的交配，也被有些人戏称为动物交配世界。很奇怪，电视上是两只狗在亲密友好，这在我老家有一个土话，叫吊秧子。两只狗黏在一起，不停地吠叫，不知它们是幸福地痛苦还是痛苦地幸福。这画面突然打开了我多年的记忆。我十岁那年，和伙伴小歪牙也曾在街上遇见了两只打架的狗，它们缠在一起，无法分开。小歪牙找到一根木棍，驱赶它们。它们边吠边退，一直退到了一户人家，好像那户人家就是小婶家。小婶家的大门有一个四五十公分高的门板，一只狗过去了，另一只狗却被挡在了外面，但它们仍然无法或者不愿分开，这样有一个东西就担在了门板的槛上。我看到小歪牙一阵兴奋，举起木棍猛然砸了下去，门板槛上立马呈现一堆肉泥。两条狗撕心裂肺地号叫，使我的心一阵一阵紧缩，我好像变成了那条狗，身体的某个部位也变成了一堆肉泥。我十分疼痛和苦难地闭上了眼睛。两条狗出格的号叫，引来了很多人。当我睁开眼的时候，小歪牙已不知跑到哪里去了，但我手里握着小歪牙打狗的木棍。我在十岁以前，不知吃过小歪牙多少亏，但每当我们再玩起来，我往往会把一切又忘记了。这一次，那么多人盯着我看，看着我手里带血的木棍。他们是谁我已分辨不清。只听有人说，这孩子怎么这么恶毒！也有人恶狠狠地说，把他也给割了！我想起十岁以前，好像一切都很正常，是否就是从那时起不正常了呢？

我看着电视画面，眼前的两条狗和记忆中的两条狗有着迥然不同的境遇，它们应该是愉快的。我看到了其中一条狗身上有一种红红的膨胀，这是一种雄性的力量，它可以在广袤无边的原野上铺展开来，像无形的风暴掠过高山大海，让山林呼啸生风，让大海翻滚巨浪。

我觉得自己仿佛置于风暴的中心、巨浪的包围圈中。大脑中闪现出一幅幅画面，高耸的山峰、参天的大树、尖顶的楼盘、长河边定河神针一样的电视信号发射塔，我甚至想起了女人，曾经全身赤裸着的罗兰，曾经在小池周边淋浴头上优哉游哉洗澡的小姑娘，我甚至回味起了罗曼为检验我而主动送上来的亲吻。我突然觉得浑身充满了力量，身下似有一把水草，从柔弱地漂浮摇摆到强势地上扬生长，身体某个部位不可控制地鼓足了向外伸张的力量。我低下头看水中的自己，我被自己吓着了，也被自己感动了。我呼啦站起来，碧蓝的水面像一块巨大的玻璃瞬间碎裂，我甚至听到了玻璃碎裂的巨然轰响。我从水面上跳出来，倒映在小池中的身影，歪歪扭扭地在重新聚合，我不知此时自己该往哪里去，该干些什么，我奔着通往办公室的小侧门快速跑去，并且急切地打开。当一个全身赤裸水淋淋的男人，张扬着满身雄性，突然出现在办公室小侧门的门口时，被小桃堵在办公室里的一堆要冲澡的小姑娘全都惊呆了。当然，我也惊呆了。

这种亢奋的情绪一直延续到了晚上，难以平复，我辗转反侧，却与梦的方向愈走愈远。半夜里，我悄悄上到二楼，走进罗曼和罗兰的卧室。借着窗外依稀的灯光，我看到她们睡得香甜而又安详，罗曼一只胳膊搭在罗兰裸露的肩头。她们像姐妹，也像母女，也像夫妻。她们在偌大的城市里，在同一间卧室里，安静地沉睡。这一夜，我甚至第二次走到了她们卧室的门口。今夜我看到的罗曼和罗兰似乎与以往不同，她们在我的眼中，妩媚而又漂亮。难道是我原来没有发现过她们的美吗？我很想拥抱一下她们。

一夜睡得并不踏实，但早上起来，精神很好，我甚至破天荒第一次做了早餐。像往常一样，罗曼是第一个从二楼上下来。罗曼走近我，声音不大地说，你昨晚是怎么回事？

昨晚你知道？

自从和罗兰搬进来的那天起，我睡得再沉，也始终醒着一只眼。

我告诉罗曼，你说得对，我不是器质性的，我是心理性的。

这句话我好像说了好几遍。我确实有些过于兴奋。

你什么意思？罗曼惊觉地盯着我看了大半天，然后突然抱紧了我。但她显然很快就感觉到了异样，断然将我推出了她的怀抱，让我们彼此离得有三步之遥。我是心理性的。我的声音很大，把自己都吓了一跳。我无可控制地又冲上来，试图将她抱紧。也许是我用力太猛的缘故，我和罗曼都跌倒在了巴西红木地板上。罗曼用力一蹬，我仰躺开来，却看到从二楼到一楼的楼梯上，倒立着一个身影。我急忙翻转身，再看，就看到了楼梯上的罗兰和她手中握紧的尖刀。罗兰身穿丝质镶边三点内衣，大部分身体都暴露在外面。是不是少穿一点比什么都不穿还要性感？我看到的是她的冷艳。我不知道她是犯病后撞见了客厅的一幕，还是我的叫喊和行动又让她犯病了。

罗曼没有让我再跟进她们的卧室，她把门啪的一下闭上了。

大半个小时过后，罗曼才走下楼来。想必罗兰已经安静，或者重又睡下。罗曼跟我说，你该走了。我局促地站着。罗曼说，我是说搬走。

我又重新回到了1702。早上的阳光投进来，把客厅照得一片金色。我看到《九九女儿红》唱片的封面，依然静静地躺在茶几上。

我在沙发上木木地坐下来，《九九女儿红》的旋律和着金色的阳光，一遍又一遍在心底默默地流淌。

> 摇起了乌篷船
>
> 顺水又顺风
>
> 你十八岁的脸上
>
> 像映日荷花别样红
>
> 穿过了青石巷
>
> 点起了红灯笼
>
> 你十八年的等待
>
> 是纯真的笑容
>
> 斟满了女儿红
>
> 情总是那样浓
>
> 十八里的长亭
>
> 再不必长相送
>
> 掀起你的红盖头
>
> 看满堂烛影摇红

十八年的相思

尽在不言中

九九女儿红

埋藏了十八个冬

九九女儿红

酿一个十八年的梦

九九女儿红

洒向那南北西东

九九女儿红

我在想，我是因为不行，苏枚才不得不离我而去。可当我行了的时候，却被两个女人从别墅里赶了出来。

离开别墅时，罗曼曾说，我和罗兰都羡慕你，因为你可以重新开始新的生活。

我不知该说什么，似乎是问罗曼，今后罗兰怎么办？放心，有我呢！罗曼说。

可我怎么开始新的生活？我再次想起了苏枚，苏枚在哪里呢？她过得好吗？关于苏枚的记忆却突然间变得模糊，唯一清晰的是我刚刚认识她的时候，她十八岁的样子，是一枚刚刚成熟起来的樱桃。

我觉得我应该出趟远门。我走了，感觉足足有两个月的时间。回程的路上一算，竟还不到二十天。这期间，我再没接到罗曼一个电话。我的内心其实很怀念那段电话催我回家吃饭的时光。身份背景不同、道路追求不一的三个人，竟也可以拼凑出一幅酸甜苦辣的生活场景！一伸手，就可触摸到生活的质感。我揣着兜里并未交还的钥匙，很想再去别墅看看她们。

一进门，就闻到从厨房、卫生间冒出的酸腐臭气。我感觉有些异样，直接奔上二楼。二楼卧室里，罗兰浑身赤裸，手握尖刀，看见我后，像一堆泥沙一样，垮塌了。我迅速把罗兰送往医院。

罗曼呢？罗曼到哪里去了？我从罗兰手机上看到一则信息：她是罪有应得。我顺着号码打过去，服务音提示空号。我看发信息的时间，是三天前。也就是说，罗曼已经失踪三天了。

会是什么人干的呢？我想起小桃在办公室时，跟我说起过，曼姐可能得罪过黑帮的人，她一直跟他们较着劲。我想，罗曼的失踪，一定与那个匪头有关。

罗兰出院后，我把她重新安置在了1701。我知道罗兰需要有人照顾，看来一段时间我不能再上班了。我甚至想，要不要把事务所的事全部停下来。我跟罗兰商量，我陪她出去彻底治疗。罗兰不置可否，只看着我，苦涩地一笑。罗兰说，你帮我梳梳头好吗？在我帮她梳头的时候，罗兰说，你看过我的身体是不是？你觉得我美吗？我说，很美。罗兰说，如果不出来的话，我应该和他结婚了，也一定有孩子了。他是我们村小学的教师，长得跟你一样，挺帅的。临走的那天，我站在坡岭上，看他敲响上课的钟声，才上路的。我原想出来待个三年两载就回去，可没想到这一出来就回不去了。那天洞房，我把你当成他了。喝醉了，一晚上做梦都是跟他在一起……

罗兰仿佛自言自语地说了很久。停下叙述后，她长时间地闭着眼睛，我以为她又睡着了。她再次说话的时候，声音虽然不大，却吓了我一跳。她说，你怎么不说话？

我沉郁地说，罗曼的事怎么办？

罗兰说，罗曼的事不要报警。以后发生什么事，你也不要报警。

我一夜没有睡好，心里始终惊悸，天一亮，我就去对门，对门却已经空空如也。罗兰也不见了。

我到底要不要报警？不报警，罗曼和罗兰可能会彻底远去，不知所终。报警，我又如何报？我对她们到底知道多少？她们是哪里人？叫什么？我跟她们又是什么关系？我在想，要说罗曼是有条件重回家乡的，就是罗兰，也是可以带着一大笔钱回到家乡亲人身边的。可她们始终没做这种选择，反倒抱定主意，相依为命，隐姓埋名，甘愿在陌生的城市过一辈子。罗曼肯定已经遭遇不测，如果罗曼真的无声无息地走了，我相信罗兰也必然会义无反顾地随她而去。她们或许真的如罗曼所说，她们其实不是两个人，而是一个人。但我还是每一天都要到1701看看，甚至期待里面传出我熟悉的歌声：九九女儿红，洒向那南北西东。我希望某一天，罗曼和罗兰两个人突然回来了，长发上都缀着细密的水珠，一脸风尘地约我吃饭、喝酒。哪怕是罗兰一个人回来也好，我的眼前总浮现她手握尖刀的样子。可是始终没有。沉沉的夜像死一样静寂。

突然有一天，我听到有人敲我房门，我想或许是罗兰真的回来了。

我打开门，竟是苏枚提着一个大大的皮箱站在门口，这景象让我惊诧不已。

这是全新的一天。一大早，我走上大街，秋天的天气特别清爽，朵朵白云衬得天空更加湛蓝。街上车水马龙，人来人往，一派热气腾腾的生活景象。马路似乎也清洁了，宽敞了，楼座似乎也高大了，明亮了。路过菜市场的时候，看见一车一车的时鲜蔬菜运进来，是的，时鲜，城市永远喜欢时鲜。然后我穿过水晶街，我想再看看婓岸洗浴城，却来来回回怎么也没找到，我清楚地记得就在这条街上，在这石板路的一侧，但我无法找到它。我看到的是一座新建起的高大写字楼。我问周边的人，婓岸洗浴城呢？好像并没有几个人知道。最后我问了一个女人，感觉挺面熟的，好像就是那个要写什么提案的女人，她说，不知道。

难道我是做了一场梦？这几个月的时间，我一直在做梦？

真的是梦吗？可苏枚回来是真实的，她提着走时的那只皮箱又回来了，站在门口，对我轻轻一笑。甚至问我，今天的案子顺利吧！

那么，苏枚既然走了，她又为什么还要再回来呢？

我想起她进门坐在沙发上，自言自语地说过两句话，现在的男人啊，只要一有钱，没个三妻四妾不算完。与其跟他们生一辈子闲气，不如守着一个不能惹事的男人，安安心心过日子。

说这话时的苏枚并不知道，我已经是一个真正的男人！

到事务所后，我发现多了好几张新面孔。助理跟我说，刚接了几个实习生。我看到一个女孩，白衬衣，长黑裙。我说，她是谁？助理说，她啊，她叫翡翠。

我说，有小桃吗？一出口，我为自己的话吃了一惊，我仿佛还在说着梦话。

助理说，你说桃啊，这个季节没有桃，有苹果。

刚坐下，有个女人来找。我抬头一看，竟是小婶。我突然想起，她还有一沓钱在我这儿。